室生犀星における中国文化の受容と「宗教的感覚」

劉金挙

室生犀星研究の拡がりと深まり

先に『自己実現・超越の室生犀星文学』（二〇一二年八月、龍書房）で、中国における犀星研究の先鞭をつけた劉金挙氏から、このたび新たに犀星研究の一巻を上梓するとの一報を受けた。まことに慶賀に堪えない。

氏はつとに中国での大学時代に犀星研究を志し、東北師範大学博士コースで本格的に広く日本文学を究めつつ犀星文学への傾倒を深めていたと聞く。やがて、日本各地に会員を擁する室生犀星学会に所属して、ひたすら金沢出身の詩人であり小説家でもあった犀星の文学世界に深く分け入ることになる。金沢に在住する私が劉氏を識ったのはその頃であり、中国の人が犀星に興味をもっていると知ったときの驚きと喜びは今に忘れない思い出である。私はかねがね魯迅という稀有の世界的な文学者に注目していたので、魯迅に多少似た一面をもつ犀星に着目した劉氏に不思議な縁を感じたことだった。

周知のとおり犀星は、歿後五十有余の年月を経た今も実の母が特定できないといった生誕の不幸を抱えていた。劉氏はそんな常人が全く想像できない犀星の劣等感に焦点をしぼり、その劣等感からの超越の過程のなかで犀星が独自の自己実現を果たしたすえに文学的業績を積み上げたことを実証した。その犀星理解を踏まえた上で氏はさらに、犀星とその文学に濃厚な「宗教的感覚」に焦点を絞った論考を積み重ねてきた。と同時にその宗教的な色合いの強い、しかも人間実存への凝視からくる劣等感とその克服に視野を拡げる犀星文学の特殊性に眼を向けた諸論文を「室生犀星研究」誌を中心に鋭意発表してきた。犀星研究を目指す諸家の見解を多用しつつ、そこに自説を確立してゆくその堅実な努力が実って今日を迎えた次第である。

犀星文学の特殊性の一つは、犀星が早くから抱いていた「庭」願望である。土、石、樹木などに対する異常な執着が幼児期からすでにあり、さらに細かく言えば「緑」「杏」「蝉」などが深く犀星の命に関わっている。加えて「蛇」もまた重要な働きをもって犀星作品に登場する。動植物すべてを含めた生きとし生けるものすべてへの愛着が犀星文学の基底にある。劉氏の論考にはこれらへの言及があり、そこが目新しいところである。もちろん犀川べりで育った犀星がこよなく親しんだ「魚」もまた犀星研究のキーワードの一つである。

一読して多々教えられる箇所は多々あり、中国の神仙思想・陰陽五行説の影響を指摘する箇所にとりわけ興味がもたれた。晩年の犀星が庭にしつらえた「日月の座」なるものへの解説も新鮮な考察として注目された。また、刮目したのは中国における犀星作品の紹介や研究の現況である。遲軍「室生犀星詩歌四首」の犀星詩4編の紹介、陳岩「従詩歌看日語芸術3」や劉立善「人道詩派」の説く初期犀星詩論、張蕾「逆境中の強者――室生犀星」、韓暁萍「室生犀星の文学における金沢の風土」などは是非一読したいものである。他にも多くの研究者が犀星に言及すると知り、中国での犀星研究もかなり拡まりつつ、同時に深まりつつあると判ったのは嬉しい限りである。

日本語による犀星論著を二冊も刊行した劉氏の偉業は、一朝一夕に成ることではない。氏を先頭にして中国における犀星研究がますます進むのを大いに期待したい。そのために余計なことを言うようだが、再度、犀星文学の多様性に着目してほしい。まず、犀星詩の卓抜をどう理解するのか。生涯にわたった詩人としての活動への評価はいかに？　様々に意匠をこらした多くの小説をどのように読むのか。随筆もたくさんあるが、これをどのように料理するのか。また、犀星の女性観は？　などなど、エネルギーあふれる劉氏に本格的な犀星論を大いに嘱望しておきたい。その強靭な意思と犀星にかける情熱は、一層の研鑽を経てさらなる日本語表現の習熟に到ると思われるのが心強く、また楽しみでもある。

前室生犀星記念館館長　笠森　勇

目次

「一帯一路沿線国家語言文化研究」叢書

室生犀星における中国文化の受容と「宗教的感覚」

まえがきに代えて

私生児という悲しい生まれ育ち、勝れぬ顔面、貧困な生活、それから高等小学校中退という低い学歴とそれによる系統的でない知識などに起因するコンプレックスに苛まれながら、十二歳より一給仕として社会に踏み出した室生犀星は、見よう真似ようで文学創作に取りかかり、句作によって文学的に開眼した後、句作から詩作に転進して、萩原朔太郎とともに「詩の雙生児」と呼ばれるほど日本の近代口語自由詩型の確立とその普及に多大なる貢献を成し遂げ、詩壇において相当な地位を手に入れた後、更に小説へ転進し、当時文壇への登竜門であった『中央公論』に処女作「幼年時代」（大8・8）[1]を掲載し、小説界への華々しい登場を果たした。起伏の激しい生涯を生き抜き、俳句、詩、小説、童話、戯曲、随筆、評論などのジャンルにおいて大活躍し、独自の文芸世界を築き上げ、日本近代文学史において不動の地位を獲得したのである。

犀星は、優れた文学作品によって、文芸懇談会賞（「あにいもうと」昭10）、菊池寛賞（「餓死」昭15）、読売文学賞（『杏つ子』昭33）、毎日出版文化賞（『わが愛する詩人の伝記』昭34）、野間文芸賞（『かげろふの日記遺文』昭34）と、多く受賞した。文学作品で築き上げた文壇地位として、犀星は、一九三四年に設立された文芸懇談会の委員を務め、そして、第一回で就任してから第十六回で辞任するまで、日本文学界の登竜門である芥川賞の選考委員であった。これらの優れた業績により、一九四八年には日本芸術院会員となるに至り、二回にわたる天皇との陪食という名誉を授けられた（犀星は応じなかった）。死後に従四位に叙せられ、勲三等瑞宝章が授与された。

今日に至っても、その作品は色彩を失っておらず、小森陽一ら編著『文学がもっと面白くなる』（ダイヤモンド社　1998）では、室生犀星『杏つ子』幸田文『流れる』伊藤整『氾濫』などが日本近代の名作に数えられ、小谷野敦「手ばなしで語る女性礼讃　男は完全な女を夢想する」（『週刊朝日』2003・8・29）では、犀星『随筆　女ひと』が「復刊希望」のものとして推薦されている。

周知のように、犀星の創作は、名作家への模倣からスタートしたもので、彼の人間的成長と創作の進歩は、その強い向上意欲と並々ならぬ力闘と言えるほどの貪欲な独学によったものである。中でも、外国作家の影響に関して、従来主に研究されてきたのは、西洋とロシアの作家のものであり、犀星本人もその影響について繰り返し言及している。それに対して、中国文化から受けた影響に関しては、犀星本人が西洋やロシアの文学から受けた影響を公言するほどに語ったこともなく、時勢の影響もあろうか、その問題に関する研究は少ない。

それから、「私は宗教を持たない人間である。もし假りに私に宗教らしいものがあれば、私は私の実力を信じることで漸と宗教らしいものが存在するといって宜いのである。幼少年時代を真言宗の僧院に過ごした私は余りに偶像的ものに多く接したからであろう。」(「生菜料理」『駱駝行』 昭12)と、犀星の「無宗教」という言葉に影響されたのであろうか、犀星における人道主義の影響についての研究は多くあるが、彼の「宗教的感覚[2]」についてのまとまった検討はまだないようである。

しかし、犀星の文芸世界を通読すれば分かるように、中国文化の受容とその「宗教的感覚」は、彼の文学創作において欠かせない働きを果たしていることが分かる。もっとも、上記の二つのことは、無意識に彼の作品に底流しており、読解には細心の注意が必要であろう。ゆえに、彼の作品に内在・外在する中国文化と「宗教的感覚」の影響を見つけ出すことは、彼の文芸世界に深入りし、より全面的に犀星文学の特質を読み解くのに役立つものである。

本書は、犀星の作品から、彼における中国文化の受容と彼の「宗教的感覚」について検討を試みようとするものである。

【注】

(1) 本書に引用した俳句・日記・詩・文章・本に関しては、俳句、日記と新聞掲載の詩と文章の場合、その年・月・日を記し、雑誌掲載の詩・文章の場合、その出版年・月を記し、本の場合、その出版年だけを記すことにする。

(2) 犀星「幼年時代」に、「石ころ同様なもの(地蔵様　筆者注)の中に、何かしら疑うことのできない宗教的感覚(傍線強調は筆者注。下同)が存在しているように信じていた。」という言い方がある。本書において、犀星のこの言い方を借りて、彼の文学創作における宗教の働きを「宗教的感覚」と言い、さらに、それを真似て、「仏教的感覚」と「キリスト教的感覚」という言葉を作って分析を進めていく。

第一章　犀星における中国文化の受容

一、犀星文学における外国作家の影響

模倣から始まり、オリジナルなものに実った犀星文学における、外国の名作家の影響に関して、従来主に研究されてきたのは、西洋とロシアの作家のものであり、しかもみごとな研究成果が多くある。さらに、この影響に関して、「あらゆる西洋の作家はその晩年に至って或る宗教を完成し表現した。彼等は均しく宗教風な観念に美と愛とを感じていた。トルストイ、ドストエフスキイは言わずもあれ、ルッソオ、ストリンドベリイ、ヴェルレェヌ（略）」（「東洋の真実」『天馬の脚』昭4）、「ホヰットマンやヴェルレェヌの詩風は詩風の一存在として、特に僕らの青春を襲って共鳴していた。」（「俳道雑記」『芭蕉襍記』昭3）「彼程完全に我々の中にその傲岸の泥足をもって、猛猛しく居直っていた男はなかった。爾、フリイドリヒ・ニイチェ！」（「フリイドリヒ・ニイチェ」『天馬の脚』）「青い獅子の上に跨る若いドロクロア、自分自身の中に既に失いかけているドロクロア風な情熱、自分はペンを擱いて窓外を四顧した。」（「ドロクロア」『天馬の脚』）「夜中に目覚めて描くところは『ミケランゼロ』の壁画と変わりのない地獄の中に、常に顛倒している自身の呻きのみである。」（「ミケランゼロ」『天馬の脚』）「ルナアルの『にんじん』を読んでいると子供時分のことを僕は沢山に書き落としていることに気づいた。」（「ルナアルの歌」『茱萸の酒』昭8）「スタンバークやルビィチには実に稀にしかこういう乱次（だらし）のないところがない。（中略）ユリシイズは小説くさくない小説であるが、一方また変に小説臭を多量にふくんでいる小説である。」（「小説臭くない小説」『文芸林泉』昭9）と自ら認めたように、犀星は多くの西洋作家・芸術家のことに自家薬籠中の物といえるほどに詳しく、彼等に大いに影響されたことを、度重ねて語っているし、『第二の愛の詩集』の巻末に付録された「トルストイに描かれた女性」「ドストエフスキイに描かれた女性」など四編の感想に、アルツイバーセフ、ゴーゴリー、ゴンチャロフなど、当時犀星が親しんでいたロシア作家の顔も出されている。

一方、中国文化から受けた影響に関して、犀星が上述のような公言をしなかったことと時勢の影響もあろうことに加え

て、放浪時代に口を糊するため、購入した本を売ったり質に入れたりしたのが常だったし、後に家を新築するため、「十何年かのあいだに集めた書物」を「トラックに三台分ぐらい」（『杏つ子』　昭31）も積んで処分した上、蔵書目録もないゆえ、彼は漢籍をどれだけ読んで、漢文学の影響をどれほど受けたのか追究する手段がなく、この面の研究は少ないようである。

犀星と中国との関係に関して言う場合、まず挙げられるのは、彼が初期三部作後の第一の沈滞期[1]に中国古典に取材した一連の「史実小説」と、彼の中国への旅とその結晶としての「大陸文学」である。

親友の芥川龍之介の影響もあって始められた犀星の「史実小説」は、「自分は性質として凡ゆる古代を渇愛した。古代の精髄の中にある新鮮さを汲むことを熱望した。」（「時代の経験」『天馬の脚』）とあるように、芥川のように自分の考えをアピールするために借りた「舞台」に過ぎず、改作したものが多くて、現実の中国には全然触れていない。当時の中国や中国人に対する犀星のイメージは、「入口の、汚ない卓の下に踞んで」、「黒い垢光りした上衣をふくらしたまま」で、しかも「にこにこ白痴のように押し黙っている」「これもまた支那人らしい顔の少年」（「走馬燈」　大11・2・21～5・20）や、「私は街巷をゆき阿片窟や淫売屋や小盗児市場やナハロフカをぶらついて、鼠と蝿と馬糞と赤ん坊のせり合うなかを、頭痛と眩暈を感じながら歩いていた。私はまだ春になったばかりなのに汗を額に感じ、嗅覚はすでに支那人特有の異臭のために麻痺してしまいながら洋車夫や馬車夫の叫び声のなかに、実にぼんやりと魂なき人のようにぶらついていた」（『駱駝行』　昭12）とあるように、あまり芳しくないものである。

あまり旅行をしなかった犀星は、生涯を通じて唯一の海外への長い旅、しかも着慣れた和服から新調の洋服に着替え、その「洋服地獄」に苦しめられた海外への旅が、昭和十二年四月十八日から五月六日までの間における中国東北地方への旅である。しかし、それは、彼が特に中国が好きで、または縁が深いということで思い切って実行したものではなく、一つの目的は知人のロシア人ワシリイ・セストピートフに会うこと、そして、より重要な目的は、「彼の満州の旅、哈爾浜の旅が、ドストエフスキイ、トルストイら帝政時代の露西亜文学への〈郷愁〉であり、〈郷愁〉のただ中への回帰に他ならぬもの[2]」で、つまり青年時代に「耽読したロシア文学を通じて知っている範囲にとどまり、ずっと憧れたモスクワやペテルブルグの市街、ひいてはロシアの文学的風土に同化し、自分の傾倒した帝政時代のロシアの詩人、作家たちと〈再会〉

するためにハルビンに行ったわけである。」[3]そこで、中国に入った彼は、「満州を見て歩いても、石佛寺や熱河や慶州、それから北京を訪れることもしなかった、博物館も古い寺院も見なければその他の歴史の美しさにも心を停めることも忘れていた。」（『駱駝行』）というように、芥川龍之介のように熱烈な探求心を以て見学したり、中国のことに対して深い感慨を発したりするかわりに喫茶店や酒場にこもったりしていた。この旅の成果である「大陸文学」――小説『大陸の琴』（昭13）、旅行記『駱駝行』と詩集『哈爾浜詩集』（昭32）――も、このことを裏付けている。例えば、自分の生涯を貫いた「捨子意識」を物語化した『大陸の琴』において、犀星が、主人公の兵頭鑑を哀愁を帯びた懺悔・苦しい罪意識・身を責めての告白などの捨子探し行為に漂わせるのは、昔のロシア文学の面影で、中国社会の現実に触れたところは少ない。

今、五十代の人人は多くは漢籍詩史により明治中期の、しかも明治人として最後の文人的資質の典型人として残っているが、彼ら以後今四十代に近からんとする人人には、明治人としての平浅粗笨の時勢的悪夢の時永く、文人的好尚の時を経ないのでいる。しかも時勢とは用なき之らの漢籍詩史の埒外の教育は第三期の今の二十代の青年には、殆ど視目に触れる事なく要無く徒事として忘れられている。況んやその道の士にして顧みることなき文芸的枝葉の成果は、今後増々滅びていくのであろう。（「文芸の士」『天馬の脚』）

と、長く引用したが、昭和四年刊行の『天馬の脚』に収録したこの文章は、「脱亜入欧」方策が既に長く実施されていた明治二十二年に生まれ、この年ちょうど四十歳になった犀星の、我が身を顧みた上での、当時の日本における「漢籍詩史」の教育・受容状況に対して発した感慨に違いない。確かに、高等小学校を二年で中退し、「明治人としての平浅粗笨の時勢的悪夢の時永く、文人的好尚の時を経ないのでいる」上、長い間キリスト教をはじめとする西洋やロシアの文化や文学に深く影響されたという犀星のことを考えれば、彼における中国文化や文学の影響は、色の薄いものではないか、と思われるのは当然である。それが原因で、この方面の研究は少ないのであろうと思えてならない。

しかし、唯一の海外旅行は中国への旅、創作した「史実小説」の中に中国の古典に材を得たものが多数あり、それから東洋に深い興味を抱き、「千載の神秘」をひそめた「残瓦一片」（『庭を造る人』　昭2）のことを究明するために、「秦漢瓦当文字三巻」も読んだほど、陶器や庭に興味を持っていた犀星が、中国文化や文学から影響を受けていなかったわけはない。むしろ、それは無視できないものとして彼の文芸を底流していたものと思われる。

中国文化から一体どれほどの影響を受け、さらにそれはどんな形で彼の文学に結晶したのか、という問題を究明しようとするのが、本章の目的である。

二、犀星における中国文化の影響の受け方

人間は、何かに直接的な形で染められることもあるし、知らず識らずのうちに薫陶されることもある。犀星が中国文化や文学に影響される形として、以下のものが考えられる。

先ず、生まれ育った城下町である金沢の風土である。

古代から茶道、能楽など遊芸の教養をずっと受け継ぎ、豊穣で耽美的な生活文化の雰囲気を醸し出す加賀百万石の金沢の風土は、犀星の文学創作に沁みこみ、その底流となっていたというのは、周知のことである。

「犀星の文学への第一歩が川越風骨に導かれた俳句の世界であっ[4]」て、「俳句は彼の大学で[5]」ある。もともと俳諧が盛んな土地柄であり、凡兆、北枝、千代女などの著名な俳人を輩出し、往昔の芭蕉が「奥の細道」の旅中に訪問した所でもある。さらに近代になって明治三十年十一月に、雑誌『ホトトギス』を創刊した正岡子規と郷里を同じくする竹村秋竹を盟主とした「北声会」は、四十年近くにも渡って金沢で活動を継続した。その後、子規門俊秀の直野碧玲瓏、北川洗耳洞、そして藤井紫影、松下紫人、大谷繞石などの推進で、「月之会」、「北国俳壇」などの会が相次いで形成された。正岡子規縁のこの風土と盛んな俳句結社は、当然として社会に大きな影響を与え、俳句も長らく高い人気を誇っていた。当時の最も有力な地方紙『北國新聞』は、ほとんど毎日のように俳句を掲載し、多数の読者を持っていた。

俳句は日本独自のもので、中国文化から受けた影響が少ないが、その伝統と雰囲気は犀星に文学への関心を持たせ、彼の文学気質形成にかなりの影響を与えた。習作期に、俳句では「風蘿団」「敷島文盛会」「北声会」「月之会」「四高俳句会」、また短歌では「二葉会」などの文学結社に参加し、それらのグループの一員として地方紙に多くの作品を発表したことは、その雰囲気の濃さを物語っている。このような風土であるからこそ、後に見る彼の中における中国文学の影響が大きく、美文麗辞を並べた小品文ができたわけである。

それだけでなく、種々の形で中国文化に影響を受けていた金沢は、想像以上に犀星の成長に影響を与えたと思う。「古

い名前の石がところどころに置かれ、古きに則っている」（「石について」『庭を造る人』）金沢の兼六園を例にとってみよう。園内には、伯牙断琴の手水鉢や中国伝来の曲水流觴などがある。「伯牙断琴」とは、中国の歴史書『蒙求』の故事「伯牙絶琴」がよりどころで、琴の名手伯牙には鍾子期という「知音」――（琴のことを通して）互いによく心を知り合った知己――がいたが、彼が亡くなったため、伯牙は自ら弦を断って終身再び琴を弾かなかったという話である。その手水鉢には、絃を絶った琴を枕にして伏す伯牙の姿が浮き彫りにされている。曲水流觴は日本では王朝文化への憧れとして愛されている。兼六園の中にも「曲水」という施設がある。裁判所勤務中、毎日のように兼六園を抜けて通っていた犀星は、後になって「名園の落水」（『魚眠洞随筆』大14）において兼六園の「曲水」を描いている。ゆえに、犀星はこの施設が体現する中国文人の風雅な遊びの文化をよく知っていたはずである。

更に、園内には、いざなみ、いざなぎが鶺鴒から子孫繁栄の術を教わったという故事になぞらえてできた鶺鴒島があり、その鳥居の奥左手に陰陽石（誕生石）が据えられ、傍らに相生の松と呼ばれる雌雄の松がある。陰陽石は「何か縁起を取り入れたように微笑まれるようである。」（「石について」）と理解していた犀星は、彼「自身が最も拘って設計した『大森馬込の住まいと庭』」の常にきれいに掃き清められた地面に、一尺ほど地面から盛り上がった卵形の台座を造り、さらにその表面に石仏や水盤などを埋めて、周囲にアヤメやユキノシタを植えていた。あたかも仏が座す蓮の台座を思わせるこの台座のことを、「犀星は訪問客に『蓮台』また『日月の座』とも紹介し、夕暮れの陽差で照らされる地面の表情を見てから帰りなさいと、度々話していたという。[6]」「日月の座」と名付けたのは、中国の神仙・陰陽説の影響の結果だと理解しても差支えないであろう。これに関して、第三章「犀星の世界に果たした『庭』の働きとその意義」に詳しく見ていく。

次に、犀星の勤勉さが挙げられる。

幼い頃、犀星は、「真言図解や地獄極楽の本や生け花手ほどき、その他の漢本などを父の押入から取り出して飾って、佛くさいものは片づけ小さい自分の書斎を作っていた。」（「弄獅子」『新潮』昭3・8、10、11、『早稲田文学』同10・1～6）だけでなく、新聞掲載のことを養父から毎日教わっていた。その後、高等小学校中退の身ながらも、裁判所勤務の「八年間に一軒の貸本屋の本を全部読みつくした。講談本、軍記、小説、評論集に『文章倶楽部』『新小説』『新古文林』『中学世界』『太陽』というような雑誌を読」（「私の履歴書」昭36・11・13～12・7）んできた、と「弄獅子」「泥雀の歌」（昭

16・5〜17・2）「私の履歴書」などでしばしば繰り返し述べているように、犀星は漢文学の影響を受けていたのである。そこで、「寒竹やちら、、雪の蘇武が門」（明41・5）と、十九歳の時、中国漢代の名人蘇武のことを俳句に詠んだのも理解できることである。

それればかりでなく、投稿時代に犀星がずっと注目し、愛読していた『文庫』『新声』『新潮』『中央公論』『秀才文壇』『中学世界』（次に出る『文章世界』の前身）『文章世界』などにも、言葉遣いから発想まで中国文学の色濃い漢文調の文章が多い。『中学世界』に発表された「十大文豪の忍耐苦闘」（大9・9）などはその好例である。

この並々ならぬ猛勉強を通じて受けた中国文学の影響——鵜呑みにした嫌いがあるにしても——を見るには、明治三十七年十月八日の「水郭の一林紅し夕紅葉」（『北國新聞』）の掲載から明治四十三年五月初の上京までの、「文学青年」を目指して頑張った投稿時代に発表した小品文が最適なものであろう。これについては後に分析する。

最後に、犀星と「漢籍詩史により明治中期の、しかも明治人として最後の文人的資質の典型人として残っている」名文士との交友が挙げられる。

犀星は、志賀直哉、正宗白鳥、谷崎潤一郎、佐藤春夫、川端康成、芥川龍之介などの漢籍詩史に深い造詣を有する文士とよく付き合っていて、彼の葬式には、当時文壇の最長老となった正宗白鳥をはじめとする多くの大家が出席し、佐藤春夫が友人代表として送別の言葉を述べている。このことから分かるように、彼はこれら多くの文士と親友であった。周知のように、室生朝子の形式上の媒酌人である川端康成は、漢文学に深い造詣を持ち、その作品の中には、「壺中天」[7]文化の影響で、丹波の壺に鈴虫を飼うことで自分なりの救済を求める主人公の千重子を描いた『古都』（昭36）がある。犀星自身も「虎杖(いたどり)の芽(め)を丹波(たんば)の壺(つぼ)に挿しけるに／水(みず)のひびきを感(かん)ず」（「壺」大12・9）とあるように壺を重宝したり、陶器を病気治療の漢方薬の「竹瀝」と見なしたりした。この二つのことには、何か因縁があるのではないか。

もちろん、犀星が漢籍詩史に詳しい名文士たちから受けた影響のうち、何と言っても「前人未到的な物語風な」小説を創作し、「極めて自然な、ひとりでに文人の風格を築き上げ」、「心から文人の好みを持ってい」て、「気質が既に縹緲や故実や詩情を交ぜて宿している」（「芥川龍之介氏の人と作」昭2・7）芥川からの影響が最大のものである。

「谷崎潤一郎論の中で佐藤春夫は彼から文学的才能を蘇生させられ、培養させられたことを回顧と感激とをもって言っている。自分も亦芥川龍之介から得たものは、意味は違っていても同様なものであることを否めない。（中略）自分は彼から種種なものを盗みまた摂り入れたことは実際であ」（「芥川龍之介氏の人と作」）る、と自ら認めた犀星は、「私は全く彼にあうと本でも読むように、彼のすることや言うことを聞きのがさないようにしていた、恐らく彼を信じて会っていたような人は誰でも生きた本のような彼を、ぢかに見て読み取ることに怠らなかったであろう。」（「文学の秘密——芥川龍之介回想」 昭24・1・7〜8）、と貪欲に芥川のことから様々なものを取り入れた結果、犀星の親友の萩原朔太郎が紹介したように、

犀星君の方では、自分で深くその野性を羞恥して居り、常に「教養ある紳士」というようなことをイデヤにして居たので、教養や趣味性の上で文化的にレファインされた芥川君が、世にも珍しく理想の人物に思われたのである。僕がまだ芥川君を知らない中、よく犀星君は僕に話して「彼の如き文明人種、彼の如き礼節ある人物を見たことが無い。」と言って、事々に感嘆の辞をもたらして居た。後年に於ける犀星君の教養と趣味生活とは、芥川君との交際によって学ぶ所が確かにあった[8]。

芥川から受けた影響に関しては、「芥川龍之介を真似て、歴史的な題材に活路を見いだそうとし[9]」、「大正九年以降にみられる犀星の芭蕉受容の深化、史伝小説や童話への傾斜、また、風流趣味・文人趣味の傾向などが芥川龍之介の影響によるものである[10]」と、同様の指摘が繰り返されている。犀星が影響を受けた一例として、芥川の「南京の基督」（大9・7）と犀星の「馬守真」（大12・3）の類似性が挙げられる。両作は、中国の秦淮を舞台にした作品であり、何れも一人の妓女をめぐり、二人の日本人の男が登場する（宋金花・日本人旅行者・キリスト似の男↔馬守真・加賀後藤才次郎・肥前深見新太郎）という設定である。これは唯の偶然では決してないようである。

それだけに、芥川の死は、犀星にとって青天の霹靂であった。「芥川君の追悼文書かぬことに心を定む。故人を思えば何も書きたくなし。『中央公論』『改造』へ事情を言い断る。」（昭2・8・1付日記）「『文芸春秋』の菅君に自分の意思をつたえ悼文を書かぬことにする。『文章倶楽部』へも同断。」（昭2・8・1付日記）「『新潮』の追悼座談会明日あれど出席しがたく返電を打つ。」（昭2・8・4付日記）とあるように、新聞・雑誌からの追悼文依頼を一切断り、追悼座談会にも出席しなかった。「彼へ送る追憶の文は墓下にある彼を騒騒しくするために、自分は一切書かなかった。しかし自分は

殆ど毎日気持ちの中で追悼文を書いていたといってよい。精神で書き疲れていた自分は彼への活字の文は書かなかった。」「今人である自分が時なき人への恭慎の情を護るためには、その文をも暫く封ずべきであった。少なくとも性利発ならざる自分の信ずるところは、その愚直なる一途の謹慎あるのみであった」（「時なき人」 昭2・9）。このように、非常に強い衝撃を受けた犀星は、半ば茫然自失の状態に陥っていたと言えよう。

「自分は自分自身に役立たせるために此の友の死を摂取せねばならぬ。何といっても彼が作の上にないもの、僕自身が勝手に考え耽るものを僕の中に惹き入れることに拠って彼自身を閻魔の庁から引き摺りださねばならぬのだ。」（『天馬の脚』）「同君の死の影響を取り入れ自分の中に漂わすことに、後世を託す気持に自分はいるのである。同君に見てもらいたいのは今日の自分であり、交友濃かだったあの頃の自分の如き比例ではない。（中略）自分が文事に再び揮い立つことのできるのは、あの人の影響だと思っている。」（「芥川龍之介氏を憶う」 昭3・7）と、芥川が亡くなった後に、この「死の体験」も相変わらず犀星の人間的成長や文学創作に大きな働きを果たした[11]。

三、犀星作品に見る中国文化の影響とその受容

王庭吉の水仙図のごときもその水仙のくびの弱弱しさ、垂れた一枚の葉の重さ、それで一気に伸びずにしづしづと伸びて咲いた水仙、その心はやはり我々と同じい辿りをしている（傍線強調は筆者注。下同）ものである。曹雲西の石岸古松をつんざくもの、九龍山人の枯木水辺をえがいた隠居図、かれらの持ち合わせた心はわたくしどもの網の目のような心に、糸を捩り合わせてくれ、ほつれぬように結んでくれるのである。（「石について」『庭を造る人』）

とあるように、中国文化は、犀星の「網の目のような心に、糸を捩り合わせてくれ、ほつれぬように結んで」、彼の文学創作を貫き、いろいろな形で、彼の文学作品に顕現している。

（一）中国文化の色濃い影響に染まった作品群

まず、投稿時代の小品文である。

「明治三十八年三月四日『北國新聞』への投稿から始まって、同三十九年七月二十四日『政教新聞』への投稿を最後に」した「孤独な少年が文学に魅せられ、創造する喜びを発見していく最初期の姿を、純粋なままにみせている[12]」十五篇の小

品文は、次に見ていくように、何れも美辞麗句を並べた美文調のもので、漢籍の影響が色濃い。

「桜は名残りも止めて樹樹の梢は何時しか欝蒼たる緑色を着て鶯の声も老いたらしく（略）。」（「行く春」明38・7）「何処からか明笛の声が聞こえる、虫の啼く音も橋のたもとの氷屋の氷をきざむ音も至って涼しい。たゞ哀れなは草間僅かに残光をも泄らす蛍よ空には星が二ツ三ツかがやいて夜は至っては凄くなってきた。」（「夏の夕べ」明38・7・18）「銀色清らかに凝たる今宵の月に、いでや昔の記憶を辿どらばやと、（中略）何事も知らん顔なる秋の月、高く九天に懸かりて、夜は深く虫の音淋しくなりぬ。」（「秋月の巻」明38・10・10）「嗚呼何等の美観！五色の彩雲を排きて生れいでたる明治三十九年一月元旦（略）。」（「犀川」明39・1・2）「老僧こゝろよげにほゝ笑み、霞こむる松並木に姿かくれ、夕の鐘、静かに響き、幽かなる牧笛の声すなる。」（「春興」明39・3・27）「恰も残照の空、その紅に染められし鐘楼に、夕の鐘つかむと立ち上がりし若僧ひとり、遥かに塵の世を俯して黙想沈思奥の院なる読経に俄然と驚き、一打二打余韻長く撞き給いぬ」（「山寺の宿」明39・7・24）など、とあるように言葉遣いに漢籍の大きな影響が見られるだけでなく、夏の蛍、秋の月と虫、牧笛の声などの中国文学のトポスも多く見られる。

次に、第一の沈滞期に入って、中国の古典に取材して創作した「史実小説」である。

中国古典をモチーフにし、中国を舞台とした犀星のこの類の作品は、ほとんどが大正十年から同十五年の間に発表されたものである。以下では、まず犀星の改作とその原典とを列挙しよう。

「魚になった興義」（大11・1）は「薛録事魚服証仙」（明朝馮夢竜『醒世恒言』）に、「唐氏」（大11・6）は中国宋朝の陸遊と一番目の妻唐氏のこと（原典未詳）に、発表誌未詳の「粟」は「涸轍之鮒」（戦国時代荘子「雑篇・外物」『荘子』）に、「翡翠」（大12・1）は「中山公子徐青君」項（明末清初余懐『板橋雑記』）に、「寒竹のかげ」（大12・1）は「寇湄」項（同上）に、「馬守真」（大12・3）は「研銘」（清朝繆荃孫『秦淮広記』。明代の女詩人、画家馬守真をモデルにしたもの。同年、犀星は「馬守真」という詩も発表している）に、「こほろぎの話」（大12・3）は「促知」（清朝蒲松齢『聊斎志異』）に、「仙人『桓闓』の話」（大13・1）は「桓真人昇仙記」（『正統道藏洞真部記伝類』）に、「白雲石」（大15・4）は「石清虚」（『聊斎志異』）に、「鴉のいる島」（大15・7）は「竹青」（同上）に材を得ている。ほかに、「塔を建てる話」（大10・10）「龍の笛」（大11・8）「猟師」（大11・8）「一茎二花の話」（大12・11）「虹おとめ」（大13・6）などにも中国古典の要素がふんだんに散りばめられている。[13]

いろいろな角度から、犀星文学に与えた中国文化の影響を伺うことができる。

（二）犀星作品に見る中国文化の影響

第一に、犀星の作品名には、中国に深くちなんだものがある。

先ず、翡翠に対する拘りから犀星の中国趣味を見よう。[14]

中国の魏国を舞台とした童話「翡翠」（大12・1）は、日々「翡翠」の清濁で吉凶を占いながら過ごし、苦難を経て「この玉に美しい影ばかりが映る」ことを望んで生涯を送る徐青君の物語を描いたものである。さらに、「支那人は古い翡翠の玉を透かして晴曇を占い、その晴曇に依って、吉凶を占うそうである。その心持が私にもあるような気がする。」という内容の詩「翡翠」（大12・7）を発表している。他には、題名に出ていないが、「支那人はぼんやりといつも悲しげで／そして考え込んで／小鳥の瞳のいろに時計を読み／翡翠の玉をかざして日の光をながめ／己れの生涯のうらないをする／わたしの国では／海や山の上の夕焼けや指紋のうづまきに／自分のさいわいを読もうとする／この二つのさびしい国が海を隔てて／おたがいの心をしろうとしている。」という内容の「支那風な景色」（大12・1）がある。童話集『翡翠』（大14）は、「禁断の魚」「上綾の王」「虹をとめ」「寂しき魚」「塔を建てる話」「一茎二花の話」「こほろぎの話」「篳篥師用光」「仙人『桓闓』の話」と、併せて九話収録している。前に見てきたように、多くは中国が舞台となっているものである。このように、犀星にとっての翡翠は、中国の「心をしろうと」する時の道具・中国「風な景色」で、同時に吉凶を占うものでもあった。

他には、人間の運命がぐるぐる回るというイメージを描いた「走馬燈」――同じ題名で、それぞれ『中央公論』（大10・12）と『大阪朝日新聞夕刊』（大11・2・21～5・20）に掲載した内容の違った二本の小説がある――を筆頭に、犀星には、「弄獅子」などのような中国にヒントを得た小説名がある。「走馬燈」は、第一の創作ピークから第一の沈滞期に急に滑り陥ったというあまりにも速い運命への嘆きや失意を表しているのに対して、「弄獅子」は、「正月台湾でお祝いに獅子頭をつかってそれを仕止める行事をいうのである。歳時記にあります。が、窮してそれを題にし」（「小説も生きもの」　昭15・9）たと、犀星は何げなく言っているが、実は、第一の沈滞期から抜け出すため、抒情的な初期作品から「市井鬼」ものの創作への転進にあたって、まるで新年を迎えるかのように「弄獅子」という名を付けたことが分かる。

もちろん、彼の精進しようという意欲を最もよく現しているのは、「林泉」という言葉の愛用である。

犀星は、「林泉」という言葉を「林泉雑稿」（『天馬の脚』）「馬込林泉」（『文芸林泉』　昭9）『文芸林泉』などの随筆または随筆集に名を付ける時に度重ねて使った。注意すべきなのは、これらの随筆には、まったく作庭と関係のない詩や随筆が多く収録されていることである。『文芸林泉』を例にとろう。この随筆集の中には、庭園のことを描く「京洛日記」のほか、庭園と関係のない詩や彼本人の芸術に対する理解と創作法などをまとめた随筆も収録されている。「『文芸林泉』という題簽を選らんだのは偶然に過ぎぬ。初め『一人静』という名前にしてみたが、好みが片よりすぎたので、（中略）広い意味をもつ『文芸林泉』にした」（『文芸林泉』の「序」）と、「弄獅子」と名付けた時と同じように、犀星は軽々しい調子で語っているが、上記のことから、犀星は、これらの随筆（集）には、庭と全く関係なく絵画の高致――高尚な趣、至高の境地――を求める中国の郭熙の『林泉高致』[15]という本に倣って名を付けたと思えてならない。つまり、彼はけっして偶然にこの書名を付けたのではなく、世評を気にせずにまるで庭に隠遁するかのように自分なりの文学創作に浸る意志を表明しようとしたものであろう。

その裏付けとして、「幽遠」という形容詞が、「犀星文芸の世界のひとつの美的徴標として広く用いられてい[16]」るのは、不思議がられたこともあるが、これも、犀星が郭熙の三遠（高遠、平遠、深遠）を意識して自分の創作の奥義を、「遠く幽かな、つかみがたい対象へのいいしれぬ魅力であり、寂寞、静けさ、はかなさの交じった微妙な感情の複合体[17]」だとまとめたものであろう。

次に、犀星の作品には、中国の文人のことに言及したりその作品を引用したりしているところがたくさんある。

犀星は、「魚になった興義」の中に出た「陳如言」（「画解」――絵画を通じて肉体を解体し昇天すること――とされた元末の陳汝言）のことをよく知っており、前に引用したように、画家では南宋時代の王庭吉、元代の曹雲西、明代の九龍山人王紱のことに中国人が驚くほど詳しく、秦淮八艶の寇白門にも感服の意を表している。

彼の随筆などには、「宗教よりも一層手厚い真実を自然や人情の中に求めていた」「東洋の諸詩人」（『天馬の脚』）の作品をたくさん引用している。例えば『庭を造る人』には、王維「臨高台送黎拾遺」（『全唐詩』巻128～53。以下、巻数と詩の番号だけを記す）を、「初秋」（『残雪』所収 昭7）には、李白「秋思」（165～26）、祖詠「泉（蘇氏別業）」（131～14）、王維「送別」（125～33）、張謂「同王徵君湖庭有懐」（197～23）が連発的に引用されている。また、『庭を造る人』には「聊斎志異の白雲石の口碑のように穴あり時に綿のような雲を吐かねばならぬ」と、中国の文学作品の内容を紹介したこともある。

それから、引用だけではなく、意匠的に中国の古典文学にヒントを得たものもある。「寂しき魚」は、「荘子・逍遥遊」に現れる大魚を髣髴とさせるものであり、「湖と島に父と母とだけ住む娘は、次第に自我や性に目ざめ、（中略）湖の対の桃花村の四角い建物（家）には人間がたくさんいる。（中略）半ば夢のようなメルヘンのような不思議に美しく悲しい世界が描かれている」[18]「みづうみ」（大12・5）は、明らかに中国の「桃源郷」を意識して書いた小説だと推定できる。

もちろん「脱亜入欧」方策が実施されながらも、各方面に中国文化が色濃く残っていた当時の状況も犀星に影響を与えた。『庭を造る人』の中に現れる「司馬温公（われまつぱ）」と「赤日石林気」というつくばいのことを例に挙げよう。貪るほど勉強していた犀星は、中国の北宋時代の政治家、司馬光（温公は尊称）の甕割りや杜甫の「題玄武禪師屋壁（玄武禅師の屋壁に題す）」詩（中に「赤日石林気」という言葉がある）もある程度知っていたと受け取っても差支えがなかろうし、自伝風小説「甚吉物」の主人公の甚吉の「不思議な物語」の部屋に、「支那の器局」「金蒔絵のある支那鞄」「支那のきれ」などがあり、「支那の彫刻のある人形、俑人などが、それぞれ在るべきところにあった」（「虫寺抄」初出未詳）とあるように、犀星本人も中国の物が好きだったようである。

犀星本人が、東洋文化・文学に深く影響されたことを自ら示している部分も多い。「毎年春は支那風な花を見せ」（「林泉雑稿」）た杏を鑑賞したり、失意中「竹林の中の聖人のようにそんなに人生をあきられているわけではない」（「（自画像）室生犀星論」昭2・11）、「昔の聖賢は何年も山中に暮らしているように伝記に書いてあるが、聖賢といえども山中を下りて村里の灯火を恋ったものであろう」（「寒蟬亭雑記」昭4・7）などと感慨に浸ったり、長男を失った後、「二十篇余りになる詩を作り、寧ろ綿綿たる支那風な哀切を尽くした」（「林泉雑稿」）りしていることはその好例である。

（三）受容した中国文化を向上意欲に生かしたところ

一連の中国古典を原典にした作品は、何れも創作の沈滞期に陥った犀星が、自分の創作的運命に自信を持てずに焦っていたことと、挫けぬ向上意欲を表している。例えば、一連の「翡翠」物は、自分の運命と文学的行方に迷いを感じて懸命にそれを知ろうとすることを描いたもので、読んだら、「舟を一人で漕いでいる翁（多分老子であろう）の自然な孤独にかなわなさを思うところが気持ちよい。犀星の正直さのあらわれであ」り、「孤独な孔子を心を描いている」[19]とされる「孔子」（大12・4）は、実は「自分よりずっと上の人のように思われた。――かれは弟子たちに見えぬようにして、手を合してそのうしろ姿を拝んだ。」とあるように、公に表明していないが、強烈な向上意欲に燃えた犀星は、自分より偉い人への敬服と、出世するためにはどんな努力でも払おうという決心を示している。もちろん、創作の正しい道を知り、それを堅持してゆけば、必ずこの沈滞を打破して、さらなる創作のピークを迎えることができるという彼の決心と創作を堅持する心をも伺える。

　自分よりも先に仙人になった弟子の桓闓のことから正しい修業の道を悟り、十年もの修業を経て、師の陶弘景もやっと仙人になったという話を描いた「仙人『桓闓』の話」も、その類のものである。それは、犀星が故郷の城下町金沢縁の人物や事件などの伝承話から素材を得て、篳篥を吹く技能を高めるため、何時も野山に登り稽古して、最後に自分の優れた技を用いて集まってきた蛇達を眠らせたり、山賊の刃を渋らせたりするほど上手になった「篳篥師用光」や、芸道一筋に己の生命を燃焼させた金沢の著名な文化財九谷焼の名人「九谷庄三」など、技巧向上のために頑張る人物を描いた一連の作品に相通ずるものである。

　ここでは、中国古典に材を得た「馬守真」を詳しく見よう。

「馬守真」は大正十二年三月『中央公論』に発表され、その後の昭和二年六月『庭を造る人』に収録された作品である。作者は、焼き物の秘法にかかわる重要な素材である「隃糜（ゆび）」を糸にして、中国の秦淮の名妓馬守真（字は春蘭である）と、違う場所に住む加賀後藤才次郎と肥前深見新太郎の三人を一つの物語に紡ぎ、馬守真の知的で柔らかな美しさと日本人陶工の焼き物に精進する孤独と苦悩の人生を描いたものである。馬守真の魅力に惹かれ、彼女のもとを訪ねた深見新太郎は、彼女に出された「日本加賀後藤才次郎」という前の日本人の書いた字を見て、「ああいう恐ろしい男が何もかも見て行ったのだ」と、つまり才能の優れた後藤才次郎に先に焼き物の見るべきものを見られ、手に入れるべき秘法を手に入れられたことを知り、陶工としての対抗意識と焦りを燃やすとともに、後藤のことを話し出した馬守真の「なぜかにわかに赧い顔をし」て「美しい耳はあかくなる」という表情から、彼女が今もその男を思い続けていることに嫉妬を感じたのである。このように、陶工として焼き物に人生を打ち込む人間の生きざまが、秦淮の名妓との一夜を通して顕在化されている。

最後に注意すべきなのは、犀星文学のキーワードとしてよく挙げられる庭、魚（とりわけ鯉）、蝉、杏、木、蛇なども、何れも中国文学に影響された上での、彼の向上意欲を表すイメージのものである。これらについて、後の各章で分析していく。

おわりに

「脱亜入欧」方策がとられてから久しく経った明治二十二年に、私生児として生まれ、貧しい養家で育ち、しかも高等小学校を二年で中退した室生犀星は、本来漢籍詩史の教養に欠けていたはずだったが、豊穣で耽美的な生活文化の雰囲気を代々受け継いだ金沢の風土に巻き囲まれ、文学創作によって立身出世する決意を立てて、手当たり次第に書籍を漁った貪欲な独学を出発点として、日本だけではなく、外国の文学作品をも多く読んだ上、漢文学の素養の豊かな名文士との交友を通じて、教養から趣味生活にまで中国文化に薫陶され、言葉遣いから創意まで中国文化に影響された小品文や「史実小説」などの作品を創作している。しかも、多くの作品に中国文化の寓意が託されたものを織り込め、自分の真意と向上意欲を表現したのである。

【注】

（1）奥野健男「人と作品」（『日本文学全集　33　室生犀星集』　集英社　昭48）は、犀星の小説創作は大正八年の初期三部作を初めとする第一期と、「市井鬼物」（昭9）をはじめとする第二期と、『随筆女ひと』（昭31）をきっかけに始まった生涯最高の高揚期である第三期、それからその間に挟まれた二つの「沈滞期」或いは「沈潜した心境」の時期に分けている。本稿ではその時期区分に従う。

（2）伊藤信吉「室生犀星　満州国の旅」（『すばる』　２００２・９）79頁

（3）拙稿「犀星と中国」項（葉山修平監修『室生犀星事典』　鼎書房　２００８）558頁

(4) 鳥居邦郎「室生犀星」(『現代詩鑑賞講座4・近代詩篇　生と生命の歌』角川書店　昭44) 152頁
(5) 伊藤信吉・富岡多恵子・奥野健男対談「詩人・犀星の本質」(『現代詩読本6　室生犀星』思潮社　昭54) 29頁
(6) 市川秀和「室生犀星における『終の住まいと庭』」(『室生犀星研究』第32輯　2008・9) 54頁
(7) 『後漢書』や『神仙伝』によれば、壺公という仙人は、夜になると小さな壺の中に飛び込み、そこには美しい神仙世界が広がったという。この壺のような小さなものの中にあるもう一つの天地のことは「壺中天」と呼ばれている。「桃源郷」というのは、晋の時代の陶淵明の「桃花源記」に由来したものである。
(8) 萩原朔太郎「芥川君との交際について」(『芥川龍之介全集』新潮社　昭10) 月報6
(9) 笠森勇『犀星のいる風景』(龍書房　平9) 142頁
(10) 星野晃一『室生犀星——幽遠・哀惜の世界——』(明治書院　平4) 103頁
(11) 詳しくは、拙著『自己実現・超越の室生犀星文学』(龍書房　2012　295～304頁) 参照。
(12) 星野晃一「室生犀星の明治期小品文」(『城西大学女子短期大学部紀要』第7巻第1号　1990・1) 18～19頁
(13) 三木サニア「室生犀星の児童文学（七）」(『方位』　1990・7) は、犀星の手がけた中国系の物語に関して、「仙人『桓闓』の話」は「列仙全伝」中の「桓闓仙」に、「虹おとめ」は『聊斎志異』所収の「織成」(洞庭君の仕女) に類似していて、それから「龍の笛」は「十訓抄」に、「喬正と金蓮」は「牡丹灯籠」(明朝瞿佑『剪燈新話』) に、「粟」は『今昔物語』を原典に拠るものとしている。岩田恵子「持明院の『妙蓮』」(『室生犀星研究』第34輯　2011・10) は、「一茎二花の話」は、浅井了意の翻案もの『伽婢子』や『剪燈新話』に出てきそうな奇怪物風なものとしている。
(14) 犀星における「翡翠」に関して、林土岐男「翡翠と犀星」(『室生犀星研究』第32輯　2009・11) 参照。
(15) 中国北宋時代に、郭熙の山水画論を子の郭思が編集増補した画論で、「三遠」「三大」に代表される空間表現法をはじめ、「六法」という画面構成の方法や山水画の技法を説いたものである。北宋の画家の自然観や理想を知るものとして貴重な文献で、後世の絵画制作及び画論に著しい影響を与えている。
(16) 三木サニア「室生犀星の児童文学（六）」(『方位』第12号　1989・3) 76頁
(17) 三木サニア「室生犀星の児童文学（一）」(『方位』第7号　1984・3) 18頁
(18) 奥野健男「解説」(『室生犀星未刊行作品集』第一巻　三弥井書店　昭61) 405頁
(19) 前掲注18に同じ。

第二章　犀星における「宗教的感覚」及びその意義

自伝風小説を多く創作した室生犀星は、最終的には私小説家にならなかった。その原因に関して、「地獄因果図絵さながらの世界」という犀星の生まれ育った環境、「それは、単に家父長的、封建的な血縁関係の中の非人間性に反逆する自然主義文学そして私小説の甘い親しい現実をはるかに超えていた。そういう過酷な現実が彼を単なる自然主義文学者、人道主義文学者、私小説作家にしなかった。(1)」とまとめられている。が、これだけではカバーできず、犀星の抱いた「宗教的感覚」も、無視できない原因の一つではなかろうか、と思う。

自分の「宗教的感覚」について、犀星は、次のように述べている。「私は宗教を持たない人間である。もし假りに私に宗教らしいものが（傍線強調は筆者注。下同）あれば、私は私の実力を信じることで漸と宗教らしいものが存在するといって宜いのである。幼少年時代を真言宗の僧院に過ごした私は余りに偶像的ものに多く接したからであろう。」（「生菜料理」『駱駝行』昭12）。ここで注意しなければならないのは、犀星にとっての「実力」とは、文学創作の能力と業績というものである。

しかし、「あらゆる西洋の作家はその晩年に至って或る宗教を完成し表現した。彼等は均しく宗教風な観念に美と愛とを感じていた。トルストイ、ドストエフスキイは言わずもあれ、ルツソオ、ストリンドベリイ、ヴェルレェヌ（略）」（「東洋の真実」『天馬の脚』昭4）、「古今の大作家の逃げ場は大抵宗教よりほかに選んでいない」（「復讐の文学」『印刷庭苑』昭11）と認識し、その優れた作品に敬服の意を表したにも関わらず、

私は今迄様々な現世のものを取り入れてきたが、一度も宗教というものが私の描く人生に必要である場合がなかった。金も名声も手頼るべき人物もない自ら稼がなければならない人間が、どんなに困っても宗教に心を対けるような空いた時間がないのである。窮迫すればするほど宗教などに遠ざかっていくばかりで、神や佛の感動の世界を教え説くよりもその日の食うべき金を与えてやったら、その窮迫人は一瞬の間にその金を呉れた人を神や佛のようにあがめ

ないが、それに引き続いた輝かしい感動を得るのだ。(「復讐の文学」『印刷庭苑』)

とあるように、犀星は、自分の創作に宗教は「必要である場合がなかった」と感じていた。しかも、創作だけではなく、「彼自身だけは家の者共に、骨は犀川に流してしまって、無宗教の葬いをして貰いたがった」(「横着の苦痛」昭30・10)とあるように、自分の最期にも、宗教の力を借りないことにしていた。

では、犀星における「宗教らしいもの」「宗教風な観念」「宗教的感覚」と彼の創作に宗教は「必要である場合がなかった」感という、一見すれば矛盾に見えるこの関係を、いかにして理解すればいいのか。

寺院育ち・少年時代に受けた聖書の影響、とりわけ放浪時代に受けたトルストイやドストエフスキイの影響により、宗教に特殊な感じを抱き、生活ばかりではなく、作品も大いにそれに影響されている。しかし「彼の身近に聖書があったことが紛れもない事実であり、信仰までは至らなかった。[2]」と同じように、犀星は仏教にも無信仰である。彼は、決して宗教に通常通りの救済を求めたのではなく、宗教を頼りに「美と愛を感じて」創作を通じて生活の浄土を見つけたり精神的向上を求めたりしたわけである。[3]

本章は、彼における仏教とキリスト教的「感覚」とその意義について検討するものである。

第一節　犀星における「仏教的感覚」及びその影響

一、犀星の「宗教的感覚」の由来と日常生活における表れ

「色々な佛像や佛画、朝夕に鳴る鐸鈴の厳かな音色、それから彼処此処に点されたお灯明など」(「幼年時代」)に包まれた雨宝院という寺院の中で、住職の室生真乗を養父に、そしてその内縁の妻である赤井ハツを養母にして育てられた犀星は、幼い頃より当然として否応もなく仏教に影響されていた。とりわけ、ハツは、もらい児を養育することを一種の職業、内職にしていた、ヒステリーで気性が強くて「馬方ハツ」というあだ名がある莫連女である。生まれてからこんな手におえない女にすぐもらわれ、折檻されながら育った幼少時の彼は、生活において「仏教的感覚」には救いを求めたのである。

（一）地蔵様信仰とでもいえる犀星の地蔵様への深い感情

日本では、「子育て地蔵」「子安地蔵」という名が示すように、「地蔵尊」は子供の仏様、児童を救済する菩薩だとされている。少年を加護し、苦難から救済するのは、本来的には実母であるはずだが、犀星の場合、生母に代わって、「地蔵尊」は窮地からこの少年を救済してくださるのである。それがゆえに、地蔵に対して、犀星はずっと特別な感情を抱き、

父は毎日庭の地蔵様を眺め、生母ハルを求め、こいこがれ、記憶としても残っていない人間的な思い出のただひとつもない生母を、終生愛し続けていたのだろう。父が生母を思い詰める感情の高ぶりが、ある期間積み重なり、自らを追いつめていった結果、毎月地蔵様に供え物をするという、行動と表現に達したのであろう。[4]

とあるように、地蔵様の祭りの日である毎月二十四日に必ず果物や野菜類を忘れずに供えていたのである。ここには、大正十一年六月二十四日、満一歳の誕生日を過ぎて間もなく病死した長男の豹太郎への悼みと労わりもあるはずだが、自らの幼少年への悲しみや生母ハルへの偲びもある。つまり、生母についての果てしない思慕と得られなかった母愛、そして亡児への愛情は、皆地蔵様によって満たされている。とりわけ、少年時代の犀星のことから考えれば、自ら作り出した「生母」なる「地蔵尊」に救いを求めるという子供の行為ほど悲しい自慰行為はないに違いない。突き詰めて言えば、コンプレックスに苛まれた犀星少年には、地蔵様以外には何もなかったのである。後に分析する初期作における地蔵様に対する「私」の気持ちもそれを裏付けている。

（二）犀星がずっと寺にいる感じを営む努力

抱いた「仏教的感覚」の影響で、犀星は、裁判所の金石出張所勤務中、尼寺に下宿したり、「軒なみにつづいている古本屋を一軒一軒素見して宗教物ばかりを集め」（「ザボンの實る木のもとに」大5・5）たり、終生「石仏への愛情をもって」いたゆえ、「感に堪えたようにお優しい顔をしていらっしゃ」る石仏を探し求めたり（「馬込林泉（抄）」）、屋敷神を入手しようと努力した（「信濃追分の記」昭8・10）りして、「宗教物」の収集に努めてきた。

以下では、昭和二十年代の犀星の日記から、彼がずっと佛像の収集に努め、それを精神の一部として営んでいたことを見よう。

○うすだやで歓喜佛一体をもとむ、三千五百にくどき落す、シャムのものらしく、塗金彫等古雅をきわむ（略）。（昭

23・11・22付）
○朝、佛像の顔が、すこし曲がっていたが、その位置をなおそうとしながら、ついに夕方まで度たび気付いていながら直されなかった。これは不思議な忘失された瞬間であった。（昭23・12・20付）
○速水骨董店でチベットの塗金佛をみた。ほしいが鳥渡すぐには買えそうもない、買うには少し高すぎるのである。（昭24・1・24付）
○臍もみえる半裸体の佛像であるが、あちらにいた自分も眼についていて、今日はきゅうにそれが見たくなったのである。（昭24・4・12付）
○久しく頭にある座像だが入手できて我が家に来るも因縁浅しとせず。（昭24・4・16付）
○佛像到着、塗金、木葉を纏い、蓮華に右足を乗せ、左手親指と薬指をつがえている。（中略）彼女は開眼佛である。軽井沢の冬の間に見た佛像が、因縁止みがたく馬込の家の所蔵になったのも、必然的な気がする。（昭24・4・20付）
○庭を掃き、佛像をみがきお茶を喫み、まづい物を喰い仕事をしている毎日。（昭24・4・25付）
○はなれた処では顔も肢体も刻の美も、充分に眼のうちにはいらないからである。かさだかにいえば矢張り塗金の粉雪のなかに坐っている。さんたる美しさにも此の佛の好さがあるのであろう。（昭24・4・26付）
○チベット佛を少し隔てたらでんの台の上に置く、窓近く明るいせいで宝珠の頸飾り襞腹部、木葉を纏える刻、足、足かざり蓮華台も、さんとして浮光を放った。やはり様々の細かい刻や形、佛としての約束の中にあるこれらの線や刻は、普通の感覚を越えているところに熱烈な凝視があるのであろう。（昭24・4・29付）
○「かけ佛」をもとむ。（昭24・8・6付）
○シャム、インドなどの小品佛像が集まったが、それが一つの佛龕をとりかこむように置かれると、どこか佛像群のぎざの美しさが、光背、冠、装衣の襞、れんげ台などに現われている。人間の形態を持ったいかなる小佛像にも、生活のおもかげがあって腕、ひざ、脚もそれぞれに、生きたものへのつながりを髣髴させている。小佛像の列立や重なりあった軽快な荘厳さは、荘厳さそれ自身に詩歌の世界が漂っていて、何時でも汲み取ることが容易である。（昭24・9・9付）

○佛像を置き換え物の位置をかえたりして朝の内をすごした（略）。（昭24・10・19付）
○チベットの座佛がきょうはとても美しく見えたので、手でさわってみると温かかった、きらびかな塗金の処々のひらめきが、山吹色の蝶のように生き生きとして、霞んで立ちそうだった。（昭24・10・29付）
○佛像山吹がしばらく書斎に移居していたが、（中略）美しく見られた。しばらく見なかったせいと、つい、塗金に艶布巾があてられたためであろう。（昭24・11・5付）
○冴真次郎君が来て佛像を見せたが、僕程度のわかり方でった。もっと教わりたかったが、それ以上望めなかった。（昭24・11・30付）
○夕べ見たゆめに観音の顔があったように、けさ塗金佛をみてそれを思ひ出した。（昭25・6・2付）
○ながおか骨董店で紫檀机一脚、塗金佛一体をもとむ。（中略）佛は考える人そっくりである。頬に指をふれ、右脚を左の膝にかさね、腰かけている姿であるが美しくいたわしい。（昭25・9・1付）

日記にばかりではなく、随筆にも、このようなことも多く記されている。例えば、「或る朝、或る古い寺院の境内を逍遥するとき、「何とも言えず美しい、印度や支那の石佛ではこういう浮世絵風ともいえばいえる、純日本風な気持ちのあらわれたものがない、これは世界じゅうに捜してもない美し」い地蔵菩薩の石像を見た彼は、好きでたまらず「切ないまでの哀願を住持の僧に乞」って、「幸い無縁の佛であったと見え、読経をしてもらって私は私の庭に移してきたのである」。「情をもっていて、一入、石佛への愛情をもっているものである」（「石佛群」『文芸林泉』）。「それから後に私は無縁の石佛でよく肥った童女のごとき菩薩を手に入れた。」（「菩薩も市に」同上）

それればかりではなく、「お寺に育った方だから、お寺の隣りに家を建てたのだ。お寺が好きなのだ。[5]」と指摘されたように、寺育ちの犀星にとって、寺院・仏像・鐘の音などは特別な意義のあるものである。例えば、豹太郎の死は犀星に「厭世的な安鬱な思想を与え」（「弄獅子」）、散歩のついでに彼は大龍寺の境内に入ることが多くて、過去の己の行為の償いをさせられたような感じがして、彼をして『忘春詩集』をはじめ、一連の「病児・亡児物」ともいえる作品群を残させた。終生度々転居したが、彼は寺院に隣り合って生活することがずっと好きで、仏像や石塔とりわけ地蔵様を集め、庭や拵えた庭園に置き据えていた。あまりにも多く集めたため、萬福寺に隣り合って生活していた時、知らない人に寺と間違えられたことがよくあった。彼「自身が最も拘って設計した『大森馬込の住まいと庭』」の常にきれいに掃き清められた地面に、犀星は一尺ほど地面から盛り上がった卵形の台座を造り、さらにその表面に石仏や水盤などを埋めて、周囲にアヤメやユキノシタを植えていた。あたかも仏が座す蓮の台座を思わせるこの台座のことを、「犀星は訪問客に『蓮台』また『日月の座』とも紹介し、夕暮れの陽差で照らされる地面の表情を見てから帰りなさいと、度々話していたという」[6]。明らかなことに、「蓮台」と名付けた際、犀星は「仏教的感覚」を抱いていたに違いない。

作品において記しているだけでなく、「幼少年時代を真言宗の僧院に過ごした（中略）不思議な生い立ちの環境は、旅行をすれば必ずその土地の神社仏閣を訪ねて、何となく其処のさびしい空気にふれることを好んでいた。」（「生菜料理」『駱駝行』）とあるように、旅行中も、彼はお寺を回ることが好きである。外村彰氏は、犀星の京都行の所産といえる数多くの散文・韻文についてまとめ、中でも「二度目の〈京都〉行の所産として第一に指折られるものとして、数多くの寺院参拝によって執筆された庭園随筆が挙げられる」[7]としている。これを「寺まわりの記録みたようなもの」と自ら語ったこの一連の随筆を、後に「京洛日記」と改題の上『文芸林泉』に収録しただけでなく、犀星はさらに「薪一休寺」「竜安寺」「霊雲院」「隣花庵」「大仙院」「高桐院」「西芳寺」を選び、『室生犀星文学読本　秋冬の巻』（第一書房　昭13）にも再録している。このことから、犀星がいかにこれらのお寺が好きであるかが読み取れる。

（三）犀星が持っている仏教に関する深い知識

仏教に深く影響されたので、犀星の仏教知識は非常に豊富である。昭和三年一月『新潮』発表の小説「観音院」は、愛欲をからませ、それを傍観する作者の分身、青年時太の冷たい目を感じさせる名作で、千手院、養智院という金沢に実在する真言宗の法累の寺々をつなぐ法式への描写が、犀星の熟知振りを示している。

下記の日記もそれを裏付けている。

○犬をつれて萬福寺の庭寄りを見廻る、お彼岸詣りの線香が庭の中にころがり込むからだ。どの線香も悪いものらしく立ち消えになっていた。（昭24・3・20付）
○隣の寺では太鼓を叩いているが、きょうは涅槃会で甘茶を接待する日だ。（昭24・4・8付）
○きょうはおねはんである。

釈迦が死んだかたわらに、犬猫猿へび雉子山どりなぞが集まり、悲しんでそばをはなれなかったということは、美しい物語である。子供の時は何でもないこれらの童話風なものが身にしみて美しく感じられるのも、年を老ったせいであろう。殊にのろのろと蛇がはいずって悲しむのがいかにも悲しみの本体をあらわしている。長ったらしい頭から尾の先まで悲しみを背負っている蛇は、悲しみそれ自身のようである。（昭28・2・15付）

犀星には、「龍樹菩薩」（大10・6）「魚になった興義」（大11・1）「禁断の魚」（大12・11）という仏教ゆかりの小説があるが、宗教の本意に基づいたのは「龍樹菩薩」だけである。印度拘薩羅の王は、多くの処女を王宮において一人ずつ選んで順番に寵愛している。が、ある時、その処女たちが同時に多く妊娠していることに気付き、調べさせたら、四人の男が陰術を使って、処女たちと交わったことが分かった。王の命令でそのうちの三人が殺されたが、逃げ出した一人は、発心して龍樹菩薩となった、という内容の小説である。病気がちで、その小説の掲載前後、既に重体になった長男のことは、過去の己の行為の償いだという感がしてならなかった当時の犀星は、仏教の伝説に基づいて感慨深くこの小説を創作したに違いない。

仏教関係の建物に関しても、犀星は相当深い認識をしていた。例えば、相阿弥作のものだと言われ、創作精神において禅的思想に徹していて、超感覚的な所謂無の美を表現している竜安寺に対して、「枯淡な達人の心境をそっくり現わした」（「石について」）「石庭の王者である」（『文芸林泉』 昭9）、と賛辞を惜しまずに高く評価しているし、仏教と庭との関係について、「庭と仏教」（昭9・1・10）まで記している。

（四）雨宝院というお寺に対する犀星の切ろうとしても切れない複雑な感情

もともと廃寺となったこの寺を、後犀星の養父になった室生真乗は、明治初年越中から出て来て建て直したもので、後に犀星の養家の生活にとって最重要な支えであった。が、檀家を持つ檀那寺ではなく、賽銭だけに頼る祈願寺であるため、犀星の養家の生活は裕富とは言えない。犀星とっては、この寺、いや養父は、これ以上の意味で彼の生涯に欠かせないものである。

第一に、性格温和な養父は、犀星に慰みを与えたのである。

「幼年時代」と「性に眼覚る頃」において、逃れようと思っても逃れられない養母の束縛と威圧から逃れるために、実の養父をモデルにして、優しくて何でも親切にしてくれて、最後に義理の父にした住職の人間像を作り上げ、「私は七十に近い父と一緒に、寂しい寺領の奥の庭で自由に暮らした」。「私は学校をやめてから、いつも奥の庭で自分の好きな書物を対手に暮らしていた」と書いて、継母と争う暗い家庭や給仕という屈辱的な名称に悩んだ裁判所勤務など現実的な側面を排除し、瑞々しい感性のみによって己が青春を抒情的な物語として再構築している。この「善良一方の生涯」で、「一生こき使われていた我慢強い、死ぬ間際まで母の機嫌をと」らなければならず、特に晩年盲いて病床に伏し、養母に「用なし」のものとされて苛められ、「何処までも母の奴隷以外の生活はしていなかった」養父を、犀星は「露骨に」「愛した」（「弄獅子」）のである。このことから、幼年の犀星にとって、養父はいかにも大切な存在であることが伺える。

第二に、養父は、犀星の人間的成長に大いに役立ったのである。

「普通の僧侶のように大した学問などもなかったのであろうが」、毎日「新聞を読むか暦を操るか」（「弄獅子」）のような生活をしていた養父は、早くも高等小学校を中退した犀星にいろいろなことを教えたに違いない。が、もっとも重要なのは、養父の建て直した雨宝院を売却した代金を用いて、自分の人生にとって最重要な一歩なる『愛の詩集』の出版を成し遂げたことである。

十年近い歳月、卵を暖めるように詩篇の束をふところにいくつも入れていながらも、詩集に作る金がなくて、ずっと苦悩していたところ、大正六年九月二十三日、養父がなくなった。家督相続の手続きが完了後、いち早くそれを売却し、その僅かな遺産を手にしてやっと出版できるチャンスを得た犀星は、生涯第一部の詩集『愛の詩集』を世に送った。この意味で養父の残した遺産で出版したこの処女詩集は、「その神のごとき生涯の中、私を愛し私の詩を励まし」、自身の出世を待ち望んだ「最愛の父」（「扉銘」『愛の詩集』）の霊前に捧げた供え物だと言えよう。

そこで、売却したとは言え、犀星はずっと雨宝院に並々ならぬ関心を寄せていたことは、次の彼の日記と雨宝院への寄進から伺える。『北國新聞』掲載の、小畠悌一の未亡人が売った実家を、買った人は文化財として保存していく由の記事を見た犀星は、「僕は寧ろ雨宝院の方が生い立ちに関係があり、あそこだけはくづさないで境内なぞ昔のままにして置きたいくらいである。小畠家は生まれただけで、少しも気持ちに残っているものはない。雨宝院こそ一石一草の記憶があり、あそこは、そっと置いて貰いたいものである。」（昭27・11・12付日記）と心からの言葉を記している。それから、雨宝院修復のため、「貧乏文士」でありながら、犀星は、「本堂修復に就いては寸志の寄進致したい」（昭30・12・20付消印の住職宛はがき）考えを示してから、「十八回分送付回数を確か否かおしえて（十九回か）」、「二千円同封しました。これで一先づ寄付の方が切ることにしました宜しく」などのように、丁寧に手紙を添えて送金したのである。[8]

第三に、犀星における「仏教的感覚」の養成に果たした雨宝院の働きである。

雨宝院現住職の高山光延氏の話では、当時この寺に参った人は、「西の廓」の芸者がほとんどである。これらの芸者は、お寺詣りというより、むしろ住職やその奥様との世間山話や相談を通じて沈んだ気持ちを回復させるのである。この意味で、仏教のお寺でありながら、芸者たちにとってはむしろ教会みたいな場所で、このお寺参りというのは、むしろ教会に告白に行く行為にあたる。したがって、二十歳の頃まで雨宝院に住んでいて、この光景を見慣れた犀星が、後にキリスト教へ強い関心を寄せたのも、これに遡ることができよう、との由である。

上記のように、自分の生い立ちの場所、それから養父の心血の結晶であり、後に自分の「宗教的感覚」を育成し、さらにその文学生涯に大きな役割を果たしたゆえ、雨宝院は、犀星の凡ての原点となったわけである。

二、「仏教的感覚」に求める救い

「自分はいつも室に燈明をつけている／自分は罪業で身動きが出来ない気がするのだ／自分の上にはいつも大きな／正しい空があるのだ／ああ　しまいには空がずり落ちてくるのだ（ある時、故郷の寺院にて）」。これは、大正四年、犀星が「故郷の寺院にて」詠んだ「罪業」という詩である。悲しい出生・生立ちと東京での放蕩無頼の生活、これは犀星の心を苦しめ、彼を抑圧している「罪業」である。寺院にいるからこそ、「自分の上にはいつも大きな／正しい空があるのだ」、言い換えれば、寺院という清浄な地にいるからこそ心は安らぎ、「罪業」を清め、自らの向上意欲を催すことができるのである。「仏教的感覚」により、清浄や清純などを求めることは、ずっと彼の生涯を貫いた。

犀星の「仏教的感覚」は、俳句と初期三部作によく表されている。後にキリスト教の影響、とりわけトルストイ、ドストエフスイ作品の耽読により、犀星は、キリスト教に救いを求めることに転換していき、人道主義めいたものを多く書くようになった。

（一）句作における「仏教的感覚」

不幸な出生と生い立ちによってコンプレックスを負わされた犀星は、高等小学校を中退し、十三歳の時、給仕として裁判所に出され、身の回りの人に見下され、感情的にコンプレックスのどん底に陥ってしまった。こんな時代にいた犀星は、俳句という文学の一形式に縋りつくことでようやく自分を取り戻した気になった。まだキリスト教に影響されていなかった初期の句作には、「仏教的感覚」を表したものがたくさんある。

1．晩鐘やのそりと出でし月の蟇　（明39・6・21）

晩鐘が鳴っている頃、のそりと出てきた月は、まるで寺の蟇股にかかっているようである。いかにも清浄な世界である。寺育ちで、私生児として生まれ、汚れた身を持っていると思い込んだ犀星は、自己救済のため、鐘をはじめとする「宗教物」に由来した「仏教的感覚」を抱き、清浄や純を求めていた。

この時期、

2．旅僧の一夜で去りし十夜哉　（明37・12）
3．暑き日や蟻の塔見る山の寺　（明39・7）
4．虫鳴くや月を真上の清涼寺　（明39・8）
5．宵闇の寂しき鐘や稲光り　（明39・8）
6．百舌日和庵は寂しき日なりけり　（明39・10）
7．絵馬堂や柱にからむ蔦紅葉　（明39・11）
8．稲の闇地蔵祭の灯赤し　（明39・12）
9．菜の花の果ては御寺の開帳哉　（明40・2）
10．蓮如忌の寺や一木の遅さくら　（明40・5）
11．本堂や灯籠につく灯取虫　（明40・8）
12．経読て亀を放つや秋の海　（明40・9）
13．水涕や佛具を摩く掌　（明40・12）

14. 臘八や月落ちかゝる寒山寺 （明41・1）
15. 虎杖や阿弥陀詣の道の草 （明41・2）
16. 末法の僧楼に入る柳かな （明41・2）
17. 出代の額ついて行く佛間かな （明41・3）
18. 囀や拝殿高き檜皮葺 （明41・4）
19. 小坊主の檀家通いや豆の花 （明41・4）
20. 初午や屋根に供えたる小豆飯 （明41・5）
21. 菜の花やこゝから見ゆる善光寺 （明41・5）
22. 南無阿弥陀佛となく墓場の蛙哉 （明41・5）
23. 暗き灯をめぐる藪蚊や古佛 （明41・7）
24. 寺町や墓参の俥つゞきけり （明41・9）
25. 美しき僧侍るや月の宴 （明41・9）
26. 鶏頭や番僧小屋の低き窓 （明41・9）
27. 大葬の百僧憩う松の花 （明42・3）

などと、明らかに「仏教的感覚」に関わったものである。このような「感覚」的なものは、ほかにも数多くある。

それに対して、大正五年以降キリスト教に心が惹かれていったこと、大正八年『抒情小曲集』などの詩集を出版し、詩壇において確固たる地位を獲得した上、「永遠にやってこない女」だろうと念願した浅川とみ子と結婚し、幸せな生活をするようになったこと、それから大正九年初期三部作の成功によって文壇に輝かしく登場した後、心境の一変が原因で（第一の小説創作の沈滞期も経験）、大正十三年に再開した俳句に、際立った特徴の一つとして貧困生活などに関する描写が減り、明るみ・温かみ・美を追求するものが絶対多数を占めるようになった。

中には、明らかに「仏教的感覚」を描くものとして、

28. 寺の障子朝清う澄むさくらかな （大13）

29．あわゆきの寺々めぐりやつれけり　（昭9・3）
30．庭芝も苔がちになる夏書かな　（昭10・7）
31．（栗）朝々や栗ひらう庭も寺どなり　（昭10・6）
32．屋根瓦こげつく里の夏書かな　（昭9・8）

という程度に留まり、少なくなってきた。

昭和十三年より、犀星は小説創作の第二の沈滞期に入った。おりしも昭和十二年九月十八日、「柳条湖事件」が発端たる中国への侵略戦争、更に十六年十二月八日太平洋戦争への突入によって、文学全般に対する国家の統制が強化されてきた。沈滞期・戦時下という特別な時期だけに、人生をいろいろと経験してきた犀星でさえ、多くの命が無残に犠牲されたことと、昭和十三年秋に妻とみ子が脳溢血で倒れて半身不随となったことを筆頭に、立原道造（昭14・3）、泉鏡花（昭14・9）、そして萩原朔太郎（昭17・5）、佐藤惣之助（昭17・5）に続いて、小畠悌一（昭17・10）、北原白秋（昭17・11）、児玉花外（昭18・9）、徳田秋声（昭18・11）、津村信夫（昭19・6）、竹村俊郎（昭19・8）、小畠生種（昭20・3）、田辺孝次（昭20・4）など、知己親族の相次ぐ死去に出遭ったことは、時局の暗さと相俟って心が沈痛してしまい、かつて弱まっていた「仏教的感覚」は蘇ってきた。

33．石ほとけ寺よりかりて冬の苔　（昭18・8）

被っているこの冬の苔から、既にこの石ほとけは長らくこの家に置いたと推測できよう。戦時下どんな目的で寺から石ほとけを家にまで借りて、長く祭ったのか。「仏教物」に心的清浄を求めた「仏教的感覚」が働いていたに違いない。

この時期、犀星には、

34．ひさかたの雨頬にめでつ夏書かな　（昭16・11）
35．（春愁）はるびんのみ寺よはるの祈なる　（昭18・8）
36．炭と梅馬とみ寺の駅ざかい　（昭18・8）
37．蕗の薹径は小さき寺に入る　（昭22・3）
38．初蝉や襖を外す寺ざかい　（昭23・7）

39. 山門や萩吹き返えす裾野風（昭23・8）

40.（塗金観音佛）山吹や瞼あたりに明けそむる（昭24・4）

41. かそけさよ葉も山吹の寺どなり（昭24・4）

42. 鬼が島に百合冴えわたり夏書かな（昭33・7）

などと、数多くの「仏教的感覚」ものがある。

（二）初期抒情詩における「仏教的感覚」

犀星初期抒情詩の中に、寺院をスポットにしたものが多くある。例えば、「あはれ知る我が育ちに／鐘の鳴る」「寺の庭（初出未詳）」、「われ静かに僧院にうづくま」った「滞郷異信」（大・1）、「うつくしきみ寺な」る「春の寺」（大3・5）、「かなしくまつわる香煙のなか」で「たえまなくなげきくづれたり」気持を描いた「僧院の窓辺」（大8・3）、「浅草公園のなかにある寺」を描いた「天の虫」（大3・9）などがそれである。血の通わぬ養母の叱責とそれへの反抗に明け暮れた犀星にとって、暗い樹木に覆われた寺の境内は、絶好な隠れ場である。陽のささぬ湿った庭先に、艶のある濃緑の広葉に、自らの陰を映してひっそりと咲いている黄色い石蕗の花、初冬の陽かげに咲く花の姿は、清らかで、一種の孤独な雰囲気を持っている。そこに物心がついてから知ってきた悲しい来歴を重ね合わせて見ている犀星は、寺という清浄地にいてからやっと心を安らげ、自分の向上意欲を催すことができるのである。

ここでは、「寺の庭」と「滞郷異信」を例にしてみよう。

初出未詳で、『抒情小曲集』所収の、「つち澄みうるおい／石蕗（つわ）の花咲き／あはれ知るわが育ちに／鐘の鳴る寺の庭」（「寺の庭」）という詩において、「澄み」は「住み」とも通じ合っている。「つち澄みうるおい」は我が身を支える唯一のものであり、「自己存在の肯定（癒し）と否定（悲哀）の相剋に戸惑いながらも、澄んだつちに於いて澄んだ鐘が鳴る『寺の庭』の場所でこそ、孤独な犀星は本当の自己を取り戻し、本来の自己となって住む（澄む）ことができたのではあるまいか」[9]との指摘通り、犀星は、雨宝院での生活の中で、特に「庭」にだけ心が癒され落ち着く場所を見出したのである。

それから、大正二年一月『樹陰』に発表された「滞郷異信」である。「われ静かに僧院にうづくまり／その眼もかたくとざされてあり（中略）／友よ、むしろ悲しきわれを生める／その母のひたいに七たび石を加うるとも／かなしきわが出産はかえらざるべし／まして山河の青きにつつまれあらんは／くるしき窒息のごとき侮辱にして／わが眼はながく開かざるべし」とあるように、東京における荒れた生活から逃れるようにして帰郷した後、暗い寺院の部屋と仏具、それから香煙の匂いが心を重くし、加えて養母の小言、郷党の白眼が胸を刺し、居たたまれない気持ちに追いやられる。「ああ、ふるさとはわがさしのべし手にそむき／つめたき石を握らせり」には、ふるさとからの疎外と被虐を込めて、自分の哀傷極まったものの内実を描きだして見せて、誰にこの気持ちを訴えることができるかという苦痛が抑えられている。特に最後のところで、「女中の子」としての自分を生み、行方不明になった実母への愛慕と痛恨、養母の鞭のような激しい叱責をはじめとするすべての侮辱に対する堪え難さが、表裏をなして歌い込められ、暗く自閉していくことを描写している。この心の有りようは、出生以来の負い目につながっているもので、「短歌は『命のあらわれ』」でなければならないと信じた斎藤茂吉は、「余をして昨夜涙を落さしめ、同時におの、かしめたのは此長詩である。ざんげの心を感謝の心とを捧持してしばし無言でいなければならなかった。[10]」と、衝撃的な感動をせずにおかなかった。

(三)　小説における「仏教的感覚」

まず、その「仏教的感覚」の一番強い初期三部作を見よう。

「幼年時代」には、生父母を失った「私」は、偶然のチャンスで川原から拾ってきた「一尺ほどもある、かなり重い石の蒼く水苔の生えた地蔵様」を祭るために、庭に生えた「杏の木の陰」(犀星における「杏」の意義について、第六章「犀星における『杏』の象徴的意義とその働き」において検討する)にきちんとした台座を作り、「その台座のまわりにいろいろな草花を植えたり、花筒を作ったり、庭の果実を供えたり」、提灯や小屋がけを作ったり、三宝などを買ってきた。「毎月二十四日の祭日を姉から教えられてから、その日は、自分の小遣からいろいろな供物を買ってきて供えていた」のは、「私はいつもこの拾ってきた地蔵様に、いろいろなことをしてあげるということが、決して悪いことでないことを知っていた。ことに、地蔵様は石の橋にされても人間を救うものだということをも知ってい」た犀星は、この「石ころ同様なものの中に、何かしら疑うことのできない宗教的感覚が存在しているように信じていた。」からである。

最も重要なのは、「地蔵尊」を祭ったことがきっかけで「寺の養児」になって、この悲惨な生い立ちによって救い上げられたことである。これはまさに二重の意味における救済である。そこで、「私のお寺の生活がだんだん慣れるにしたがって、私は心からのびやかに幸福にくらしていた。」「寺に来てから、私は自分の心が次第に父の愛や、寺院という全精神の清浄さによって、寂しかったけど、私の本当の心に触れ慰めてくれるものがあった」。

「性に眼覚める頃」において、引き続き犀星の心を支えたのは、地蔵様への感情と、美を探求するために何もかも犠牲にしても惜しまなかった心である。ことに、「私は人の見ない時、そっと川から拾い上げた地蔵尊の前に立って手を合せた。母を祈る心と自分の長い生涯を祈る心とを取り混ぜて祈ることは、なぜかしら川から拾った地蔵さんに通じるような変な迷信を私は持っていたのである。」という一節から、なぜ主人公は執着的に地蔵様を信じているのかが分る。

「或る少女の死まで」において注意すべきなのは、小説中に出た「鐘」に託した作者の思いと、トルストイやドストエフスキイの文学の影響によって描かれた酒場の少女である。

今鳴る鐘は、いくつの鐘じゃ、六つの鐘じゃ。（中略）どこか鋭い哀切な調子で歌っていた。私はそれを夏もややくれちかい涼爽な、どこか冷たみを持った空気の中に、じっと踞んで聞いていると、少年時代の微妙な生活を考え出すのであった。人間がどれほど成長していっても、いつも衰弱しきった、思索しつづけた心のそこに何時も湛えられているものは、あの少女の今歌っている心境だ（略）。

というように、鐘を歌うふじこの歌は、実際の鐘の音とともに、都会の中で荒れた生活をしていて、真の自己を失いそうになる作者を、無垢な世界に導くものであった。

が、前にも見たように、「私」を幼年から少年へと成長させたのに大いに役立った地蔵様を祭っていたにも関わらず、「私」は、「私の実力を信じること」こそ一番重要だと信じ込んでいる。彼は「そこで、大きくなったら、偉い人になるように熱祷するのであ」り、自分で一生懸命に頑張って投稿したりしたのである。

それから、第一の沈滞期の作品からその「仏教的感覚」を見よう。

閉じこもった「海の僧院」では、仏具だけではなく、小説に出た庵主も「なりの高い女らしい品」と「澄んで地のままな清さ透徹さをもった声」であるし、尼の順道も「透った美しい声」「温かい優しさと、あどけない少女性のある声である」し、丹嶺も「精神の美にあふれ」、「高いものの愛慕れた潔さ」がある。ここで、キーワードは、「澄」・「あどけな」さ・「潔さ」などである。

清浄や清純を執拗的に追求するわりに、穢れに対するいやな気持ちや自己嫌悪も激しいものである。「海の僧院」では、美しい朱道に対して、「顔立ちの上品な点や、その練りあげたような肉眼ではとても毛穴の見えないほどの細かな皮膚は、いつ見ても清浄でした」というイメージだったが、彼女が村の男と交わったことを知ったところ、「私」は大変な打撃を受けて、穢された朱道がいやになり、「何もかも汚れ切った。（中略）美しく汚れないものを其まま保ってゆきたい願いをも考えました。」

ほかの作品にもこの「仏教的感覚」を表すところが多い。例えば、「蒼白き巣窟」では、「除夜の鐘が鳴り出した。深く重い鐘声はこの地上のあらゆる生活の上を、大きな輪をえがいて響きだした。（中略）何かしら人間の運命とかかわりのある古びた金属の音響は、わたしだちの心にまで重々しくつたわって来た」と、寺の鐘音により心を清めたのである。

さらに、「美しき氷河」では、「肉体的なお吉と精神的なお鶴と、二つの異なった性格」を有する二人の芸者のことが描かれている。お鶴にあるのは、「『静かな美しさ』であり、『神聖な愛らしさ』ということになるだろう。こういう美しさとか愛らしさとかといったものは、既に『或る少女の死まで』に登場する酒場の少女に具象化されている。[11]」と指摘されたように、「私」がお鶴に求めるのは、依然として「厭世的ないとしげな魂」と清純である。また、お吉は、「手癖がわるいし、踊りが下手だし、とても十四には廻りかねる智恵をもってい」て、「やくざな子」にまで思われるが、実は、芸者の身でありながらも、「つみのない」、「見られない明るい佛教じみた寂しさで、文字通り『遍照』とか『公明』とか『寂光』とかというものの精神を伝えているようだった」だけに、「処女のみがもつ冷かな、また決して直ぐ様に迫ることのできない威厳というものに近い空想しさが、そのからだのまわりを守護しているようにおもわれた」。ここでは、決め手となるのは、やはり「処女」の清純である。

寺院育ちの犀星にとっては、お寺は特別な意義のあるところで、パラダイスでもあった。そこで、「私」はわざわざ「海の僧院」に閉じこもって、「木魚のそこのないような音響が、なまめかしい声のあいまに交じって、いつの世まで何時もこうあろうと思われる寂しさが、甘いような処女らしい声とともに、私をして永く永く壁のところに坐らせるのでした」。また「蒼白き巣窟」では、「何かしら人間の運命とかかわりのある古びた金属の音響は、わたしだちの心にまで重々しくつたわって来た」と、寺の鐘音により心を清めたり、清純を追求したりするのである。

もちろん、「私の実力を信じること」こそ最重要だと信じていた犀星は、ひたすら佛様に願ったのではなく、創作に励んだのである。彼は、下宿先の金石の尼寺で「何も彼も詩の世界」で「まるで美しい詩集のあいだに部屋があって、そこで活字と一緒に遊び戯れる」というふうに無我夢中になって「書き込んでいた」。この異様な打ち込みによって、僅か八ヶ月余りであったが、「私は後年世に問うべくたくわえられた『抒情小曲集』をそこで作った」(「泥雀の歌」)。

そればかりではなく、仏教に対する理解、「仏教的感覚」は、後の各章で見る犀星文学のキーワードたる魚、杏、木、蛇などにも反映されている。

三、「仏教的感覚」に追求した家庭的・人間的温かみ

犀星は、お寺、木魚の響き、寺の鐘音等から、清浄・純など特別な「仏教的感覚」ばかりではなく、幼少時から欠けた家庭的・人間的温かみをも追求してきたのである。

「私」が「海の僧院」が好きになったのは、寺院の中にある溢れんばかりの家庭的・人間的温かみも無視できない要因の一つである。寺院には年寄りの隠者が一人と、庵主と上の弟子の丹嶺と、下の弟子の順道がいる。かつて贅沢な生活をしたことのある「上品な、あまり口出しをしない隠居さん」は、捨て児の庵主を養育したり、托鉢から帰ってきた皆に、「くたくたに煮えたお茶を、みんなが洗足に行っている間に酌いで置くのです。それがいかにも働きに出た人人を迎える温かな情愛のこもったようにです」と、三人の尼を家族の一員として可愛がる。また庵主も優しくて親切な人で、弟子達を我が子として保護している。夜中女性ばかりの寺に悪戯好きな人に潜んで入られてきたのを、若い尼が恐怖がってしまい、さすがの男性である「私」も「二人の恐怖された反射作用にでもなったように、すこし顫えるような心」になった。しかし、力弱い女性の庵主は「自分でそっと雨戸のあいたところに立ち塞がるようにして」、勇敢に皆を庇ったりする。まさに子供のために何でも犠牲にする母役である。

また、姉弟子の丹嶺がよその尼庵の庵主になるため皆と別れる前に、「ながい間親身の母のように育てられた庵主のそばを離れたくない。(中略)庵主もなるべく自分の悲しい心持を目にあらわしてはならないと努めているらしかった」。庵主は「『こんどは朱道さんの番ですね。よく辛抱していなければいけませんよ。』と言うと、さきから悲しんでいた目を急

に晴晴しく微笑する。まるで娘を嫁に送り出した母のようである」。それに対して、丹嶺は「わたし行きたくないんですの。（中略）此処はどんなにいいか知れません。」と言った。自分の尼寺を持つというのは、尼にとって最高の憧れなのに、丹嶺は全然嬉しがらなかったのである。

このように、血筋こそ繋がっていないが、寺院全体は「綿密な、まるで一枚の織物のような本当の親子にも見られない愛」と家庭的雰囲気に包まれている。だからこそ、「この寺と分かれることを今はかなりにつらく思うようになっていました。」

ほかに、「尼」（初出題名「鍛冶屋の小僧」。大10・1〜2）「禁断の魚」（大12・1）においても同じ描写がある。「尼」の中の「少年」は、尼さんと会うこと「ばかりを毎日待ちくたびれていた」。小僧の実体である黄金の仏像は輝いて彼女の白い胸のところに温められたまま、寺にかえりました。」「禁断の魚」では、病気にかかった母の命を救うため、興義はあえて「殺生禁断」の禁令を破って、母に栄養物として魚を捧げた。その後病気をしていた我が子を救うために、母もまた「殺生禁断」を犯して魚を滋養物として興義に与えた。いかにも母子が頼りあって過ごす睦まじい生活である。これらの表現は、「はからずも犀星の深層に秘められた欲求、願望[12]」にほかならない。

第二節　犀星における「キリスト教的感覚」及びその意義

「宗教学的宗教観念[13]」の確立と普及もあって、トルストイ、ドストエフスキイの文学作品をはじめとするロシア文学が疾風怒濤のように日本を風靡する中、日本に伝わったキリスト教は、多くの作家に多大な影響を与えた。コンプレックスに苛まれた上、寺院育ちの室生犀星も、少年時代に受けた聖書、殊に放浪時代に受けたロシア人道主義文学の影響で、「キリスト教的感覚」を抱き、生活ばかりではなく、作品も大いにそれに影響された。しかし「決して使徒ではない」（「祈祷」大3・4）彼は、「信仰までは至ら[14]」ない、言い換えれば、キリスト教への信仰を通じて贖いを求めるクリスチャンとは異なって、その「キリスト教的感覚」のもとで、創作を通して生活の浄土を見つけたり精神的向上を求めたりした。

本節は、犀星におけるキリスト教と人道主義作家の受容についての分析を通じて、彼における「キリスト教的感覚」とその意義を検討しようとするものである。

一、犀星におけるキリスト教とヒューマニズムの受容

「犀星は父に誘われて尾山とともに加藤正雄を訪ねた。加藤正雄は犀星を寺の子と知ったうえで自宅の聖書購読会に加えてくれた。三人は聖書と讃美歌集をもって、いっしょに通った。[15]」とあるように、「犀星の聖書受容を考えた場合、それは明治四十年頃まで遡ることができる。」彼本人は、洗礼こそ受けなかったが、「二葉会」や「北辰詩社」を通して知り合った田辺孝次、幸崎伊次郎、尾山篤次郎など、金沢教会で洗礼を受けた文学の仲間達に影響された上、「当時の金沢における芸術文化を愛好する若者たちにとってキリスト教（もしくはそれを象徴する聖書）が与えた影響は少なくない。[16]」つまり人道主義が普及し、それに深く影響された金沢の、いやむしろ日本の文壇へのキリスト教浸透の構図を指摘したこの引用から、東京に出る前の青年犀星は、既にキリスト教に深く影響されていたことが伺える。

明治四十五年、「犀星は本郷の縁日で五銭で『聖書』を求め、他に読むべき本がないので明けても暮れても読んでいたらしい。[17]」しかも、「私の室に一冊のよごれたバイブルがある。（中略）私は暗黒時代にはこのバイブル一冊しか机の上にもっていなかった。寒さや飢えや病気やと戦いながら、私の詩が一つとして世に現われないころに、私はこのバイブルをふところに苦しんだり歩いたりしていた。」（「扉銘」『愛の詩集』）という話から、この時期、彼が精神的な頼りにしていたのは、「一冊のバイブル」であったことが分かる。

大正三年二月、長く文通した萩原朔太郎の故郷を訪ね、朔太郎の家である前橋に滞在した間のことを「祈祷」というメモ風の随筆に記した。「毎日毎日バイブルを読みくらしている。読んでも飽きたることの無いものである。好きな好きなクリスト。センチメンタルでわがままで温和しくて女のようなクリスト、すこしく嘘つきで真摯なクリスト、柔らかな乳白の頬にしんみりとして喜びを覚える。」（「祈祷」）という内容からも、この時期の犀星にとってのバイブルとキリスト教の意義が読み取れる。また、前橋を去る時、ずっと欲しくて思い求めた聖母像の板張りを朔太郎からもらったそうである。

それればかりではなく、『白樺』に一年余りに亘って「ドストエフスキイ」という文章を連載する中、「長与善郎氏や白樺派の人々、その後では室生犀星氏原久一郎氏から私に寄せられた身に余る激励の御言葉は、私に忘れ難い感激と感謝の念

を与えた。」[18]、と作者の新城和一氏が述べたように、犀星はドストエフスキイ縁の物に深い関心を寄せて、貪欲的にキリスト教や人道主義の知識を吸収していたことが分かる。

キリスト教に対する熱狂は、犀星をして研究という程度に至らせ、大正三年「人魚詩社という詩社が、山村暮鳥、萩原朔太郎、室生犀星三氏によって創立された、主として詩、宗教、音楽の研究を目的とする」（『詩歌』七月号消息記事）ことになった。現にこの頃、萩原朔太郎の影響で、トルストイ、ドストエフスキイ等の作品を耽読するようになっていた犀星は、聖学院の教会にも通い、ロシアの人道主義とキリスト教に夢中であった。

（大正五年）四月頃、キリスト教に関心を寄せる。「詩歌」五月号に、前田夕暮が「編集記事」で、「室生犀星君のキリスト教に就ての評論も次号からのる。」と予告するが、実現せず[19]。

しかし、この実現できなかったものは、大正七年九月、『トルストイ研究』の「第二ドストエフスキイ」という特別号に、「ドストエフスキイの描ける女性」という評論で実った。おまけに、これは、『白樺』にドストエフスキイ論を連載したことで名が知れ渡った新城和一を初めとするドストエフスキイ研究諸大家の文章にも併置されたものである。

もちろん、「私は人道主義でも愛の詩人でもない。私は一個の汚れた世界で私の知る限りで一番汚れたものだ。（中略）私のこの苦しい求信の道、そこにゆきつくまで私は生活する。」（「手記」　大8）とあるように、彼はコンプレックスからの脱出を人生の目標に、『聖書』やキリスト教は「信仰」ではなく、生の指針として、また、文学的な感興のための措置として[20]、「この苦しい求信の道、そこにゆきつくまで」創作を続けていたのであった。

自分は田端に越した。（中略）自分はトルストイとドストエフスキイには感心し、勉強をしなかった根津時代とは反対に読み出した。最後の『戦争と平和』を読み終えた時分は、何か歩き方も異うような気がし、ピシピシと自分は何でもないものに感じた。小川の音さえ新しく聞こえ出し、自分の進歩を感じた。（「弄獅子」）

と、大正五年七月、犀星は田端に転居し、同六年四月『感情』九号に詩「ドストエフスキイの肖像」を発表し、さらに十月『文章世界』に同名の文章を寄稿したことは、彼におけるキリスト教、ドストエフスキイの受容と創作との関係の理解にはよい手引きである。その強烈なドストエフスキイ愛は、後に詳しく見ていくが、ずっと彼の晩年にまで続いた。

二、犀星作品に見る「キリスト教的感覚」

寺育ちで、「汚れた」だけに自己救済を求めようとする渇望が原因で、犀星は「キリスト教的感覚」を抱き、作品において純や聖を求めてきた。しかし、明治時代の彼は、キリスト教からまだあまり影響を受けていなかったゆえ、「此の村の教会淋しいクリスマス」（明41・12・15）と、「冬の月十字架光る教会堂」（明44・1）とあるように、俳句に出たキリスト教めいたものは少なかった。それに対して、後にキリスト教に深く影響されたこともあって、「俳句よりどれだけ詩の世界が広く大きく、また深かったか知れない。俳句では詠みつくせない微妙な心や気分の波動が、そこでは殆ど完全に表現することができるような気がした」（「草の上にて」大9・8）から俳句から詩へと、さらに「詩で表現できない複雑な心理的なものや、非常に時間的なものなどは、皆散文（小説とも言える）の形で盛り上げる」（「編輯記事」『感情』31号）から、詩から小説へと転進したために、詩と小説に「キリスト教的感覚」の物が多い。

「キリストは苦しみ通した人であった。ドストエフスキイの愛も、トルストイの愛も、みなここに根差した。」（「詩についての感想」大7・10）とあるように、犀星におけるキリスト教と人道主義的作品の影響は、主に聖書とロシアの文学者達を介して受けたものなので、ここでは犀星におけるドストエフスキイ受容を突破口にして分析を進めようと思う。その受容には、「大正五年前後と昭和十年前後とに二つの山があり、第一の山から第二の山へとのびる線は、ソーニャの明るい愛の光からスヴィドリガイロフの暗い悪の影とへ突き進んでいる[21]」。前の山は主に詩に、後の山は主に小説に影響を与えたという。しかし、山は二つだけあるようだけれども、実はキリスト教はずっと彼の後の人生に響いた。

（一）犀星詩における「キリスト教的感覚」

「あの時分にドストエフスキイやトルストイを読んでいなかったら、あと五六年くらい私の成長するころが遅れていたかも知れないのだ。」（「書物雑感」昭9・7）「トルストイの書簡や片言零語まであさった僕は、ドストエフスキイの小説を自然に耽読するようになった。この小説は僕に人道主義やら何やら分からんが、妙な文学の中にのみあるような宗教心をあふってくれ、僕はそういう傾向の詩ばかり書いて暮らしていた。」（「愛読史」昭9・4）とあるように、大正五年中における熱心なドストエフスキイ受容の結果、犀星の詩作は、キリスト教とロシアの人道主義作家に大いに影響されている。

先ず、直接な引用や感想を述べたものが挙げられる。

『愛の詩集』の巻頭に、「詩篇百二」、「熱い日光を浴びている一匹の蝿。この蝿ですら宇宙の宴に参与る一人で、自分のいるべきところをちゃんと心得ている」というドストエフスキイの言葉と、「哥林多前書四ノ二十一」が収められ、巻末に「ヨハネ伝第三章二十九」と、「ネルリの肖像について」という詩と「エレナと曰える少女ネルリのこと」という散文が収められている。とりわけ、前にも引用した「私の室に一冊のよごれたバイブルがある。（中略）私はこのバイブルをふところに苦しんだり歩いたりしていた。」という『愛の詩集』の扉銘から、この時期の犀星にとっての聖書の重要さがわかる。

それから、『第二の愛の詩集』は、巻頭には「一人を愛しようとするとき、その容貌や精神の上の影響がそれを為さしめないときがある。けれども人類としては深く全てを熱愛する。」というドストエフスキイの言葉を引用し、巻末に「トルストイに描かれた女性」、「ドストエフスキイに描かれた女性」など四編の感想が付録され、トルストイ、ドストエフスキイ、アルツイバーセフ、ゴーゴリー、ゴンチャロフなど、当時犀星が親しんでいたロシア作家の顔も出されている。

次に、色濃く影響されたものが挙げられる。

『愛の詩集』『第二の愛の詩集』にだけでも、「マリア像のある壁の前に座ってい」て、「熱病人のよう」に追い求めた「万人の愛」（大5・4）、「ドストエフスキイの顔を見」ながら過ごしていた「また自らに与えられる日」（大6・1）、「精神の美しさにみなぎって」いて眺めた「ドストエフスキイの肖像」（大6・4）、「カラマゾフ兄弟の中の／長老ゾシマの悲しげな臨終を読んだりし」た「父なきのち」（大6・11）、「トルストイや／ドストエフスキイの物語にあらわれてくる美しい女性」への「思いをめぐらした」「露西亜を思う」（大7・6）、「初めて『カラマゾフ』兄弟を読んだ晩のこと」（大8・4）などがある。

一方、トルストイ・ドストエフスキイの影響なしには語れない詩篇もたくさんある。「その正しさを感じたさに／神のあどけない瞬間を見たさに／きたない自分をふり落とす為めに」、「自然の中に居る」子供に近づこうとする「子供は自然の中に居る」（大6・4）、娼婦の床を出た「自分」が彼女の痩せた体に「あらしのような恥ずしさ」を感じ、彼女の善良さに打たれて「この苦痛の前に額づく」（6・2）、「恥知らずの餓鬼道の都市」の「ある街裏にて」（大6・2）、「僕は毎日いやしいものを追い出す／清潔なさわやかなものをとり容れる」「汚れにも生きられる」（初出未詳）などがそれである。

中でも印象深いのは、「この道をも私は通る」（大6・1）をはじめとする一連の「娼婦愛もの」[22]である。「銀貨一枚で裸にもなる女等／君はこのような混濁の巷で／聖母マリアのような／美しい顔をどうするつもりだ（中略）／いまこそ私もこの道を通る／お前達の送る毒の花をも／自分は優しく接吻して上げる。」とあるように、魔窟にうごめき、落ち込んだ泥沼から這い上がることもできずに苦しんでいる女たちに親しくかけた上記の言葉は、彼女らに寄せた犀星の深い愛の表れである。しかも、この「娼婦愛」は、ずっと彼の晩年の創作にも延々としている。

しかし、「私が愛の詩人であり、人道主義者のように見られるのは、いつも私の不愉快とするところである。私は、それらの孰れのものでもな」（「『愛の詩集』再版について」）いと、犀星本人が述べたように、彼は決して人道主義の詩人ではなく、この愛も決して人道主義的なものではない。彼女らの苦しみを自分の痛みとして感ずるとともに、銀貨一枚で体を売る女たちに、犀星は「いまこそ私もこの道を通る」（「この道をも私は通る」）という共感を抱いたのである。殊に、この詩の後に、「『私が神様を離れてどうして生きていられましょう。』早口に力を入れて彼女は囁いた。急に輝きを帯びた目をちらと彼に投げて。そしてラスコオリニコフの手を堅くしめつけた。ドストエフスキイ。」と、ソーニャのイメージを思い浮かばせる『罪と罰』の一節が加えられている。「お前達の送る毒の花をも／自分は優しく接吻して上げる」ことの裏に、『罪と罰』の中の、惨憺生活を送りながら、家族のために徹底的な自己犠牲までもするという自らの生き方で、殺人罪を犯したラスコーリニコフに人間回復を促した娼婦ソーニャの影がある。孤独と貧窮に苛まれた東京放浪中、ドストエフスキイに深く感化された犀星は、娼婦達を慰めを求められる唯一の拠り所としていたわけである。

しかし、注意すべきなのは、この時期にドストエフスキイを耽読し、聖書を学んだ彼がとったのは、あくまで犀星流の読み方である。彼がドストエフスキイ作品からまず選び取ったのは「虐げられし」人々であり、その痕跡は『愛の詩集』に添えた「エレナと曰える少女ネルリのこと」（大6・5）などに伺われる。「ボンタン哀詩」（大4・2）の少女ふじ子に、すでに我々はネルリの面影を二重写しに見ることができる[23]。

（二）小説における「キリスト教的感覚」

犀星の小説家としての才能は、「凶賊TICRIS」（大3・10）の詩などに伺えるが、その才能を発揮させるきっかけとなったのは、ドストエフスキイの小説であるとの指摘(24)があるほど、犀星の小説は大いにドストエフスキイに影響されている。前に見たように、犀星の関心は、ドストエフスキイ受容の第一の山の時ソーニャに奪われていたが、第二の山の時スヴィドリガイロフという悪漢に移されたという木村氏の指摘があるが、実はそれはずっと彼の小説創作を底流していた。以下では、その第一の山、第二の山とその後に創作された彼の小説を詳しく見よう。

第一に、ドストエフスキイ受容の「第一の山」の後における「キリスト教的感覚」小説

それは、大正五年前後にできた白樺派を先導とする人道主義的文学潮流とともに高まった人道主義的「ドストエフスキイ熱」に影響されたもので、おおざっぱに見れば、三種類がある。

第一種のものは、東京放浪中の、感情と肉欲との間に板挟まれた生活を題材にして、「虐げられし人」たる娼婦を描いた「娼婦愛」小説である。

この類の小説には、直接娼婦のことを描く「美しき氷河」（大9・4）「蒼白き巣窟」（大9・3）「猫族」（大10・1〜2）や、複数の男女の複雑な人間関係を描く「孔雀と痴人」（大10・9）「走馬燈」（大11・2・21〜5・20）や、男に裏切られた女の失望や憎しみを主題とする「こはれたオルガン」（大13・1）「時計」（大13・1・5〜12）等がある。主人公は、何れもソーニャとネルリなどの貧困と逆境に耐えながら生きている薄幸で孤独な女性達を髣髴させる人物である。

ここで「蒼白き巣窟」を例として分析してみる。

「蒼白き巣窟」では、娼婦のおすゑと娼婦になったばかりの女と娼婦になろうと決意したもう一人の女と、三人の女性のことが描かれているが、共通しているのは、三人とも「清純」を失っていないことである。「私」はいつもおすゑのところへ通う。なぜなら、おすゑは「眼はいつも夢でも見ているようにぼんやりして」いて、「持前明るい気質」を持っていて、「善すぎる」からであった。それに対して、娼婦になったばかりの女が、「健康をむだ費いにすること、初めて判りかけた異性の面白味や淫蕩に引摺られているだけで」、清純を失いかけているが、それをじっと見てはいられない「私」に叱られ、諭されたところ、「明らかに其心の内にもう彼の処女時代の気もちや、すなおさがそっと浮かんできたような澄んだ、おっとりした目つきに還」らせた。とりわけ仕事がないところへもってきて、病気にかかったお婆さんの介護もしなければならなく、米一粒もない状態に放り出され、仕方なくて娼婦になろうと踏み切った女を、「私」は誠意を持っ

てもてなし、救済した結果、自分が娼婦になろうと決意したことを、「どうしてあんな恐ろしいことを平気でしに出たか自分でも考えるとぞっとしますの。」と反省させ、その女に清純を保たせた。女を救済するため、女との間に何も起こらなかった「私」が女へお金を上げようとしたら、この女は「決してあんなに戴くわけはありません」と、頑なに断るという貪欲のない清純な女であった。

第二種のものは、自叙伝色の濃いものである。

暗黒な生活をしていた犀星にとっては、宗教関係のものは何よりもの精神的な救いであった。「一冊のバイブル」（大8・9）では、下宿の部屋から前の借主の残した一冊のバイブルを見つけた時、心に応えて、「烈しい都会の私の漂泊的な生活がだんだん深みに陥ち込んで行った。けれども私はいつもあのバイブルを手元から離さなかった。（中略）いつも机の上に置いたり、ときには、清い朝、声高く朗読したりした」ほど、熱烈にこの本が好きになった。なぜなら、「詩と文学とは、『聖書』なども含めてこの人に文字通り救いであったかもしれない[25]」からである。したがって、父の葬式のために帰省する時、たまたま列車で隣り合った女が、「この都会の深い泥濘の底へ堕ちていった」ことを知り、大事にしてきたその本を、「いまこそそれを返さなければならないような気がした。あの女のひとが読まなくとも、持っていてくれるだけでいい」という考えで、女へ送った。

第三種のものは、旧約聖書に材を得たものである。

久保忠夫氏「詩から小説へ」（『室生犀星研究』）は、大正十年十一月号の『日本詩人』に載った「二人の娼婦」は「列王紀略（上）」第三章十六節以下に拠ったもので、「緑色の文字」は「ダニエル書」第五章に拠ったものだ、という。「二人の娼婦」においては、ドストエフスキイの『罪と罰』第五編四に出た「汚した大地に接吻しなさい」という箇所に感動し（現に「ドストエフスキイに描かれた女性」には「ラスコオリニコフは大地に接吻した」という言葉がある）、そのところを「病婦は、もはや水面を凝視することができなかった。ソロモンの闕下の土に口づけをして謝罪した」と活用した。それから、「緑色の文字」（この小説における犀星の「キリスト教的感覚」については、第七章「犀星における『緑』と『木』の象徴的意義とその働き」において詳しく分析する）を書くにあたって、当時の聖書の言葉も多く借用したことは、聖書に対する熟知を物語っている。「初期詩作品に見られる強い宗教性こそ感じられない。だが、それだけ彼の身近に聖書があったことは紛れもない事実であり、信仰までは至らなかったが、彼が聖書と対峙した結果生み出された童話であるということができる。[26]」これらの物は、「結局、おはなしであってそれ以上のものでもそれ以下のものでもない。（中略）しかし、犀星の小説の展開上の意義は必ずしも小さくはない。昭和十六年前後の王朝物の先駆をなすものであり、ひいては『かげろふの日記遺文』（昭34・11）への道を開いたからである。[27]」

この時代、初期抒情詩と同じように、汚れた身をもっていると信じた犀星は、キリスト教とドストエフスキイを人間の魂を救う存在として理解し、ソーニャが身体を売りながらもそこに聖性を湛えていると信じて、汚濁した世界を純粋な魂を持って徹底して生き抜くことで聖性に到達するという信念のもとで、逆境に耐え忍んで文学創作を志し、しかも徹底的に文学創作に専念することを貫き、それによって聖性に近づこうと頑張り続けていた。

第二に、ドストエフスキイ受容の第二の山における「キリスト教的感覚」小説

人生をいろいろと体験し、それから「シェストフ的不安」の流行とともに新たにできた昭和十年前後の「ドストエフスキイ熱」の広がりの中で、「ドストエフスキイ受容によって吸収した養分をもあらたなエネルギー源としつつ、作家としての脱皮、前進を[28]」成し遂げた犀星は、第二の山において、昭和十年前後「市井鬼もの」を創作した。代表的なのは、「あにいもうと」（原題「神々のへど」昭9・7）「復讐」（原題「人間街」昭10・7・16～11・24）「聖処女」（昭10・8・23～12・25）「女の図」（昭10・3～11・9）「戦へる女」（昭11・2～初夏）等である。

実は、その「市井鬼」たる人物とドストエフスキイの影響との関係について、昭和九年九月二、三、四日にわたって、犀星本人は「小説中の人物」（『時事新聞』）という題で、「一　スギドリガイロフの邂逅」、「二　スギドリガイロフの自殺」、「三　ドストエフスキイの軍隊」に分けて連載し、さらに「復讐の文学」（昭10・6）、「衢の文学」（昭11・6）などと、一連の文章で自ら紹介しているし、多くの学者にも、「犀星のドストエフスキイ体験が消化され、姿を変えて噴出するのは、中年期の長いスランプを脱し、『あにいもうと』などの一連のいわゆる市井鬼物と呼ばれる小説によってである[29]」と詳しく論究されている。ここでは、悪い人からも「善」を見いだし、彼らに救済を与えたことだけを見る。

例えば、「戦へる女」の中に出た神部、鴨居及び好文館主人の三人の人物像は、「スヴィドリガイロフをその原型とするものである。すなわち、彼らはスヴィドリガイロフを元祖とする人間原型のいわば矮小化された末裔にほかならない。[30]」

昔の恋文をネタに女を脅し金をせしめようとする鴨居に、ある日一枚の肖像画に見入っている赤子を抱いた女性の、母親らしい優美さに柄にもなく感動の涙を流させたり、さらに何人もの女性の肉体をつけ狙う三文文士神部のために、物語の最後には彼の被害者の一人に、神部は余りに孤独であったのだと弁護させたりする。特に鴨居は、火渡殺がみや子に好意を持っていたが、自分の流したデマに拘っていることを知り、「みや子は純真であったということで、きさまはもう充分援っているじゃないか！」と火渡に説明したり、最後にみや子達の店に行って、「僕はあなたには何もしなかった。僕はそれを恰も僕が為し得たことのように云ったのは僕の嘘つきがそういわしめたのです。」と皆の前でみや子の潔白を証明したりした。なぜなら「苦痛はこの無頼漢の心臓を搾めつけているようであった」からである。ドストエフスキイ的小説世界への突入を試みたこの小説は、「むしろドストエフスキイを意識して、力みすぎているところが目立ち、生硬未熟な印象を残すものとなっていると言わざるを得ない。[31]」

この時期のほかの小説にも、似た人物像もたくさんある。「女の図」の伴八は極道で昔女房ハナを淫売に売ったことまである男だったが、今は真っ当になろうと努め、ハナの手で妾に出されそうになる養女はつえを護ろうとしたり、「今は憐憫も友情もそして女としての愛を失っていて、只、憎悪ばかりが募っていることが感じられた」妻のハナを殺そうとしたりした。「復讐」では、最後の章において女性を不幸にした二人の男には、自分が良心の呵責を受けていることを告白させ、その過去を恥立ち直らせようとした。

フィクションの小説にだけではなく、自叙伝小説「弄獅子」において義母へも救済を与えた。最も注目すべきものは、亡くなった義母が地獄を素通って極楽往生して、「極楽の園生にある木馬の上で、大勢の天使達と遊び戯れていた」という空想の場面である。つまり、地獄の代わりに救いと極楽を義母に与えた。大家として文壇に認められた犀星は、義母を単なる嫌悪の対象としてではなく、義母を中心とした「血統」の問題を、自分一人の問題としてではなく、自分の周囲にまで広げ、さらにはその義母の像を本能的に生きた一人の「残酷で無学な」「市井鬼」として普遍化し、「市井鬼物」の世界にまで押し広げようとした。

このように、ドストエフスキイの影響で、犀星は「いかなる人間の中にも善悪半分あての魂がある。悪の働いている間は善き心は遠のいているし、善き心の働いている間は悪心が遠のいている。悪い魂ばかりが永遠に働くということは假令子供を殺害するほどの人間にさえ有りえない。」（「復讐の文学」）という人間観を形成し、それを作品に反映して、悪どい市井鬼達から善人の魂を見つけ出そうとしている。言い換えれば、これは、彼自身の持っている善なる魂への自負の、形を変えての表われだと言えよう。

第三に、犀星の文学生涯を底流した「キリスト教的感覚」

「キリスト教的感覚」は、ずっと犀星文学を底流していて、機会がある度、湧き出るものであった。昭和十二年四月十八日～五月六日の間、犀星は生涯唯一の外国旅行、中国東北地方への旅に出かけたが、それは観光ではなく、「古き露西亜」（昭32・7）の面影を求めるためであった。茫々たる大河スンガリー（松花江）の岸に立って、対岸に広がる草原を望むと、自分の心の中にある「古き露西亜」が蘇ってきた。日本海沿岸の古都金沢の生まれで、少年時代から日本海を隔てたすぐ向こうのロシアに特別な関心をもち、とりわけ東京放浪時代に親炙したトルストイやドストエフスキイの小説の影響で、犀星はずっと帝政時代のロシアに憧れをもっていた。ハルビン市内のキタイスカヤ通りや、ソフスキー寺院、ニコライエフスキー寺院など数多くのロシア正教の教会などは、犀星には小説中の人物やそこに描かれた町の名前とともに心に蘇らせ、「古き露西亜の空気」を感じさせ、「古き露西亜の思い」を湧かせ、「遠き露西亜の空気を愛せんと」させたのである。

また、この時期の詩作にも「娼婦愛もの」がたくさんある。『哈爾浜詩集』所収の「終日淫をひさげり／終日あおざめて睡れり／笑わんとすれど笑いを失い／哀しまんとすれど悲しみを失」（「山査子」）った、「女ありて深く睡れり（中略）／その顔うごかさざるなり／うごかば鬼のごとく見ゆ／うごかば恐ろしきなり」（「南京豆」）などのように、初めての異国への旅なのに、名勝旧跡を回らずに、人間的感情を一切喪失し、生命を維持するためのぎりぎりの線上を生きているかのような生態に強いられた異国の娼婦に、彼はソーニャを見出していたに違いない。

最後に、彼の「大陸の琴」が挙げられる。小説の主人公兵頭鑑は、ゆえあって慈善院に捨ててしまった我が子探しに再び満州を訪問する。しかし、あちらこちらと回ったが、中国人が建てた「我善堂」にもロシア人経営の孤児院「ロスキイ・ドモ」にも、日本人の子を預かった記録はない。どん底から立ち直り、功成り名遂げたらしい兵頭だが、二つの慈善院に多額の寄付をする以外何もできず、悔しみにまみれて帰国してしまう。兵頭鑑の棄子捜し行為は、生涯を通じて裏返しされた犀星の「捨子意識」が物語化されたものであるが、主人公の哀愁を帯びた懺悔、重苦しい罪の意識、身を責めての告白は、明らかに「キリスト教的感覚」によるものである。

そればかりではなく、キリスト教に対する理解、「キリスト教的感覚」は、後の各章で見る犀星文学のキーワードたる魚、杏、木、蛇などにも反映されている。

おわりに

明治維新後、トルストイ、ドストエフスキイの文学作品をはじめとするロシアの人道主義文学は疾風怒濤のように日本を風靡する中、とりわけ大正期になって、キリスト教は、多くの作家に多大な影響を与えたのは周知のことである。が、実はキリスト教ばかりではなく、明治二十~三十年代は、日本「仏教界の大変動期であった。宗祖宗派の仏教護持をこととして、それを疑うことのなかったわが国の仏教の歴史に、初めて、仏陀に帰れ、仏教の根本義を闡明せよとの声が挙ったのである。この仏教会の新風が、新鮮な事件として当時の文学者に及ぼした感化には少なからぬものがある。[32]」との指摘通り、宗教学的宗教観念の立場から見れば、文壇は「仏教的観念」にも大いに影響されていた。こんな中、寺子の犀星は、尚更仏教に色濃く影響され、独自に受容したキリスト教とともにそれを自分の文学作品に生かした。

前に引用した「性に眼覚る頃」に出た地蔵尊の前で「私」がした祈祷とともに、「私が所有する筈のものであって顕われざる物を喚起するために祈祷する。顕われざるもののために私は終局まで祈祷する。」という話から分かるように、彼は、「仏教的感覚」から、清浄・純や家庭的・人間的温かみとともに、「自分の長い生涯を」も追い求めていた。

と同時に、彼は、キリスト教への信仰を通じて贖いを求めるのではなく、「たまらなく苦悶を感じさせる」中、「この宇宙にある」もっとも「正しいものをとりいれて能くこなして、自分も又美しいそれらの最上な潔い意志によつて営」(『愛の詩集』の「自序」)むため、創作を通じて「自分を救い/自分を慰め/よい人間を一人でも味方にすること」(「何故詩をかかなければならないか」)を図り、大正時代に、汚れなき魂の所有者として憧憬したソーニャなどの主人公が登場したドストエフスキイの作品に同感し、都会を彷徨する「虐げられし」者の意識を抱き、創作に励み、また昭和十年前後、「市井鬼」から善い魂があることを信じて、自分を清めたりすることを通じて、自分の心に絡んだコンプレックスから脱け出そうと努力したのである。

このように、仏教信者やクリスチャンが宗教に救済を求めるのと異なって、「汚れたもの」と自意識しコンプレックスを抱いた犀星は、創作を通じて自分を清め、人間的成長を成し遂げようとしていた。それは、ずっと犀星の創作生涯を貫き、彼の向上意欲を催し、最後に「魚になつた興義」などに花を咲かせたのである。

【注】

（1）奥野健男「わが室生犀星讃」（『国文学　解釈と鑑賞』　昭53・2）11頁
（2）中島賢介「室生犀星論」（『北陸学院短期大学紀要』第36号　2005・3）37頁
（3）犀星における「宗教的感覚」に関して、次の各章において、例えば、その文学のキーワードとしての魚、杏、木、蛇などについて分析するとき、更に補足していく。
（4）室生朝子『追想の犀星詩抄』（講談社　昭42）104頁
（5）室生朝子『父室生犀星』（毎日新聞社　昭46）118頁
（6）市川秀和「室生犀星における『終の住まいと庭』」（『室生犀星研究』第32輯　2008・9）54頁
（7）外村彰「室生犀星と〈京都〉」（『室生犀星研究』第29輯　2006・10）72頁
（8）二〇一五年室生犀星春大会に参加する前、室生犀星記念館元館長の笠森勇氏の好意に満ちたご紹介で、雨宝院現住職の高山光延氏にお目にかかり、犀星が雨宝院住職宛の葉書と「二十回にわけて、毎月ご寄進頂いた送り状」（雨宝院の説明の札に書かれている言葉）などを見せていただいた。心より感謝しておる。
（9）前掲注6、55頁
（10）斎藤茂吉『斎藤茂吉全集』第11巻（岩波書店　昭49）270頁
（11）笠森勇「美しき氷河」（『室生犀星研究』第7輯　1991・10）149頁
（12）ここの「宗教学」とは、姉崎正治が主張したものである。彼は、自由神学などはキリスト教の立場を前提とするのに対して、諸宗教の枠組よりも、それを超えた人間精神の産物としての「道徳の規範」に宗教の本質を置いてそれを優先させ、自由神学からは宗教に理解を示す立場を、国体道徳論からは教団の枠を超えた国民意識の確立をめざす立場を継承し、その両者を融和させようとしたのである。言説として確立された宗教学的宗教観念は、日清・日露戦争後に急速に成長されてゆく日本的な国民国家形成の文脈の中で受容され、一つの到達点となり、多くの知識人に影響を与えた。

(13) 三木サニア「室生犀星の児童文学(五)」(『方位』第11号　昭62・12)58頁
(14) 前掲注2に同じ
(15) 田辺徹「室生犀星　もうひとつの青春像」(『犀』20号　平14・10)参照
(16) 稲垣広和「聖書」項(葉山修平監修『室生犀星事典』鼎書房　2008)572頁
(17) 室生朝子、本多浩、星野晃一『室生犀星文学年譜』(明治書院　昭57)378頁
(18) 新城和一「はしがき」(『ドストエフスキイ人・文学・思想』愛宕書房　昭18)
(19) 前掲注17、378頁
(20) 安元隆子「室生犀星のドストエフスキイ受容」(日本大学『国際関係学部研究年報』第32集　2011)5頁
(21) 木村幸雄「室生犀星におけるドストエフスキイ受容について」(『言語と文芸』第106号　平2・9)153頁
(22) 詳しくは、拙著「自己実現・超越の室生犀星文学」(龍書房　2012　170〜193頁)参照
(23) 福永武彦「解説」(『日本詩人全集15・室生犀星』新潮社　昭48　312頁)参照
(24) 久保忠夫『室生犀星研究』(有精堂　1990　199〜200頁)参照。
(25) 三好達治、中野重治、窪川鶴次郎等編『室生犀星全集』第一巻(新潮社　昭39)498頁
(26) 前掲注2に同じ
(27) 前掲注24、202頁
(28) 前掲注21、145頁
(29) 安宅夏夫編「人と作品」(『日本の詩　室生犀星』ほるぷ出版　昭58)450頁
(30) 前掲注21、151頁
(31) 前掲注21、152頁
(32) 山田晃「藤村と仏教・試論」(『文学』VOL47　1979・5)51頁

第三章　犀星の世界に果たした「庭」の働きとその意義

「犀星自身が、建築（住まい）や庭園に生涯を通して深い関心を寄せ、専門的知識を備えていたことは比較的周知のことではあるまいか。現在の室生犀星記念館の建築コンセプトには、そうした犀星にみる建築と庭の有り様が表現されていよう。[1]」との共通認識があるほど、自ら手がけた幾つかの庭と並んで、犀星は、俳句・詩・小説・随筆において庭に言及するなど、独自な「庭もの[2]」を多く作った。しかも、庭園についての造詣が深く、それが世間にもよく知られていたことから、昭和十八年、彼は日本庭園協会成立二十五周年記念のために開いた座談会「時局と庭園」にも出席して、著名な庭園家と交流したこともある（座談の内容は、同機関誌『庭園』第二十五巻第一号に掲載）。

それゆえ、犀星の世界に果たした庭の働きに関して多くの研究がなされ、彼は「もともと庭にただならぬ嗜好をもち、そこに人間の精神性を見ては独特の美意識による作庭を行[3]」った、と彼の造園と精神との関係から考えたものもあれば、「そこに多様な文学世界と人間として生きる歩みの深化とが重なり、言うなれば『庭』の場所には、創作の詩想性と人としての境涯とが成熟しているのではなかろうか[4]」と、「文学と建築」との接点、言い換えれば文学の作品空間や制作・創造行為との関係という立場から、その実在した庭の具体的な様相に触れた論究もある。

しかし、「犀星にとっての『庭』とは、ただ単に余暇の楽しみではなく、文学作品の執筆と同様に創作の一つであって、しかも『庭』という固有な場所には、自己の生命と実存的に繋がり合う独自な世界が生成していたと想像されるのである。従って犀星の庭とは、文学の一端やその補足程度では決して無く、一つの独立した研究テーマとして、しっかりと見直す意義があるのではなかろうか。[5]」と既に認識されているが、犀星の作庭が現存していないし、作家としての犀星における庭の意義を捉える確かな研究視座も未だに定まっていないため、更に説得力のある探求が必要ではないかと思っている。

○純日本的な美しさの最も高いものは庭である。庭にはその知恵をうずめ、教養を匿して上に土を置いて誰にもわからぬようにしている。（『日本の庭』　昭18）

○結局庭というものは甚だ精神的なものであって、（中略）私の学んだものは遂に庭であるよりも、結局形を変えた側から這入って人間をつくり上げるために役立ったようなものである。人間になるために精神的な展がりが自然の風物に、絶え間なく戦いを挑んだようなものであった。（同上）

と、犀星は、自らの「庭」観と自分における庭の意義を披瀝している。つまり、犀星は、庭で肉体的成長を遂げただけでなく、自分という「人間をつくり上げる」ために「精神的広がり」をも求め、庭作りと「庭もの」創作とを同時並行的に行ったのである。もし、この「精神的広がり」と「人間」作りの角度から着手すれば、犀星の世界に果たした庭の働きはより深く理解できるであろう。

本章は、中国に源を持った日本庭園の文化的要素とそれによる精神的追求についての分析を踏まえ、向上意識に燃える犀星が、庭を精神的・創作的源にして、自分という「人間をつくり上げる」ために「精神的広がり」を求め、弛まぬ努力を通じて造園と創作とを行ったことを分析するものである。

一、東洋庭園を通じての精神的追求と犀星における受容

造園というものは、「あらゆる自然科学と人文科学とを渉猟してこれを消化し、それらを結集した果てに形つくられる内容といってもよい。その結果、地上に現れる楽土がすなわち造園の姿なのである。[6]」時代や民族、宗教などの違いによって、世界各国に様々な庭園が造られている。様式は異なりこそしているが、いずれも人々が理想とする環境を映し出そうとする、即ち現世的空間点でありながらも楽園・浄土・桃源郷・パラダイスとして追い求めている点において共通している。

飛鳥時代に始まった日本の庭園は、その技術と作庭思想を、中国の行事を伴った造園に学び、その影響を受けた上、京都の風土の中で様々な思想の影響を受けつつ、発展してきたものである。おおざっぱに言えば、日本庭園の歴史を段階に分けると、穀物と蔬菜との栽培が第一段階、薬草の栽培が第二段階、部落生活における必要上・威厳誇示のため・外の部落への対抗上・住生活の拡充のためなどが第三段階、宗教の偉力による室町時代の庭園の黄金時代が第四段階、禅宗の影響と相待ち茶道の隆盛による茶庭の興隆が第五段階、近代公園の出現が第六段階である。[7]そして、その発展において、神

仙（遷）思想、仏教による浄土渇仰などの精神的追求が、大きな働きを果たしたのである。

（一）神仙（遷）思想の影響

神仙（遷）思想は、鄒衍（すうえん）の陰陽五行説と黄老の説から生まれたものである。神遷とは不老長寿を遂げるために山に遷って修業すること、仙とは不老不死の状態だと言う。紀元前三〜四世紀の中国の戦国時代、仙人は、不老長寿のみならず万能を揃え、思いのままに行動できる万能な神で、はるか東方海上にある蓬莱・方丈・瀛洲という三神山に住んでいると具象されていた。「神仙思想に現れた山川海島は、そのままの形でも多分に思索鑑賞の対象となり得るばかりでなく、それが空想的幻想によって理想化されてゆくという特徴があった。後に仮山や選石に種々の名称を付し、自然風致の中にみられるままの姿を誇張して空想化してゆく思想にまで発展してゆ[8]」き、段々と作庭の基礎的思想となり、伝統的庭園様式を形成していったのである。日本の場合、中世から近世にかけて三神山を表現する庭園が基本的な庭園様式であった。江戸時代の作庭伝書『築山庭造伝』によると、蓬莱、方丈、瀛洲の三島を庭の池中に造るという「三島一連」の「池中に島を築き松を植えた庭園は、すべて三神山すなわち神仙思想の表れであ[9]」ると言う。その後にできた林泉庭や枯山水庭においても、それも規約的形態であるが、「三神山を形どるにしても必ずしも三島を造ってその意味を表すとは限らないのであって、二個ないし一個の島を造って、三神仙島を代表することが行われ[10]」、蓬莱一島、不動石その他仏・菩薩を石に配して石組の庭を造るという、日本独特の庭文化に発展した。

犀星本人の場合、芥川龍之介の影響もあって始めた「史実小説」創作の際、中国の神仙思想について相当勉強したようである。第一章「犀星における中国文化の受容」に見たように、彼は『聊斎志異』に材を得て「白雲石」（原典は「石清虚」）「こほろぎの話」（原典は「促知」）「鴉のいる島」（原典は「竹青」）などを改作した。これらの改作や、「仙人と言っても甚（はなは）だ空想的であるが古い時代には人間が長生していたことも実際（じっさい）である。いまでも支那には古い仙薬があると言われているくらいだから、そういう古い時代には人々の心には何かしら世間と隔（はな）れた心もちで静かに世を送る志（こころざし）があったものらしい」という内容の「仙人『桓闔』の話」（原典は「桓真人昇仙記」）などから、彼が中国の神仙（遷）思想に、相当詳しかったことが伺える。

それから、庭園に影響を与えた神仙思想を考える時、無視できないのは陰陽五行説である。古代中国の世界観では、宇宙の現象、世界の動き、人事の吉凶などはいずれも陰陽と五行に支配されている。この陰陽五行説が、日本に伝わった後、国家レベルでは、国家組織に組み込まれ、権力者には祭政・軍事・政治・占術・年中諸行事などの基礎原理に広く実践応用された。一方、民間では平安時代には陰陽師（おんみょうじ）が生まれ、旅の方位、行事の日月を決めるのにもっぱら用いられた。こんな背景のもとで、日本庭園の意匠の中にも陰陽五行説を基盤とする表現が多く現れた。四神相応の地（東青龍、西白虎、南朱雀、北玄武）として選ばれた平安京に作られた庭園は、設計の段階より四神相応のことを考えなければならなかった。また、近世以降続いている、庭内の要所に陰陽石と称する奇形の景石を据える習慣や、庭園に二個ないし数個の島を築いて「鶴亀島」と名付ける習慣も好例である。

「私がこれらの庭を見て、一番喜びを感じたことは、遠州や相阿弥、夢想国師の考えていたことと、どれだけも自分の考えているに間違いのないことであった」（『室生犀星文学読本　秋冬の巻』　昭13）から分かるように、幼少時から古典庭園に親しみ、東洋文化や日本の古典に沈潜して古代庭師のことや古典庭園作りの基礎知識に詳しかった犀星が、上記の神仙思想や陰陽五行説を知らないはずはない。彼が、「陰陽」意識を持っていたことの裏付けとして、以下の例を挙げられる。一つ目は、犀星は、陰陽石を「何か縁起を取り入れたように微笑まれるようである」（「石について」『庭をつくる人』昭2）と理解していたことである。二つ目は、彼が詳しい「古い名前の石がところどころに置かれ、古きに則っている」（「石について」）金沢の兼六園には、いざなみ、いざなぎが鶺鴒から子孫繁栄の術を教わったという故事になぞらえてできた鶺鴒島があり、その鳥居の奥左手に陰陽石（誕生石）が据えられ、その傍らに相生の松と呼ばれる雌雄の松があることである。三つ目は、犀星自身の庭園である。彼「自身が最も拘って設計した『大森馬込の住まいと庭』」の常にきれいに掃き清められた地面に、犀星は一尺ほど地面から盛り上がった卵形の台座を造り、さらにその表面に石仏や水盤などを埋めて、周囲にアヤメやユキノシタを植えていた。あたかも仏が座す蓮の台座を思わせるこの台座のことを、「犀星は訪問客に『蓮台』また『日月の座』（傍線強調は筆者注。下同）とも紹介し、夕暮れの陽差で照らされる地面の表情を見てから帰りなさいと、度々話していたという。[11]」

因みに、犀星が訪れた大徳寺の方丈南庭は、海洋の中に蓬莱島が浮かぶ景観を美事に表出している。さらに、小堀遠州が黒衣の宰相金地院崇伝のために作った南禅寺の方丈南庭には、東照宮をはさんだ鶴島、亀島がある。これらも、いわゆる神仙山式庭園で、陰陽五行説に影響されたものである。

それから、犀星の造園は、「初め竹などを植えていたものが松を植えるようになり、そして十年も経つともう地面ばかり凝乎と見てくらすことが多くなる。石も松も、そして庭さえいらぬようにな」(「序」『日本の庭』昭18)り、「庭の主役である植物の四季の『変わる美しさ』から、目立たない脇役の石や土の『変わらぬ美しさ』へと、犀星の庭への目差しが、徐々に定着した」[12]。その変化の原因に関しては、「石に代わる土」は、「これまた『孤独の友達』ということだろう」[13]、「垣根によって囲われた清浄な『土』には、宗教的な抽象世界の内在がうかがわれた。『彼』の理想とする精神の内映である」[14]と指摘されている。何れも一理があるが、実はその根底には、依然として中国の陰陽五行説の色がある。

陰陽五行説では、宇宙を構成する木、火、土、金、水という五元素の間には、「木は火を生じ、火は土を生じ、土は金を生じ、金は水を生じ、水は木を生ず」という相生関係と、「木は土に勝ち、土は水に勝ち、水は火に勝ち、火は金に勝ち、金は木に勝つ」という相剋関係があるとされる。五行に対応する色としてそれぞれ青、赤、黄、白、黒があてられ、方位として東、南、中央、西、北があてられている。また木気は植物が発育伸長するような性質、火気は勢いが頂点に達し燃え盛る性質、金気は熱や勢いが段々と衰えて凝縮・固化しつつある性質、水気は凝縮しきってエネルギーを秘めつつ静的に留まった性質であるから、それぞれ春、夏、秋、冬と対応する。それに対して、土という元素は、全ての季節に均等に存在するものとされ、しかも死んだものを「土に還す」と「命を育成する」という性質を備え兼ねており、物事に大きな変化を促しつつ保護する働きと場所の象徴とされ、季節の変わり目である立春・立夏・立秋・立冬の前十八日間を「土」に分類される。これは「土用」と呼ばれ、季節の交代を円滑に進める役目を与えられている。また、方位では「土」は中央に据えられている。ここから、「土」が他の四元素より重要視されていたことが分かる。「土用の虫干し」・「土用干し」・「土用の丑の日」に示されるように、日本ではその影響は未だに強い。犀星が、最終的に土に愛着を感じたのも、中国の五行説と無関係とは言えないであろう。

(二) 仏教の浄土渇望、殊に禅宗の瞑想追求の影響

平安後期、末法思想が流行り、国が衰え、人々の心も荒み、現世での幸福も期待できないことから、ひたすら来世の幸せを願う浄土信仰が流行し、浄土世界を具象した鹿苑寺の舎利殿と金閣、慈照寺の銀閣などのような浄土庭園ができた。

その特徴の一つは、中国古代の仏教で弥陀浄土における一つの理想世界とされた須弥山を表す九山八海[15]を造ることである。このような庭園は、浄土世界式のものとされている。

南北朝時代から室町時代以降になると、庭園は神仙山と浄土世界の二つの様式がミックスされ、両者を具象したものとなり複雑化してくる。が、この発展中、特筆すべきなのは、枯山水式庭園である。

実は、平安朝末期に都市開発の進展のため水源が枯渇し、京の町全体が渇水状態になった。それが庭園様式に影響し、「海の表出も柔らかな白砂青松が主題になってくる。（中略）波静かな海岸の情景として池辺には白い玉石が敷きつけられる[16]」ようになった。鎌倉時代の初め頃、禅宗が日本に伝わり、室町時代に幕府の庇護のもとで発展すると、庭園様式も禅宗の影響を受けるようになる。そこへさらに中国山水画の技法の影響を受け、枯山水式庭園として発展していくのである。

禅宗は意志の宗教で、仏士たちは仏像に固執することなく、己れ自らが修業によって仏に帰一する精神の凝縮に専念することを強調している。その結果、エネルギーのはけ口を造庭のなかに求めるようになり、「庭は単に鑑賞の対象なのではなく、庭を介して仏世界に直結した。庭に接することすなわち御仏に奉仕する修業の場でもあったのである。禅僧の扱う庭は自然風景の写実的模倣に終わらずに、その奥に秘む自然の精神――仏の世界を表現しようとした。したがって表現は抽象的象徴的方向に向ったのである。[17]」

それから、禅宗とともに移入された中国の水墨画も、その残山剰水[18]的考え方や破墨山水の技法が、作庭表現に大きな影響を与え、絵画上の余白の美や空白の美などへの追求は、庭園における時空の美に転用された。

このように形成された枯山水式庭園は、「自然材料を使って外部空間を造形化する場合でも自然は二の次となり、造型化された抽象の世界がクローズ・アップされている。しかもその抽象化された内容自身がいたって空疎であって、本人は宇宙の気を表したつもりでいる場合もあるかもしれないが実体をともなっておらず単なる一人よがりの形象の遊びに過ぎない場合が多い。[19]」との指摘通り、暗示・象徴・抽象という特徴が目立つ。その材料として、白砂は言うまでもなく、石だけに限って言えば、水を使わずして石組で滝や渓流や漂渺たる海洋を表出したりすることができる。ゆえに、枯山水においては、石に自然の気骨を見出し、枯山水の庭の主要構成材として生かし、その具体性よりも象徴性によって実際以上の拡大感を出し得る。寺子として育てられ、「庭と仏教」（昭9・1・10）との関係まで探求した犀星は、庭に与えた仏教の影響を深く理解したはずで、例えば、竜安寺は相阿弥作で、その創作理念において禅的思想に徹底され、超感覚的な所謂無の美を表現している、とされている。犀星はそれについて、「枯淡な達人の心境をそっくり現わした」（「石について」）「石庭の王者である」（『文芸林泉』　昭9）、と賛辞を惜しまずに評価している。これこそ、犀星が石を好んだことの原因である。

（三）中国文人の影響

先ず、中国の曲水流觴（きょくすいりゅうしょう）の影響が挙げられる。

曲水流觴というのは、『晋書・礼志』には、周の成王の叔父周公旦が三月上巳の日に行ったのが始まりで、もともと死んだ女の子を悼む鎮魂の儀であったが、桃の花を川へ流し、禊、病疫退散、末は国力増大、国土合併を祝うための遊びとなった、と紹介されている。それが、魏の明帝の頃に、天淵池南に流杯石水を設け、群臣を招いて宴会を開いたという『宋書・礼志』の記録が示すように、文人達が屈曲する流水を前にして座り、上方から流されてきた盃が自分の前を過ぎるまでに詩を作り、その盃をとって酒を飲む遊びとなっていた。ただし、魏の時代にこのような遊びが既にあったけれども、まだ「曲水」という言い方がなく、「流杯」と呼ばれていた。「曲水」という言い方は、「東晋の三世、成帝の咸和五年（三三〇）秋に、前年一月戦災で焼けた苑城に新宮を修築したという。その頃、海西公は鐘河に流杯曲水を立て百僚を延ぶ」（『歴代宅京記』）とあるように、東晋の時代にできたものである。後になると、これがさらに王羲之の曲水の宴と「蘭亭の序」の影響で、風雅を楽しむだけの目的へと変化していった。

日本では、「曲水」は王朝文化への憧れとして愛された。犀星が好んだ兼六園や桂離宮などにもこの施設があるし、犀星自身も王朝文学に明るく、「名園の落水」（『魚眠洞随筆』　大14）において兼六園の「曲水」を描いている。また、彼は「いい加減に小説をむだ書にすることを控えて、妻子をたずさえて国にかへりぽつぽつといいものを書いて、平常は花鳥風月を友として暮らしたい」という考えで金沢に庭園を造ったが、後に「文学の仕事が田舎で出来ると考えている男はやはり痴者（こけ）のあこがれにすぎなかった」（「湖庭記」　昭9・5）と分かり、「気の毒な、えせ風流人にすぎなかった」（「庭のわかれ」　昭8・10）自身のことを自嘲して、「そんなバカ風流は廃めたい」（「湖庭記」）と決めた。これらのことから、犀星は、十分に「曲水」のことや庭の文化的意義を知っていたはずである、と推測できる。

次に、凝縮された時空への隠遁思想の影響が挙げられる。

市井の喧騒、名誉欲の渦中に生きることに生甲斐を感じながらも、人々は田園や山里の閑雅で自然と一体となる世界にユートピア的な憧れを抱き、特に生臭い生活を愛する文人墨客ほど、隠遁生活への強い傾斜を見せる。宋朝以来、中国の文人には、凝縮された時空としての「壺中天」[20]へ逃避し、幸せな生活を求める隠遁思想が強くなった。そして、その田園趣味が、さらに晋代の陶淵明「桃花源記」によって桃源郷への愛着として定着した。「桃花源記」では、トンネルを潜り抜けて桃里に出た漁夫は、そこで、秦の乱を避け、世間との交わりを絶った人々が平穏な暮らしをしているのを発見する。

このような中国の隠遁思想の影響は日本でも見られる。例えば、日本では世俗から隔離されることへの浅い文学的な夢として、吉野離宮や河陽離宮で桃源郷を想起する話や、水戸光圀が西山山荘に桃源橋や桃源村を作ったことなどが好例である。犀星の作品においては、「湖と島に父と母とだけ住む娘は、次第に自我や性に目ざめ、（中略）湖の対の桃花村の四角い建物（家）には人間がたくさんいる。（中略）半ば夢のようなメルヘンのような不思議に美しく悲しい世界が描かれている[21]」小説「みづうみ」（大12・5）は、明らか桃源郷を意識して書いたものだと思われる。

更に、平安初期に日本に伝わった『白氏文集』の影響が挙げられる。

「大隠住朝市、小隠入丘樊、丘樊太冷落、朝市太囂諠、不如作中隠（大隠は朝市に住み、小隠は丘樊に入る、丘樊は太だ冷落、朝市は太だ囂諠、如かず中隠と作なりて）」（「中隠」）という白楽天の「中隠」思想の影響で、竹林に藁葺の東屋を建て風にくだける月影に琴を弾ずる中国の哲人達は、一方園を出れば簡単に市井の喧騒の中で友と語り合えるような立地こそ理想的な場所だと考えるようになり、そのような庭園を多く造った[22]。それは日本の作庭にも大きな影響を与えた[23]。江戸時代に入り、俗界の雑事を離れて茶道一途の世界に入ることを目指した茶庭が完備された背景には、この隠遁思想の影響も無視できないであろう。

犀星は、「林泉」という言葉を「林泉雑稿」（『天馬の脚』昭4）、「馬込林泉」（『文芸林泉』）、『文芸林泉』などの随筆または随筆集に名を付ける時に度重ねて使った。辞書によると、林泉とは、「木立や流水・池泉などのある庭園の雅称」、または「世を逃れて隠れ住む地」という意味である。しかし、これらの随筆には、まったく作庭と関係のない詩や随筆が収録されている。『文芸林泉』を例にとってみよう。「『文芸林泉』という題簽を撰らんだのは偶然に過ぎぬ。初め『一人静』

という名前にしてみたが、好みが片よりすぎたので、（中略）広い意味をもつ『文芸林泉』にした」（『文芸林泉』の「序」）と、犀星が自ら語っているが、その中には、京都の庭園を回った感想を述べた「京洛日記」や庭に触れた「馬込林泉記」（「庭の別れ」の外、「原稿料」などの随筆も入っている）や「馬込林泉」（「庭と仏教」の外、「夏の炉」などの随筆も入っている）とともに、彼の創作で庭園と関係ない「和歌」（「門のべ」「菩薩」「きわまり」「花」なども入っている）と「鉛筆詩集」と「俳句」など、それから、彼本人の芸術に対する理解と創作法などをまとめた「文芸雑記」（「批評」「立派ということ」なども入っている）「俳諧襍記」「俳句道雑記」「書物と批評」などの随筆も収録されている。したがって、彼は決して偶然にこの名を付けたのではなく、まるで庭に隠遁するかのように、世評を気にせずに自分なりの文学創作に浸る意志を表明しようとしたものであろう。

　このように、犀星は、上記の一連の随筆（集）には、庭と関係なく絵画の高致――高尚な趣、至高の境地――を求めるという意味の郭熙の『林泉高致』[24]に倣って名を付けたと思えてならない。その裏付けとして、「幽遠」という形容詞が、「犀星文芸の世界のひとつの美的徴標として広く用いられてい[25]」ることが挙げられる。これについて不思議がる向きもあるが、これも、犀星が郭熙の三遠（高遠、平遠、深遠）を意識して自分の創作の奥義を、「遠く幽かな、つかみがたい対象へのいいしれぬ魅力であり、寂莫、静けさ、はかなさの交じった微妙な感情の複合体[26]」だ、とまとめたものであろう。

　最後に、『日本書記』の例を挙げておく。『日本書記』において、ツボという言葉は、穴のこと、即ちツボまって局限された形の器物、場所を指している。そして、面白いことに、「壺は中国では庭園と関係がない」にもかかわらず、「平安朝の頃には殿舎の前の垣などによって限定された区域を壺と称し、中庭、庭園の意味にとり」、禁裏の中の庭は、栽培された植物によって、桐壺、梨壺、藤壺と名付けられている。今日、日本全国で、「木石を用いる通常庭園とされるものをツボニワ、ツボ山と称し、（中略）ツボをもって庭を言い表すことは関東には少なく、現在は死語となっているが、京都の流れをくむ地方ではこの文字が、現在の名また方言、俗言として多[27]」く残り、小さな内庭を意味する「ツボ山水」、「石壺」と称される枯山水の庭園も多く残っている。このことから、日本人が、中国の「壺中天」を意識して作庭したと連想しても無理のないことであろう。

　犀星の場合、「すくなくとも陶器が今より解るときが私の人物ができかかる時である」と信じ込んでおり、「市井の陋居にいたころ、よく貧しい財布からわけの分からぬ壺を求めて来て、窓や机の上に置いて眺め」（「竹蝷雑談」『庭をつくる人』）たり、「虎杖（いたどり）の芽（め）を丹波（たんば）の壺（つぼ）に挿しけるに／水（みず）のひびきを感（かん）ず」（「壺」　大12・9）と重宝したり、陶器を病気治療の漢方薬の「竹蝷」と見なしたりしていた。ついでだが、親友の川端康成は丹波の壺に鈴虫を飼うことを通じて自分なりの救済を求める主人公の千重子を描いた『古都』（昭36）を創作している。犀星が「壺」が大好きだった原因は、意味深いものである。

二、犀星の作庭・庭巡りと「庭随筆」に見る庭の働き

「わたしはべつに風流がるわけではない。若しわたしが風流に近いものを愛しているとしたらそれは我儘な気質が凝ってしまったのであろう。」（「しがらき」『庭を造る人』）とあるように、犀星にとっての庭作りとは、彼の風流がることではなく、「我儘な気質が凝ってしまった」我執である。芳ばしくない生まれ育ち・低い学歴・醜い容貌・悪い成績などによるコンプレックスは、犀星に、生活と創作の場として、「庭には巨万を投じてもよいが、家は膝を入れるだけで足りる」（「寒蝉亭」昭4・7・17）との如く、家より庭というふうに、数多くの庭を相次いで作らしめ[28]、同時に「庭随筆」創作にも親しみ勤ましめたのである。

（一）犀星の作庭に見る庭の果たした働き

先ず犀星の作庭の原点である「雨宝院の庭」を見よう。

「私は庭のことも書いて置かなければならぬ。私は庭のなかで大抵のものを学んだからである。僅か四十坪くらいしかなかったが私の生涯にこのくらい私を動かしこころに嵌め込んでいる庭はない、いかなる名園でも、一見、廃園に似たようなこの庭ほど私を育てた意味では及び難いものはないのである。」（『自叙伝全集　室生犀星』　昭24）それから、「おさなきころより／おれは美しき庭をつくらんと」（「童心」　大11）したとあるように、犀星は、犀川の川原や雨宝院の小さい庭に心を癒し落ち着かせる場所を見出し、そこで小動物や植物を相手にして、自分という「人間をつくり上げる」ために必須の「大抵のもの」を学んだ。川原での砂遊びと「地蔵様」を祭る一隅を作るというのは、彼における初期の大切な造園体験であり、「わたしは実際よく夢を見るが、その空想と同じいように庭のことばかり夢見ていた。（中略）そんな夢

は幼時川原ばかりで遊んだことが原因しているらしく（略）。」（「夏の庭」『庭を造る人』）とあるように、つまり、この作庭経験は、彼の生活に大きな影響を与え、「犀星が雨宝院の庭で培った原風景と、最後の大森馬込の庭へ至って、その終の場所の彼方に見た風景とは、『土の台座』に包み込まれて現象する死生を越えた蒼の世界だと思う。(29)」この点に関して、後に「寺の庭」を分析する際、詳しく見ていく。

それから、犀星における中期の作庭を見ていく。

大正五年、犀星は東京田端に借家を持つと同時に、そこに作庭を開始し、その後また「天徳院寺領の寒蟬亭と庭」と「大森谷中借家の住まいと庭」を造った。ここでは、天徳院寺領の庭園だけを取り上げよう。

大正十年から昭和八年までの間、とりわけ大正十四年から昭和八年までの約八年間は、犀星の第一の沈滞期の底であった。濫作・創作技法の停滞による創作の行き詰まりに加え、長男豹太郎の死（大11・6）と親友芥川龍之介の死（昭2・7）と文壇における不遇は、彼に大きな打撃を与えた。小説創作の第一の昂揚期のすぐ後に来ただけに、そのあまりにも大きな落差に焦った犀星は、「山河老ゆる」（大13・7）感を抱くに至った。それと同時に、この時期に人生について深く思索した犀星は、「やや疲れたのか、素材に行きづまりが感じられたのか、面白くもない歴史小説の方面に少しずつ筆をすすめていた」（『泥雀の歌』昭17）と、転換のつもりで、また芥川龍之介の影響もあり、古典などに素材を求めた「史実小説」を創作することを通じて突破口を探そうとするとともに、陶器などをはじめとする東洋趣味に沈潜し、中国文化に大いに影響されるようになった。

このような背景のもとで、大正十五年五月、犀星は関東大震災を逃れて、家族とともに金沢へ帰郷したことを機に、金沢市小立野にある天徳院の寺領（百五十坪）を借りて庭を造ることを決めた。彼は庭の中に水の流れを引き込み、樹木を植え、石を配し、四方仏を置いた上、三年目の昭和三年六月に、田端の庭の書斎を解体し、同年六～九月にかけて、その建材一式を貨車で金沢に送り、甥の小畠貞一にこまごまと指示し、作庭させた。

特筆すべきなのは、田端の借家に作った「寒蟬亭」という三畳の草庵である（蟬に関して、第五章「犀星における『蟬』の象徴的意義とその働き」に詳しく見ていく）。犀星はこよなく愛したこの草庵を、「田端の書屋をこのとき持ってきて真中に据えた。池を掘り、芭蕉を植え、飛石を据えてやがて本屋を建てる準備をしていた」。その後、帰郷するたびに、できた「この三畳で南圃未翁老人と三人鼎座で話し込むと犀星は初めて故郷へ戻った気持ちになれたらしい。大抵午前二時だったと言うから支那の虎渓三笑の話と一緒である。」[30]とあるように楽しんでいた。

しかし、庭作りは犀星の風流がることではない。彼のこの金沢「回帰」は、それまでの小説濫作後の「沈滞打破の一つの手段」[31]で、「文学的停滞から抜け出すためにも、金沢での庭造りは不可避であった。その庭の中心を占める犀星の思いのこもった寒蝉亭は、このような形で継承された。」[32]後に、犀星が金沢で作ったこの庭園を売り払ったのは、一般に駒込に新築を造るための資金を工面するためだ、と理解されているが、実は、「文学の仕事が田舎で出来ると考えていた男はやはり痴者のあこがれに過ぎなかった。」(「湖庭記」)と分かったことも一つの原因であった。それは彼のこの庭作りの動機を裏付けてもいる。もちろん、この時期の沈潜は、犀星の第二の小説昂揚期の下地を固めたのである。

最後に、犀星の後期の作庭を見る。

文壇における地位と経済力の向上につれて、愛する家族によりよい生活環境を提供するために、犀星は、「軽井沢別荘の住まいと庭」と「大森馬込の住まいと庭」を造った。「自身の理想郷たる小宇宙」として構築した「軽井沢に所有する別荘の庭」は、「〈再生〉の場、そして〈逃避〉の場」で、「新たな生活や命を獲得する肯定的な意味を伴った空間」[33]であるのに対して、「創作に励み、二人の子供は成長し、そして妻とみ子を看取り、(中略)犀星と家族にとっての『終の住まいと庭』[34]」なる「大森馬込の住まいと庭」は、「それは庭であるよりも、一つの空漠たる世界が作り上げられていて、それが彼を呼びつけているのだとでも。ふざけて言ったら言える」[35]と断定されているのは、昭和十三年から昭和三十年までの間が底たる第二の長い沈滞期にも原因していると思う。その証拠として、『印刷庭苑』(昭11)という随筆集が挙げられる。犀星はこの中で自分の文学創作を紹介し、「春の庭」(昭11・4)「竜安寺石庭」(昭10・9)という庭と関わる二首――僅ずかな部分を占めているとしか言いようのない――のほかは、庭園と全く関係のない自分の文学創作に関する感想である「衢の文学」「再生の文学」「作中の女性」「復讐の文学について」「文芸時評」などを収録しているにもかかわらず、『印刷庭苑』という名を付けているのである。

度重なる造園に加え、犀星は、雨宝院や金石の尼寺などの「寺の庭」と名園も鑑賞・見学した。京都の庭園だけでも、大正二年一月約一カ月の京都逗留期間中歩き回ったり、昭和九年一月六日から十三日までの八日間に放送の仕事の合間に大徳寺や竜安寺などを毎日のように「庭園巡礼」したり、昭和十一年九月二十六日から十月十三日までの十八日間に大河内山荘、桂離宮、孤蓬庵を訪れたり、最後に昭和十二年偽満州国行の帰途に五月四日から五日までの間に短期滞在の形ながらも京都に寄って見学したりしている。そもそも旅行嫌いな犀星は、長短合わせて何と四度もこの古来の日本文化の集積地たる名園の多い古都に滞在しているのである。[36]

（二）犀星の「庭随筆」に見る庭の果たした働き

前に紹介したように、自身の庭観とともに、自身の文芸観をも語るというのは、犀星の「庭随筆」の最大な特徴である。これは、彼にとって、作庭と創作が、矛盾なく・同時並行的に行われることのできる同質なものであることを示している。しかも、「随筆文学が大抵の作家のなかでも重んぜられているのは、作家の直接心境を手づかみにできるからである」（「小さいものから」『馬込林泉』）ゆえ、以下では、上記の特徴を踏まえ、彼の作庭と「庭随筆」とを照らし合わせ、犀星の世界に果たした庭の役割を見ることにする。

犀星の「庭随筆」は、『魚眠洞随筆』『庭を造る人』『天馬の脚』『庭と木』（昭5）『文芸林泉』『印刷庭苑』『日本の庭』に多くが収まっているほか、雑誌や新聞や小説のなかに散見するものも多い。彼の庭に関する認識は、次のようなものである。

第一に、伝統的な日本庭園文化の影響のもとで形成された独自の庭観である。

犀星は、『魚眠洞随筆』所収の「名園の落水」において、兼六園の「曲水」や瀧壺などを描いたり、『庭をつくる人』において、松竹梅は、「樹の中の三兄妹であって、三樹交契のいみじさ美しさは喞々としてわたくしの心に何かを囁いてくるのだ。木の世界の王様でなければならぬ。実際この三樹交契を以て庭を造るとしたら最早何ものも要らない。」「あまりに目に触れすぎたため此の三樹交契が日本人の性分をこまかに織り出していたことさえ忘れていたほどであった。」（「冬の庭」）と絶賛したり、『文芸林泉』に、「薪一休寺」「竜安寺」「妙心寺」「霊雲寺」「東海庵」「隣花庵」「去風洞」「大徳寺方丈」「大仙院」「聚光院」「高桐院」「無隣庵」「西芳寺」「飛雲閣」などを書き、自身の名苑巡礼をまとめ、自分の庭園観をよく示したりしている。以下、犀星の庭に対する見方を端的に示した「京洛日記」（『文芸林泉』）を詳しく見よう。

この京都への旅中、「おもに石庭ばかり見て歩いたせいか、それも相阿弥や遠州のものばかりを見ていた」（「手帳」）犀星は、石に対して特別な感情を抱き、次のように語っている。「世阿弥の晩年の作である」「薪一休寺」では、ここの庭は、「美しいより外に言い様のない庭であった」、「殊に廟の前の小さい庭が庭であるよりも古い掛物のようにも思われてならなかった」と、竜安寺では、「石庭の王者であるこの庭の石と石との静まり返っている光景は、二度三度と見直すごとに深められてゆく。六十坪に十五の石が沈み切っているだけである。併し無理に私どもに何かを考えさせようとする圧迫感があって、それがこの庭の中にいる間ぢゅう邪魔になって仕方がなかった」と、「隣花庵」の「庭には何もないがまた一切があってこれだけでも庭は既に事足れりではないか」と、「遠州作の」「大徳寺方丈」では、「私は悲しくさえなって行くほど感情ぬきの庭の固さが、心にも影響して来たのである」と、「大仙院」では、「京都に名苑が多いのは何と言っても石が豊富であるからである。（中略）そしてどの石も名品であるに違いない」と、「聚光院」では利休の好きな塔を見て「この石塔の美しい詫びた気持ちは相輪にあることは無論で、その無恰好さの面白さに至っては私も初めて見たほどである」と、「高桐院」では「細川三斎の愛していた石灯籠を見たが、厭味がなく、静かにやつれていて、ほそみも眼たたない正直な石灯籠であっ」て、「此の庭では飛石がよかった。えらんで、きたえたような小飛大飛が苔ついたまま、懐かしいばかりに打たれてあった」と、夢想国師の作った「枯山水を模した石の大群があった」「西芳寺」では、「何といっても廣大な庭一面に苔の生えているところは、西芳寺だけであった」と、荒れた「飛雲閣」では、石灯籠は、「みんな時代といい好尚といい立派なものが多かった。深く肌までしみ込んでいるやつれが、眼にのこった」と、竜安寺では、「ひょっとすると竜安寺などがこんど見て来た庭のうちで最も心に残って澄み切っているのではないかと思った」（「食堂車」）、と感想を述べている。

その後、犀星は「薪一休寺」「竜安寺」「霊雲院」「隣花庵」「大仙院」「高桐院」「西芳寺」をさらに『室生犀星文学読本秋冬の巻』に再録した。そのそれぞれに付された自解において、犀星は自身の庭園観をはっきりと語っている。後年、犀星は「京都名苑巡礼」「飛雲閣」「旅愁」「丸山公園」を合わせて「京洛寺院」と改題し、『日本の庭』に再収録した。このことから、犀星はいかに自分の庭観に誇りを抱いていたかが伺える。

第二、庭の材料や鑑賞法に対する深い理解による庭観である。

犀星は『庭を造る人』において、「博物館の中にある六窓庵の茶室」に四方佛の手洗いを見に行ったり、「深夜の庭」で

「涓滴は庭の呼吸のようなものである」と感じたり、造園の素材なる水・つくばい・仏像・石・飛石・石灯籠・苔・植物・垣などについての心得や、夏の庭・冬の庭・深夜の庭・竹の庭・木藤の庭・垣根・窓庵・廃園などの風景と鑑賞後の心得などを紹介したりしている。

水については、「庭にはすくなくとも一ところに水がほしい。つくばい（手洗鉢）の水だけでもよいのである。乾いた庭へ這入ると息づまりがしてならぬ」と、つくばいに関しては、「まったくその位置次第で庭相が表われやす」く、「聊斎志異の白雲石の口碑のように穴あり時に綿のような雲を吐かねばならぬ」、「赤日石林気というのも又つくばいの銘でなければならない」（「つくばい」）と、それから石については、「わたしは世には石ほど憂鬱なものはないと思っている」、「石は寂しい姿と色とを持っているから人間は好きになれる」と、苔については、「庭は石と苔との値が深ければよい」（「石について」）と、竹については、「竹の植方では東南西に株を乱して植えて置く」（「竹の庭」）と、彼の好きな原因をまとめた上、沓抜や飛石の打ち方、竹の植え方と苔の育成方法についての心得を紹介している。

石灯籠に関しては、利休形、遠州形、宗和形、有楽形、宗易形、珠光形、春日、雪見などを挙げ、「灯籠は、眼をもっている。庭の四方をぐいぐいと緊めつけ纏めているものである」と感慨している。

垣に関しては、砥草腰垣、梅擬袖垣、柴折垣、とくさ垣、うぐいす垣、覗き墻などを挙げた後、「垣は庭のそと囲いの表情を定めるものである。袖垣は庭の一部分の眉のようなものであると言ってよい」（「垣根」）、と評価している。

第三に、「石庭の精神」を創作の源として、「人生的庭園」を営む庭観である。

「竜安寺の石庭は或る意味で枯淡な達人の心境をそっくり現わしたものと言ってよい。寂しさにすぐれた人間の心もつき詰めてゆくと、石庭の精神でなければならぬ」（「石について」）と、犀星は理解していた。「諸随筆に取り上げられた庭は、大徳寺や妙心寺などの塔頭が多く、そのほとんどが枯山水の庭なの(ママ)は特徴的な傾向と言えるであろう。」[37]との指摘通り、犀星は、庭それ自体を鑑賞したのではなく、その暗示・抽象・象徴的特徴に魅了され、庭を人間視していた。彼にとっては、「石は庭ぬしの悲しい時は悲しそうな表情をして見せ、機嫌よいときはかれも闊達で快然としていた。（中略）わたしはそういう思いでかれと相抱くことを屡々感じ」（「石について」）たがゆえに、彼にとって「庭全体の空気が不思議な人情的なるものにつつまれて囁いてくるようである」（「竹の庭」『庭を造る人』）。その後で発表した京の庭に関わる「桂離宮」

（昭12・6・4）では、「この庭のなかにある詩や絵画の精神がかくまで永い間保存されてあることが、杉苔の美しさにも、さわら葺の屋根々々と白壁の調和にも、殆ど、言葉無きまでに気高い感じのものであった」。「これらの庭にあるものは私の永い間の夢であり、そしてこの夢がかくまでに生きて描かれていたとは私の驚きであ」り、その美に対する「複雑な混乱こそ」が「私の興奮したときに起る唯一の美的精神の表れであった。」と書き、さらに「石の愛人」（昭14）では、「京都にある多くの石庭の石組や石」に「肉体的感覚」の豊富さを感じている。この「親しい感覚」を、「老いたる睾丸のようなもの」即ち「最も人間臭いもの」とした犀星は、庭石に「気高い品」や「自然の美しさ」ではない「人間と共流した感じ」を発見した。

「不思議な人情」の究極に至って、「犀星は庭なるもの、ひいては庭石から人間的な味わい、ないしは自己の心の投射する姿を見ようとしていた」[38]。そこで、彼は「廃園」（『庭を造る人』）で三年ぶりに田端の借家に再び移り、庭のない男の悲しさを披露したり、「林泉雑稿」（『天馬の脚』）で亡くなった長男を悼んだり、「そういう『庭』は自然に自分の考えをも育てる何者かであり、その何者かを自ら掃き清めることは喜びに違いなかった」と感じたり、「野生の小鳥」（『文芸林泉』）で自分の生涯や生活を振り返り、演説の経験がないことや、座談会に出ると愉快な気がしないことなどを紹介したり、「大学と薬罐」（『文芸林泉』）で、明治大学で近代詩についての講義をした時の辛い経験を語ったり、「庭のわかれ」（『文芸林泉』）で金沢の庭を手放した経緯を紹介して、庭にある石灯籠、飛石、それから植木人の野々平のことを回顧したりしている。

以上のことに留まらず、もっとも重要なのは、「小さな風流的な跼蹐から立ち上った自分の行手は、寧ろ広広とした光景の中に数奇ある人生的な庭園を展いて見せていた。自分はその庭園を見ることに泉の如き勇敢を感じ」（「別れ」『林泉雑稿』）たとあるように、犀星は庭を源にして、自分の創作・人生を展開していったことである。

彼は、自分の創作に関して、「自分は第一流の文人である自信はあり実力もあるのだが、併し自分の書いたものが秋風の下に吹晒され、しかも残らないことを考えることは苦しかった」（「記録」『天馬の脚』）。が、「既成作家や中堅作家が委縮していることが事実である。彼等とても神佛の加護があるわけではない。（中略）彼等らしく表現することで、存在権があるのだ」（「格闘」『文芸林泉』）と、自分なりの創作を通じて自分の存在を護ろうとし、将来については、「正直にいえば僕は文学を愛するがゆえに、その文学とともに生涯平和に暮らしたいと思っている」。「精神的には少々くらい命がちぢまっていてもいいから、僕だけのものを終生怠るところなく成就したいのだ。」（「僕の文学」『文芸林泉』）と述べている。

そこで、『文芸林泉』において、犀星は、「文学の上に馬乗りに乗りきれなくて、文学を少しずつ齧っていた小鼠のように、「なるべく僕らしい言葉で饒舌って見ることに」（「僕の文学」）し、「流行を逆流することよりもそれを正直に受け入れ、摂るべきものは自分らしいものに取ってゆ」（「趁い詰められる」）き、「なるべく小説くさくない、いい薫りの小説を、厭味のないすっきりしたものを、読みやすくて感じが鋭く軽快なものを、感銘は永く質は特有なものを、書く時はいい気持ですすんで行く小説をというふうに虫のいいことを考えているのだ」（「小さくない小説」）。

前にも見たように、主に自分の文学創作を紹介するものであるにも関わらず、『印刷庭苑』と名付けられた随筆集は、犀星が、自分の庭観と文学観に通底するものが同じものであるということを明白に表明したものである。この随筆集において、自分の第二の昂揚期の作品について、犀星は初期作品時代の「その折々に気を抜いた作品を見ると、歳月を無駄にして金銭に打ち迷ってやくざな仕事をしたものだと、長嘆息を洩らして」（「再生の文学」）ならず、今になって「本来は人生八分文章二分で格闘したいのである。もっと極端に言えば人生が全部であって文章は単なる記号で終わらしめたい、文章で道草を食いたくないのである」（「衢の文学」）とその時期の自分の文芸観を表し、「どの人物も作中では私の分身であり、遂に私の悪を吐きつくすために登場するようなものである。（中略）いま旺んに人生の悪を吐き尽している」（同上）という自身が作り上げた人間像を通じて、「再び根強く生きて行き抜かなければならない」（「再生の文学」）と文学創作に励んだ。

しかし、「かつて幼少にして人生に索めるものはただ一つ、汝また復讐せよという信条」は、「何のために、何の理由で、何の報いによって真向から驀らに切り込んでいるかも、よくはわかっていない」が、「人生で汚辱を排し、正義に就くために」、「仮借なく最っとあばくものをあばき、最後の一人をも残さずに、それの人生を裁かねばならない」（「復讐の文学」・「復讐の文学について」）文学を創作していく決意をしたにはしたが、その第二の昂揚期の作品に対しても、「他人の小説に描かれた女性は大抵好ましいものであるが、自分の小説の中の女性には何処か無理をして書いているせいか、比較して好きな方ではない、嘘がはいっていたり美しさを無理にこさえたりしているので、これを深く愛するという事がない。（中略）書き上げた後、つまり何ヶ月か経った後には最う飽きてしまうのか、描き足りなかった故なのか、どうも、これを書いた当時の半分の愛情も魅力をも感じないのだ。」（「作中の女性」）と反省している。このことは、彼の生涯最高の第三の昂揚期に際して助けとなったに違いない。

自分の創作にだけでなく、彼は、文芸批評もしていた。例えば、『文芸林泉』において、「相手にならない無責任な批評ほど恐ろしいものはない」と感じ、「月評には半分無神経になるようにつとめ、そのまた半分は非常にするどく神経質になるのが常である」（「文芸雑記」の「批評」）と、文壇の無責任な批評を批判し、「武者小路君の選で千家元麿の詩集を読んで、天下にただ一人の詩人かと思う」（「人物評論」）と、自分なりに高く評価している。それは、「芥川龍之介氏の人と作」『芭蕉襍記』などと一直線にあるもので、最後に「我が愛する詩人の伝記」に結実したと思われる。

それだけに、晩年の犀星にとっての庭は、

○十年も経つともう地面ばかり凝乎と見てくらすことが多くなる。石も松も、そして庭さえいらぬようになる。（中略）私はやっと地面ばかりをじっと見るような年輩に行きついたのである。（『日本の庭』）

○庭というものも、行きつくところに行きつけば、見たいものは整えられた土と垣根だけであった。（「生涯の垣根」昭28・8）

○三十年も庭をいじってみているが、庭はせせつこましく、樹木はやせ石は生気を失って古いろう屋のように憂うつである。（中略）私は土づくりのへいを周囲にめぐらし、一本一草もない平地面を見るだけのものを作ろうと（略）。（「我が庭の記」昭33）

とあるように、けっして通常の庭ではなくなり、「『人間の手』によって矯めて成った庭だといえる。あくまで『人間化』され内向化した自己実現の世界である」[39]。それは、庭と関係がない随筆集を『印刷庭苑』と命名したことと同じ原理に則ったものである。したがって、犀星は、普通の人間の着眼点である植物の四季の「変わる美しさ」にではなく、目立たない石や土の「変わらぬ美しさ」に鑑賞の眼を着けるのである。これに関して、犀星の「庭詩」を見る時にさらに補足しようとする。

三、「庭俳句」に見る犀星の心境変化

室生朝子氏は、犀星の作句と断定したものを、『室生犀星句集　魚眠洞全集』（北国出版社、昭52）に千七百四十七句収録している。その中には、「庭」というキーワードが出たものだけでも五十三句もある。

心理学的立場から、句におけるコンプレックスを脱出する努力の表象、並びに「自己実現」後の表象をもとにしてみれば、犀星の句作は、第一期（明37～同44）、第二期（大13～昭8）、第三期（昭9～同13）、第四期（昭14～同36）とに分けられる。[40]

先ず、第一期の句作である。

1. 朝顔を植る小庭や井戸近き　（明38・9）
2. 雨戸くる五月雨の庭や鴨足草　（明39・6）
3. 祝日や庭に鶴亀松の花　（明40・5）
4. 青ぬたや庭の三葉の味如何　（明40・6）
5. 枝伐りて明るき庭や空涼し　（明40・7）
6. 鶯子啼や日脚短き五歩の庭　（明40・11）
7. 陽炎や蘇小が庭の鬘草　（明41・4）
8. うとき蚊の逃る丶庭やユキノシタ　（明41・5）
9. 市に住んで庭なつかしむ紫苑哉　（明41・10）
10. 園守の編む袖垣や日の永き　（明42・3）
11. 山茶花の黐れ冷かに庭の石　（明43・11）

上記のように、「小庭」、「五歩の庭」で、朝顔、山茶花、鶴亀松の花といった植物や陽炎という自然現象を観察したり、「うとき蚊」などに関心を寄せたりすることを通じて、犀星は四季の変化を感じ取り、自然と成長してくるのである。

それから、第二期の句作である。

12. 庭草の実の赤さ池は氷らぬ　（大13・1）

13. 蝸牛放つ庭は苔と石のみ　(大13・5)
14. (築山をきづく) 石濡れしがようような築山　(大13・5・14)
15. 杏の香の庭深いふるさと　(大13・9)
16. 蜩や庭すたれゆく松の枯れ　(大14・7)
17. 秋涼やあら畳ふむ庭明かり　(大14・8)
18. (庭前小景) 秋雨の縁拭くおんな幾たびぞ　(大14・8・16)
19. 庭近き机露けきいとどかな　(大14・9)
20. 雨戸しめて水庭を行く秋なれや　(大14・10)
21. (ある夜、かすかなる音の庭も女を訪ずれければ)
金澤のしぐれを思う火桶かな　(大14・11・20)
22. (庭前一景) 冬日さむう蜉蝣くずれぬ水の面　(大14・11・27)
23. 初冬や庭木にかわく藁の音　(大14・12)
24. 庭石や山茶花こぼる冷かき　(昭3・9)
25. 庭土の乾ける梅の埃かな　(昭4・3)
26. 残雪やからたちを透く人の庭　(昭4・4)
27. 身にしむやほろりとさめし庭の風　(昭4・4)
28. 庭石の苔を見に出る炬燵かな　(昭4・4)
29. 冷かかや山茶花こぼる庭の石　(昭4・4)
30. 行春の道人絶えて庭ばかり　(昭6・4)
31. 庭苔やかごをこぼれる梅のかず　(昭8・8)
32. 庭なかに時計ながめていたりけり　(昭8・8)
33. (庭前) 笠ぬれし雨かや齒朶の片あかり　(昭8・10)

34. (又) 道芝に雨あがりけり歯朶明り　(昭8・10)
35. (又) 道芝に消えゆく雨や歯朶明り　(昭8・10)
36. (又) しだそよぐなかにしぐるゝ片明り　(昭8・10)

犀星にとって、庭はまず生活の場であり、庭で降った雨や咲いた花を見ることができる。が、この時期の犀星は、苦悶の中、庭で見たのは「氷」・「残雪」・「風」・「こぼる」こと・「梅の埃」・「梅のかず」と「すたれゆく秋」などで、感じ取ったのは「秋涼」・「冷」などである。第一の昂揚期を経て、第一の沈滞期に陥った犀星のいかにも苦しくて悲しい心情を反映している。

さらに、第三期の句作である。

37. 庭さきやあさめしこげて梅うるむ　(昭10・6)
38. (栗) 朝々や栗ひらう庭も寺どなり　(昭10・6)
39. (庭前) いが栗のつや吐く枝や筧口　(昭10・6)
40. (秋蟬　軽井沢庭前) しらかばにせみひとついて鳴かずけり　(昭10・6)
41. 庭芝も苔がちになる夏書かな　(昭10・7)
42. (庭前微涼) 涼しさや水苔滴れる筧口　(昭10・8)
43. ひるすぎの筧つららを滴りけり　(昭10・6)
44. (七条にて) 来て見れば旅籠の庭もしぐれたり　(昭12・1)
45. (桂離宮拝観) すぎ苔のにしきを織るよ秋の水　(昭12・1)
46. (孤蓬庵) つくばいのぼうふらさえも古りにけり　(昭12・1)
47. (庭先) ひとところ夕明りして花もなし　(昭12・5)

目に映るのは、もう第二期の「秋冷」・「冷」ではなくなり、「つや吐く枝や筧口」・「水苔滴れる筧口」・「筧つららを滴りけり」・「夕明り」・「うるむ」「梅」などになり、「苔」・「庭芝」・「すぎ苔のにしき」を鑑賞したりする心情的余裕もできている。第二の昂揚期の犀星が、いかに意気揚々していたかが伺える。

最後に、第四期の句作である。

48. 藁はじく春日に筧とほしけり　（昭14・4）
49. 梅うるみ庭つちかため日記つく　（昭16・2）
50. 庭の梅椿は散りはじめ蟻がはい出た　（昭16・3）
51. （戦い）戦いの庭はき清め居りにけり　（昭17・3）
52. （兼六園）草古りてぼろ着てねまるばったかな　（昭18・8）
53. （杏）杏もうつぼんだかと庭もせに　（昭30・5）

銃後の犀星は、か弱い虫けらに関心を寄せたり、人を窒息させる戦時の雰囲気に包まれても、目についた庭を素直に見て受け入れて、それを「はき清め」、そのうるんだ梅や固めた土を鑑賞して、「庭つちかため日記つ」いたりする。が、もっと重要なのは、「自己実現・超越」をなした後、犀星は、まさに第三の昂揚期を迎える兆しのような、つぼんだ杏を観るようになったことである。

四、「庭詩」に見る「庭」の働きとその意義

（一）犀星「庭詩」の世界

「俳句では詠みつくせない微妙な心や気分の波動が、そこでは殆ど完全に表現することができる」、「『詩』は私にとってい肉眼で見ることのできない炎のような樹や草のいのちを充分に考えさせるちからをあたえてくれた」（「草の上にて」）から、犀星の「庭詩」から彼の庭に関する「微妙な心や気分の波動」を伺うことができる。

明治四十年七月『新声』に「さくら石斑魚に添えて」を掲載したことをはじめとして、犀星は、数多くの詩を創作した。例えば、金石の尼寺の下宿先で「何も彼も詩の世界」で「まるで美しい詩集のあいだに部屋があって、そこで活字と一緒に遊び戯れる」というふうに夢中に「書き込」む異様な打ち込みによって、僅か八ヶ月余りであったが、「後年世に問うべくたくわえられた『抒情小曲集』をそこで作った」（「泥雀の歌」）だけでなく、『愛の詩集』（大7・1）『抒情小曲集』（大7・9）『第二愛の詩集』（大8・5）や、『感情』に「抒情小曲集補遺」として発表されたものを中心とした『青き

魚を釣る人』（大12・4）や、『抒情小曲集』よりさらに早く、明治四十年七月から四十二年三月にかけて投稿した作品に手を加えて書き改めて出された『十九春詩集』（昭8・2）などもこの時期に創作したものである。犀星は後に小説創作へ転進したが、終生詩作を止めることなく、莫大な詩業を残している。

詩作における彼のコンプレックス脱出、即ち「自己実現」・「超越」に向かう努力を見る便のために、犀星の詩作の作風と時期区分をもとにして、抒情詩、第一の沈滞期の詩、「避戦」と夕映えの詩と、三つの時期に分けて分析することができる。[41] 俳句や小説と同じで、彼は「庭詩」にも自分の心が荒れたものから落ち着くものに変わったことを描いているが、ここでは、それをさておき、「庭詩」から彼の庭観だけを伺おう。

今回、『定本室生犀星全詩集』（昭53）をもとにして、犀星の「庭詩」について一応調査を行った。いくつかの詩は庭において詠んだものだとは感じられるけれども断言するのは難しいゆえ、統計対象にしなかった。調査の結果は以下の通りである。

まず、内容には庭・庭石・庭木・庭師というキーワードの出たものである。

単行本の中に収録したものには、『愛の詩集』所収の「未完成の詩の一つ」（大5・12。初出時「庭」という字の入った部分があったが、『愛の詩集』に収録時、この部分は削除）「永遠にやって来ない女性」（大5・10）「鶩の詩」（大6・7）「門」（大6・12）と、『抒情小曲集』所収の「とくさ」（初出未詳）と、『第二の愛の詩集』所収の「見えない人格」（大7・6）「蜂の巣」（大8・1）「初めて『カラマゾフ』兄弟を読んだ晩のこと」（大8・4）「ある夜明」（大8・1）「みな休息して」（大7・9）「月の眺めて」（大7・10）「休養」（大7・6）と、『寂しい都会』所収の「第二の故郷」（大9・2）「ある日の錯覚」（初出未詳）「木から落ちた少年」（大8・9）と、『星より来れる者』所収の「我庭の景色」という連詩に「人をたづねて」（初出未詳）「幽遠」（初出未詳）と、『田舎の花』（大11・6）所収の「日の出る前」（大11・5）「縁側」（大9・9）「山峡の温泉」（大9・12）「室内」（大9・12）「寺」（大9・6）「花火」（初出未詳）「小鳥」（大10・3）と、『忘春詩集』（大11・12）所収の「童心」（大11・5）「靴下」（大11・10）「最勝院自性童子」（大11・10）「おのれ父たるゆえに」（大11・10）「樹を眺む」（大11・9）「蛾と母親」（大11・11）「垣にそいて」（初出未詳）と、『青き魚を釣る人』所収の「哀しき都市」（大8・5）と、『高麗の花』（大13・9）所収の「うつけものの歌」（大12・8）「石一つ」

（大12・8）「わが心もかくあれと」（大12・2）「寒竹」（初出未詳）「菊を彫る人」（大11・12）「風邪」（大11・12）と、『故郷図絵集』（昭2・5）所収の「詩歌の城」（大15・4）「この家の主人はあらぬか」（大14・2）「故郷を去る」（大14・2）と、『鶴』（昭3・9）所収の「石について」（昭2・9）「御使より先に」（昭2・9）「沙塵の中」（昭3・7）「朝日をよめる歌　その七」（大15・7）「朝日をよめる歌　その十五」（大15・6）「朝日をよめる歌　その三十八」（大15・7）「鵞鳥」（大15・11）「瓦の鯱」（大15・5）「からたちの花」（大13・6）「机に寄す」（初出未詳）「朝餉」「大14・2）と、『文学』（昭10・9）所収の「季節馬鹿」（昭9・7）と、『駱駝行』（昭12・9）所収の「松」（昭11・7）と、『蝶・故山』（昭22・11）所収の「人は住めり」と、『甚吉記』（昭和16・12）所収の「僕の家」（昭16・6）と、『乙女抄』（昭17・7）所収の「夜の戸口」と、『瞼のひと』（昭17・12）所収の「わかちあたえる歌」と、『木洩日』（昭18・1）所収の「旅館の旦那」「ホテルの跡」「雨戸」「木の椅子」「リス」、それから、『美以久佐』（昭和18・7）所収の「みみずあはれ」と、『日本美論』（昭18・12）所収の「からだは小さいが」と、併せて六十五の詩がある。

さらに、単行本に収められなかったこのようなものには、「灰」（明41・6）「広小路」（大6・2）「自分はもう初夏だ」（大7・6）「地獄門過ぎて」（大7・6）「感想詩」（大8・1）「午後」（大9・7）「無題詩」（大9・9）「ときどき」（昭15・1）「梅の花」（昭15・5）「朝日」（昭15・6）「青杏」（昭15・7）「達人の歴訪」（昭2・7）「美の綱」（昭3・2）「おつさんの歌」（昭13・1）「阿呆の歌」（昭14・7）「杏のたより」（昭15・8）「山中」（昭20・1）「径をつくる」（昭21・9）と、併せて十八の詩がある。

第二、詩名に庭というキーワードの出たものである。

単行本に収められたものには、『抒情小曲集』所収の「寺の庭」（初出未詳）と、『星より来れる者』所収の「我庭の景色」（初出未詳）と、『高麗の花』所収の「庭先」（初出未詳）と、『故郷図絵集』所収の「寒い庭」（大14・2）と、『印刷庭苑』所収の「印刷庭苑　序文」「竜安寺石庭」（昭10・9）「春の庭」（昭11・4）と、『薔薇の羹』（昭11・4）所収の「ゆがんだ庭」（初出未詳）と、『甚吉記』（昭16・12）所収の「僕の庭」（昭16・6）と、『瞼のひと』所収の「庭」と、『我友』（昭18・7）所収の「庭」と、『木洩日』（昭18・1）所収の「庭」と、『いにしえ』（昭18・8）所収の「杏なる庭」と、『日本美論』（昭18・12）所収の「庭」「若木」「人は庭を」「手で」と、合わせて十七の詩がある。

さらに単行本に収録されなかったこのような詩には、「庭」連詩（昭2・6）「『庭と木』序詩」（昭5・9）「庭　その一、二、三」（昭11・5）「古庭」（昭23・5）がある。

（二）「庭詩」に見る犀星の庭観

第一、「石」や「土」に固執した庭観である。

「つち澄みうるおい／石蕗（つわ）の花咲き／あはれ知るわが育ちに／鐘の鳴る寺の庭」（「寺の庭」）は、犀星のこの独特な庭観を見る際に、まず挙げられるものである。この詩において、「澄み」は「住み」とも通じ合うもので、「つち澄みうるおい」は我が身を支える唯一のものであり、犀星は「清澄なつちに護られて清澄な鐘の響きわたる『寺の庭』という場所に於いてこそ、本当の自己を取り戻し、本来の自己として生きて住む（澄む）ことができたのであろう。[42]」

その詩をさらに深く理解するためには、「僕の貯金は十万円くらいあった／僕の庭がそれを抱いていてくれた／僕は金がいるとき／庭に出てそれを引き出していた／庭は杏の花ざかりだった。」（「庭　その二」　昭11・11。後『印刷庭苑』の「序文」にも使われた）という詩を見なければならない。つまり、「『雨宝院の庭』に始まる犀星にとっての『庭』とは、決して対象化できない独特な場所として実在し、また文学創造の豊かな源泉としても働いていた。[43]」「いつまでも変わらぬ場所、また心の原風景となって文学創造の豊かな源泉としても生涯にわたり働いていた[44]」のである。そして、ここでは、犀星本人は説明はしなかったが、土に対するこの特別な感情には、五行説の影響もあろうし、第六章「室生犀星における『杏』の象徴的意義とその働き」において見ていくように、中国文化における「杏」のイメージもあるのである。

それだけでなく、「わたしは古い石灯籠が一つほしいのです／苔のある／古い土と調和のとれた純日本風な石灯籠がどっしりと据えたいのです／楓と杏との陰に――古い土や石は／日本風な私の室と調和します。」（「我庭の景」）と書いてあるように、彼が、土に拘り、追い求めていた庭は、「古い土や石は／日本風な私の室と調和します」感じのものであった。

それゆえ、犀星の作庭の究極は、「樹木がすくなく／石もなるべく少なくつかう／いっそ垣だけを見よう。」（「庭」『木洩日』）というようになり、「きみは硬ばって／死とともに床にある／足には白足袋がはかせてある／顔はみえない／庭にはうららかな日があふれ／かわりもなくあかるい。」（「庭」『我友』）と、庭で最期を遂げようとしたわけである。

第二に、古代庭園から発展してきた人間化した庭観である。

「遠州相阿弥夢想国師らは／庭をつくりながらはてた／いまも／寺々のまわりにある／五百年前の人の息づかいも／そこでは人の心の死なないことを／まざまざと眼に見せてくれている。」（「生きる」『日本美論』）「人は庭つくりの奥に触れようとして／石や木と格闘する／格闘はその人が庭をつくる間／永年に亘って続く／憩いもなく休みもなく」（「庭」『日本美論』）とあるように、犀星の作庭は、暗示・象徴・抽象という日本古代から伝えられてきた庭作りを受け継いだものである。が、それにとどまらずに、「人は自分の心の方向を形取る／そこに憩いの蝶もよび／小鳥も招こうとし／その人の生い立ちの記録を／草と木と石でつくりあげるのだ／草と木は人の心にふれて育ち／人の心は草木の清さに触れている」（同上）との如く、犀星の庭は、「その人の生い立ちの記録を」したものである。

したがって、犀星は、「わが家の庭」で「ひとりかかるさびしきひそかごとを為しつつ／手をあらいまた机にむかいぬ／このこころなにとて妻子の知るべき／まして誰かに語らんとするものぞ」（「童心」）、「庭などをながめあるほどに／耐えがたくなり／煙草を噛みしめて泣きけり」（「靴下」）、「夕がたの厳しい寒さの中で／私は人に話さぬ悲しい思いをする」（「寒い庭」）などの詩が示すように、『忘春詩集』『高麗の花』『故郷図絵集』は長男を失ってからの心境的変化とそれによる人間的成長を描いたもので、「われは愛する庭を破壊せり、／自らその古色蒼然に倦怠を感ず、／されば此の日／ひそかなる微風の中に／石を起こし樹木を倒伐せり／何ぞ我が情けの悲しみあらんや、／石を起こし苔を剥奪せるに／おのずから西方に風起り、／我が庭に濛々たる砂塵を挙げて行けり。」（「沙塵の中」）という詩が示すように、『鶴』と『鐵集』は芥川龍之介の死に刺激され、それから何と言っても心の中に絡んだコンプレックスから脱出するための、創作沈滞を打ち破ろうという切迫な気持ちを叫んだものである。殊に「沙塵の中」における庭は、ほかならぬ犀星の決意――詩作をやめて、抒情的初期小説から「市井鬼もの」への突入、という作風の転換をやり遂げようとすること――の強さの表れである。

なかでも、特に有名なのは、「枯淡な達人の心境をそっくり現わした」「石庭の王者」なる竜安寺の庭である。この庭に浸っている犀星は、「石はみな怒り輝いていた／石はみな静まり返っていた／石はみな叫び立とうとしていた／ああ　石はみな天上に還ろうとしていた」（「竜安寺石庭」『印刷庭苑』）と、石が個性ある表情を持っておのおのの自己を主張したり、自己に沈潜している様子が描かれている。また、後に詳しく見ていくように、この「天上に還ろうと」する石は、まさに向上意欲に燃えた犀星の心の象徴である。

したがって、犀星の眼中において、「庭はうすものを着けていた／庭はゆめからさめたのであった／庭の心臓はゆっくりうごいていた／（中略）庭はやさしく涙ぐんでいるようであった／私は庭とけふも話をしていた／私は庭の肩さきに凭れてうっとりとしていた／私は庭の方でも凭れていることを感じた／私は誰よりも深く庭をあいしていた／私は庭にくちびるのあることを知っていた」（「春の庭」『印刷庭苑』）、「きみは少女のようでもあった／羞らって花をむねにかかえていた。」（「庭　その一」）とあるように、自分と対話できる、自分を支えてくれることのできる「人間」であった。

第三に、何と言っても向上意欲を燃やす庭観である。

先ず、第一の沈滞期から抜け出るために、創作を通じて向上するというあまりにも強い意欲を赤裸々に表したものを見よう。

その時、犀星は、詩を創作するかそれとも小説を創作するかという決断に迫られて、「どちらとも別れないでいると、どちらをも完成することがない、とはまさにこのことではないのか。[45]」とあるように、この矛盾が彼の文学創作の前進を拒んでいた。「詩よ君とお別れする」（昭８・８）意向を表明したのは、この葛藤と矛盾の激しさを物語っている。田端生活が十年になろうとして、力と費用を注ぎ込んで作った「われは愛する庭」という「古色蒼然」たる世界には、今作者は「倦怠」しか感じられなかった。これは、今までの創作に飽きたことを象徴している。そのような倦怠感と、そこに沈み込もうとする惰性的な生活態度を打ち破らなければならなくなった詩人は、「石を起こし樹木を倒伐せり」、「石を起し苔を剥奪せ」り、「我が庭に濛々たる砂塵を上げて行けり」とあるように、これはもちろん彼の人生上の問題であるが、今までの作風と文学のマンネリズムの打破を行っていこうという新たな決意で、「砂塵の中」に立ち上がった詩人は、「われは愛する庭を破壊せり」というフレーズが示すように、これまでの自分の詩と初期三部作のような美化的・抒情的な文学を叩き壊して、「市井鬼もの」の創作を決意した。

その強烈な向上意欲を見るには、やはり「竜安寺の石庭」が一番いい。なぜなら、「犀星は竜安寺の、ほんらい非情の石庭から、自己の内面に通ずる人間的なるものを見出していたと考えられる」からである。前に引用した「ああ　石はみな天上に還ろうとしていた」「との幻想的な結句では、あたかも人間の天上界への憧れを石が体現しているかのような印象を読み手に強く残す。[46]」

ほかに、「黄い鯱が遊んでいた／鯱の子供が遊んでいた／鶺鴒も横這いに遊んでいた／天には旗のなかで龍が遊んでいた」(「庭　その一」『時世粧』)、それから「鯱はあたまを空の遠方に向け／ときに朝日のひかりを浴びながら／くろずんだ鱗を逆立てて咆哮している。／劉々として止めがたく啼いている。／(中略) 夜々のわが庭の苔の上に坐り／寂しく暮れてゆく書庫にむかい／蒼茫の景色をととのえ統べている。」(「瓦の鯱」 昭1・5) などのように、犀星の向上意欲を現したものもたくさんある (鯱に託された犀星のこの向上意欲は、第四章「犀星における『魚』の象徴的意義とその働き」において補足する)。

以上の詩から、「庭には何か神がかったものがあってもよいものだ」(『茱萸の酒』 昭8) という犀星の感じを、理解できるであろう。

五、「庭小説」に見る庭の働きとその意義

犀星は終生庭を取り扱ったりする小説を多数発表している。[47]「弄獅子」(『新潮』 昭3・8、10、11。『早稲田文学』 同10・1～6)「泥雀の歌」(昭16・5～17・2)「杏っ子」(『東京新聞』 夕刊、昭31・11・19～32・8・18) などの自叙伝小説を筆頭に、短編「暮笛庵の売立」(大14・7)「天龍寺にて」(昭1・12)「冬の蝶」(昭2・1)「名園の焼跡」(昭2・8)「山吹」(昭3・1)「庭のわかれ」(昭8・10)「洞庭記」(昭9・5)「緑色の日記」(昭13・8)「続緑色の日記」(昭15・11)「庭」(昭16・9)「信濃の家」(昭17・1)「怒歯」(昭22・9)「門のべの記」(昭26・9)「童女菩薩」(昭28・8)「生涯の垣根」(昭28・8) などがある。この中で、金沢ゆかりの庭小説は一番多くて、短編「暮笛庵の売立」「天龍寺にて」「冬の蝶」「名園の焼跡」が挙げられる。

犀星の「庭小説」には、次の三つの共通点がある。

一つ目は、何かを決行する衝動である。

「暮笛庵の売立」は、故郷にあり、廃園となって売却される暮笛庵の樹木や庭石を、東京から訪れた「予」は、それまでの倦怠感を破るため、名品「夜見る庭のつくばい」のせりに唐突に加わることを描いている。せりが進むにつれて、「予」

は「もはや青いたてがみに縋りついた馬の上に乗って」いるほど心持も次第に高揚し、ついに「百十円！」と叫んで競り落とすに至る。「天龍寺にて」の主人公大貳三郎は、「天龍寺の林」を背景とした「雑草の土地」を訪れ、その後方にある流水の透明さに心引かれ、高価な飛石や蹲を憑かれたように買い求める。

二つ目は、何をしてもやり通す決意である。

「天龍寺にて」の三郎は、「人間は自分の好きなことをするために生きるもので、それが他人の笑いものになっても関わらないものである」と腹を据えて、「自分は自分の考えていた仕事を」「徹してやろう」と考えたり、「冬の蝶」の脇本は、「庭から造る人なんてあるものですか」と笑われても、築庭に「沈潜水垢のごとき美しいものを己れの心に映し見」ようとしたり、「名園の焼跡」の春木は、故郷の庭に「荘厳」の理想を求め、そこで「静謐の時」を得ようとしたりする。「しかしその欲求は、かえって彼の心を悩ます妄執、つまりは『業』となって彼に憑りついていたわけである[48]」と指摘されているが、次に分析するように、自分自身の意志でやりとおそうとするこれらの主人公は、何れも創作を通じて生きて行くという犀星の分身であることが分かる。金沢での作庭から得られるものとして、「まず、一段と金沢という風土への沈潜が深まったこと。再び俳句という文学様式を取り戻し、それまでよりも更に深まった詩的精神をよみこむことができたこと。折しも芥川龍之介の自決と重なって、過去の自らへの訣別を企画したことなどが考えられる[49]」というのは、的を射た指摘である。

三つ目は、自伝風小説である。

「名園の焼跡」の春木は、「原稿で金を作ることの甚しい疲労」のなか、「天龍寺墓畔の自分の庭」を思い、嘆息する。彼は、庭の借景たる「廃刹」天龍寺境内の梵鐘、また彼方の医王山から「荘厳」の感を得たり、「梵鐘の音を聞いた記憶」を想起して、翻って「いくら焦っても壮重な梵鐘の心持を庭に出すことのできぬのを苛立たしく思」い、はては庭造りへの「興味を殺がれ」、荘厳な庭を造れぬ無力感に陥ったりする。このことから、春木のモデルは作庭と創作に苦しんだ犀星本人であることが分かる。

それから、第一の小説創作の昂揚期の直後で、「東京での生活は一時静かさの為に沈み、作品的に佗しい成績を上げ、自分は絶望的に落ちてゆく気持ちを経験していた」（「弄獅子」）という当時の犀星の状況に照らし合わせて見れば、「栄達や名誉のほかに、そういう栄達や名誉を軽蔑できるだけの生活がしたいと願っていた[50]」脇本は、まさに犀星本人であることが容易に判断できる。同じ理由で、「暮笛庵の売立」の「予」は犀星本人で、「天龍寺にて」の「天龍寺」は「天徳寺」であることも判断できる。

最後に、「東京で小さいコホロギ箱を建てるについて金が不足し、私は金沢の庭を売ることを思い立ったのであった。（中略）下草のはしたまで、溝の石まですっかり売り払ったのだ」（「庭のわかれ」）と、子供たちの健康のために新しい家を建てる「三千五百円ぐらいの金」を工面するために、「地代から樹木の手入れで一年三百円づつ、そろっと出すこと」をやめて、「国の庭を売り払ってしま」（「洞庭記」昭9・5）ったと、繰り返して言及しているのは、明らかに昭和七年四月、馬込に自宅を新築する資金を捻出すべく、犀星が心血を注いで作った金沢の草庵と庭を売却したことを示している。

おわりに

上記のように、芳ばしくない生まれ育ち・低い学歴・勝らぬ容貌・悪い成績などによるコンプレックスに苦しめられた犀星は、中国文化、殊に東洋の古典庭園文化に深く影響され、庭園による精神的追求を頼りにして、生活と創作の場として度重ねて作庭し、さらにその「石庭の精神」を精神的・創作的源として、弛まぬ努力を通じて独自な創作を堅持し、「精神的広がり」を求めるとともに、「人間成長」を成し遂げようと励んだところ、ついに「自己実現」をやり遂げたのである。この親近感も一つの原因であろう、最終章の「中国大陸における犀星文学の紹介と研究」において分析するように、東洋庭園のルーツである中国では、犀星は「造園の名人」と見なされ親しまれており、日本の庭園文化を論じる時、必ずと言っていいほど、犀星の名が挙げられるのも、無理のないことであろう。

【注】

（1）市川秀和「室生犀星における『終の住まいと庭』」（『室生犀星研究』第32輯　２００８・９）45頁

（2）本稿では、説明の便のために、犀星の庭に言及した作品をそれぞれ「庭俳句」、「庭詩」、「庭小説」、「庭随筆」と略称し、それらを「庭もの」

と総称する。以下の各章で論じるものに対しても同じ方法をとる。例えば魚に関するものなら、「魚もの」と言う。

（３）外村彰「室生犀星と〈京都〉」（『室生犀星研究』第29輯　２００６・10）76頁

（４）市川秀和「室生犀星の〝終の住まいと庭〟」（『日本庭園学会誌17』２００７）94頁

（５）前掲注１、49頁

（６）上原敬二「まえがき」（『造園総論』　加島書店　昭49）１頁

（７）前掲注６、49～50頁

（８）中根金作『京都の庭と風土』（加島書店　平４）77頁

（９）前掲注８、80頁

（10）前掲注８、80～81頁

（11）前掲注１、54頁

（12）前掲注11に同じ

（13）笠森勇『「我が草の記」に見る犀星の晩年』（『室生犀星研究』第31輯　２００８・９）125頁

（14）外村彰「犀星『生涯の垣根』に見る『庭』像」（『室生犀星研究』第21輯　２０００・10）25頁

（15）仏教の世界観では、世界の中心にそそり立った須弥山は、八つの海に、さらに外周には九つの山に囲まれている。造園の場合、室町時代には珍石を池中に立て九山八海石と称し、宇宙の中心部全体を象徴するようになった。

（16）西沢文隆『庭園論Ⅰ』（相模書店　昭50）192頁

（17）前掲注16、344～345頁

（18）「余りの山、余りの水」を用いて全体を一幅の絵にまとめ上げる中国山水画の技法。

（19）前掲注16、343頁

（20）『後漢書』や『神仙伝』によれば、壺公（ここう）という仙人は、夜になると小さな壺の中に飛び込み、そこには美しい神仙世界が広がったという。壺のような小さなものの中にあるこのもう一つの天地のことは「壺中天」と呼ばれている。「桃源郷」というのは、晋の時代の陶淵明の「桃花源記」に由来したものである。

（21）奥野健男「解説」（『室生犀星未刊行作品集』第一巻　三弥井書店　昭61）405頁

（22）詳しくは、張兆林・束華娜・紀祥「浅析中国隠遁文化の幾種類型」（『経済研究導刊』№４　２００８）参照。文章中、隠遁するために都市の中に作られた庭園のことについての分析があり、その類の文化は、「壺天之隠文化」と称されている。

（23）詳しくは外山英策『室町時代庭園史』（思文閣　１９７３）参照。

(24) 中国北宋時代に、郭熙の山水画論を子の郭思が編集増補した画論で、「三遠（高遠、平遠、深遠）」、「三大」に代表される空間表現法をはじめ、「六法」という画面構成の方法や山水画の技法を説いたものである。北宋の画家の自然観や理想を知るものとして貴重な文献で、後の絵画制作、画論に著しい影響を与えた。
(25) 三木サニア「室生犀星の児童文学（六）」（『方位』第12号　1989・3）76頁
(26) 三木サニア「室生犀星の児童文学（一）」（『方位』第7号　1984・3）18頁
(27) 上原敬二『庭園論』第二巻（加島書店　昭48）31頁
(28) 市川秀和「室生犀星における『終の住まいと庭』による作庭三期説（前期の「雨宝院の庭」〈幼年・青年時代〉、中期の「田端借家の住まいと庭」〈大正五年～昭和三年〉・「天徳院寺領の寒蟬亭と庭」〈大正十五年～昭和七年〉・「大森谷中借家の住まいと庭」〈昭和三年～同七年〉、それから後期に「軽井沢別荘の住まいと庭」〈昭和六年～同三十七年〉・「大森馬込の住まいと庭」〈昭和七年～同三十七年〉）は、その時間的区分が、奥野健男氏による犀星の小説創作の五期説（大正八年の初期三部作を初めとする第一期と、「市井鬼もの」〈昭和九年〉をはじめとする第二期と、『随筆　女ひと』（昭和三十一年）をきっかけに始まった生涯最高の高揚期である第三期、それからその間に挟まれた二つの『沈滞期』或いは『沈潜した心境』の時期）とずれがあるが、犀星の世界に果たした庭の働きという角度から見れば、ほぼ一致している。本稿では、両氏の時期区分説にしたがって、両方を照合しながら彼の作庭と「庭随筆」を見る。
(29) 前掲注1、55～56頁
(30) 小松砂丘自筆原稿「室生犀星書斎　魚眠洞之記」。蔵角利幸「天徳院寺領　寒蟬亭のその後」（『室生犀星研究』第31輯　2008・9　7～8頁）より孫引き。
(31) 笠森勇「青い翼――室生犀星の『金沢』回帰」（『室生犀星研究』第5輯　1988・7）91頁
(32) 蔵角利幸「天徳院寺領　寒蟬亭のその後」（『室生犀星研究』第31輯　2008・9）15頁
(33) 杉淵洋一「文学表象の舞台としての〈軽井沢〉の誕生」（『室生犀星研究』第37輯　2014・11）91、90、92頁
(34) 前掲注1、49頁
(35) 笠森勇「『我が草の記』に見る犀星の晩年」（『室生犀星研究』第31輯　2008・9）126～127頁
(36) 詳しくは、外村彰「室生犀星と〈京都〉」（『室生犀星研究』第29輯　2006・10）参照。
(37) 前掲注3、72頁
(38) 前掲注3、74頁
(39) 前掲注14、22頁
(40) 詳しくは、拙著『「自己実現」・「超越」の室生犀星文学』（龍書房　2012　52～84頁）参照

(41) 詳しくは、注40前掲拙著『「自己実現」・「超越」の室生犀星文学』参照。
(42) 前掲注4、98頁
(43) 前掲注42に同じ
(44) 前掲注4、55頁
(45) 富岡多恵子編『室生犀星近代日本詩人選11』（筑摩書房　1982）118頁
(46) 前掲注3、73～74頁
(47) 太田輝美「室生犀星研究――犀星の庭観を考える――」（『東洋大学短期大学論集日本文学篇』14号　昭53・3）は、犀星の165編の小説のうち、65篇（42%）に庭が扱われていた、と分析している。
(48) 外村彰「犀星「名園の焼跡」考」（『室生犀星研究』第33輯　2007・10）25頁
(49) 前掲注32、106頁
(50) 笠森勇「冬の蝶　金沢に念願の庭を作る」（『室生犀星の小説60選』　生活文化社2009）47頁

第四章　犀星における「魚」の象徴的意義とその働き

犀星は、魚のモチーフを終生大切にした作家で、魚族に関わりのある「魚もの」が、俳句では、室生朝子氏が編集した『室生犀星句集　魚眠洞全集』（北国出版社　昭52）所収の千七百四十七の句のうち、「百日紅池の真鯉の泡を吹く」（明39・6・21）から始まり、最後の「燃えきりてたまゆらの海に消えにけり」（昭34・7・14）に至るまで合計して九十五句あり、詩では、犀星が自ら「処女作」と認める「いろ青き魚は何を悲しみ／ひねもすそらを仰ぐや。／そらは水の上にかがやき亘りて／魚ののぞみとどかず。／あはれ、そらとみずとは遠くへだたり／魚はかたみに空をうかがう。」（「無題詩（いろ青き魚）」　明37・7）から、まるで彼の生涯を締めくくるような「老いたるえびのうた」（昭37・4）に至るまで、七十六首ある。それから、小説では、笠森勇氏著『室生犀星小説事典』（こぶしの会、平9）をもとにした調査では、魚を描いたりする小説（童話を含む）が合計二十六本もあり、「或る少女の死まで」（大8・11）から始まり、「蜜のあはれ」（昭34・1〜4）「火の魚」（昭34・10）「山女魚」（昭35・7）「三本の鉤」（原題「怒れる三本の鉤」　昭35・9）「鮠の子」（昭36・7）などがあり、多くのものは、「幻想文学」として『日本幻想文学集成』（平7）に収録されている。特にその中の変幻自在な文学の魅力を持った「蜜のあはれ」は、「犀星の行きついた文学世界は、世界文学の中でも最も前衛的なシュールレアリズム（超現実主義）の世界であったことを（中略）示している。[1]」と讃えられている。

それだけではなく、魚への思いが並々ならぬ強いものであるゆえ、犀星は、自らの号を「魚眠洞」と称しており、大正三年七月に、山村暮鳥と萩原朔太郎とともに「人魚詩社」を結成したのである。その原因は、「久保忠夫氏が、朔太郎の演奏曲であったウェーバーの『人魚の唄』からの連想であろうとしている。ただ、犀星の当時の詩篇には、魚のイメージにかゝわるものが多く、両者協議の上、決定を見たものであろう。[2]」と追究されている。

では、何故犀星は「魚というものに幼少の折から微妙な愛着と親密の情を感じて」（『室生犀星文学読本「春夏の巻」』昭13）、しかもそれを自分の文学作品のキーワード、またはモチーフにすることに徹したのだろう。「魚は母への胎内回帰願望の象徴[3]」とみなしたのを受けて、魚は彼の「意識以前あるいは未生以前からの欠落感を抱いて生きる『哀感』を託[4]」され、「犀星の内部で自身と一体化した想念となっていることは間違いない。（中略）現実、貧しく孤独な惨めさからの脱出が託されている[5]」、とりわけ「『青き魚』の系統は、詩人と同化するもの、親しきもの、詩人の欲する女性と同化するものとして詠まれている[6]」、「生のイメージたる『青き魚』が詩人の心情のすべてを担って泳ぎだす[7]」、「その多くが詩人の生命（情念）の化身である。[8]」と指摘されているように、犀星の追求した「魚」のイメージは、詩人の生の意識そのものを表した形象と、現実から離れた作者の心の中を泳ぐ情緒そのものであり、詩的美意識であることは、ほぼ定説のようである。しかし、意外なことに、筆者の知っている限りでは、従来の分析は、多くが現象の指摘に留まり、何故こうならしめたのかについては、徹底的追究はなされていないようである。

本章は、民俗魚類学（ethno-ichthyology）と比較文化（学）の角度から着手して、魚というのは、犀星にとって自ら負わされたコンプレックスから脱出するための努力を表す形象だ、ということを明らかにしようとするものである。

一、犀星に魚をコンプレックス脱出努力の形象にならしめた原因

犀星が育った雨宝院の裏はすぐ犀川の流れであり、孤独な少年時代の遊び相手は川原の水溜りを泳ぐ小さな魚たちであったゆえ、孤独やコンプレックスに虐げられた少年にとって、魚が心の癒しとなっていたことは、「幼年時代」などの自叙伝的作品や、犀星が昆虫を観察し、それを記録したことを自らの自叙伝、そして生活記録にした「川魚の記」（大13執筆）などから窺える。しかし、「魚」が彼の詩語になる「背後に、金沢の犀川を泳ぐ魚を限りなく愛した犀星の原体験を見ることがたやすい[9]」との指摘通り、それが更に進んで、彼の作品においてコンプレックス脱出の形象となったのは、必ずや深い原因があろうと思える。

（一）日本の伝統と中国文化に根差した日本の魚文化の影響

民俗魚類学ないし民族自然史の角度から見れば、海に囲まれて生活してきた日本人は、ずっと昔から主たる蛋白源を魚に求め、仏教思想が浸透した殺生禁断の時代にでも、仏家でさえ干物にして魚を食べていて、全く食べないことはなかった。それが原因で、日本人はずっと昔から魚に特別な感情を抱き、独特な魚文化を形成してきた。しかも、食生活ばかり

でなく、魚の初物を神に捧げて豊饒を感謝し、海の幸の到来を祈願する儀礼は、日本全国の地域ごとに多様な形で継承され、宮廷にでも神饌（神への供物）にするのである。「初漁や豊漁を祈願する民俗は魚の種類が異なるとはいえ，全国に広がっている[10]」し、鯨などを龍宮の海神のお使いとしたり、池や沼に住む巨大な鯉や鯰などを川や池の主と見たりする民間の伝承やその信仰もある。

それだけではなく、日本の魚文化は、中国にも深く影響されている。中でも、中国文化の影響で、日本にも鯉信仰ができたことは特筆すべきである。

「動物崇拝の宗教学的な解釈には，①その動物の恐るべき力（速さ，強さ，大きさなど）を認めて，②その動物の与える危険や災害等を畏怖して，③その動物の効用や恩恵に感謝することで崇拝することになろう。[11]」と指摘されたように、昔の中国はその中心が大陸の奥地であるから、巨大な海、そしてその怖い力への憧れや恐怖から、中国人の間では魚信仰が生まれ、それを力強いものと見ていた。その証拠に中国で「魚」は「ギョ」という発音で、御・禦と同じく、硬い芯が張っているという意味が共通して流れていることが挙げられる。中国の神話や生活において、魚が度々出てきたのである。中国の代表的な淡水魚は鯉で、が、海を見るチャンスが少なかったゆえ、神と看做されるような魚は淡水魚が中心である。中国の代表的な淡水魚は鯉で、その養殖は紀元前千百年頃に始まったと伝えられており、池の主と信仰され、鶴と共に仙人の乗り物として絵画などによく描かれている。しかも、紅色という色は、伝統的には慶び、めでたき色とされるのはもとより、元気な姿から、さらに特別な文化的価値が付けられてきた。その代表的なものは、漢字文化圏でよく知られている「登竜門」という伝説である。

中国山西省の黄河という川の上流には、三門峡という三段の激流に分かれた滝があり、鯉だけが飛び上がって、神通力を得て龍になるという伝説がある。その意味から、中国では科挙試験に合格したり立身出世したりすることは「登竜門」と譬えられ、今日に至っても鯉は出世魚とされている。

日本の場合、中世以降、中国大陸からの文芸の輸入と深くかかわって、鯉は武家の諸儀礼に珍重されるようになった。室町時代までは鯛より鯉が上位とされ、宮中や公家社会における最も重要な魚となったことは、室町時代の『四条式庖丁流』によって裏付けられていて、この時代に始まった包丁式には今でも鯛より鯉がよく用いられている。五月の節句の鯉幟は、「登竜門」に由来した子供の立身出世を祝うための行事であるというのは言うまでもなく、魚を魔除けにすることも江戸時代には大流行し、また神社の屋根の破風板につけて、棟木や桁の木口を隠す飾りである懸魚も、火災除けとして水に関係の深い魚形から（梅鉢や雲形や鏑懸魚など異形のものもある）発展してきたといわれる。

このように、日本列島に見られる魚に関する民俗は、神との交流、政治的支配、土着の民間信仰、中国文化の影響等と結びついて重層的・複合的な性格を帯びていて、日本人の生活や日本文化に大きな影響を与えている。

犀川のほとりで幼年時代を過ごした犀星が、幼い頃より魚文化に影響されてきたことは、「幼年時代」（大8・8）に描いた鞍が岳の池に潜った河師堀武三郎の伝説や、「鯉」（大11・1）に書いた河師の村田佐助のことなどから断定できよう。伝説に人一倍の関心を示した犀星が、勉強するにつれて、いろいろな知識をさらに蓄積し、鯉や鮒などの魚の額には「何か意味深い象形文字のようなこりこりした疣（いぼ）のようなものがあ」り、そこに「古い時代の或る人間の名が刻（ほ）られているような気がする」（「魚と公園」大9・5）と認識したことから、彼は「古い時代」のこの魚文化は知っていることが推測できるであろう。これは、彼に自分のコンプレックス脱出の意欲を魚に託せしめた原因の一つであろう。

（二）宗教における魚文化の影響

伝統文化だけではなく、寺院生まれ、後にトルストイ、ドストエフスキイから影響をうけてキリスト教に強い関心と興味を示した犀星は、宗教における魚の意味もよく理解していたことも推測できる。

まず仏教には、魚に関係のあるものがたくさんある。如来様像の左足の親指の付根の下には魚が線刻されているし、『大唐西域記』には、仏足石に輪相があり、十指にはみな花文を帯び、魚形が刻されていると記されている。何故こうなったのか言い方が定かでないが、車や魚を踏むのは釈迦の説法行脚における陸上と水上の乗物を象徴しているのではなかろうかと思われる。また仏教では、一尾の魚腹から何十万という卵を産むめでたさにあやかって、釈迦の教えを受け継ぐ多くの弟子の出現を願う意の吉祥文様としたとも考えられる。

さらに魚と関連する寺のものと言えば、すぐ思いつくのは魚板・魚鼓・木魚である。魚板・魚鼓というのは、禅宗特有の法具で、木魚と異なり堂内に置かれず、禅院の食堂や庫堂に吊るされ、中空のもので泳いでいる鯉の形をしていて、木槌で打ち鳴らして時刻の合図や人を集める知らせとする仏具である。それに対して、堂内に置かれた木魚は、読経唱名の際に叩いて鳴らす仏具で、魚は昼も夜も目を瞑らずに目覚めているように見えるところから、不眠勉学の模範で怠惰を戒めたものとして、もともと魚の形をした一枚板だったが、「登竜門」という故事にちなんで、魚形から龍形へと変化して、凡俗から聖に至る意味が付けられている。

また「色々な佛像や佛画、朝夕に鳴る鐸鈴の厳かな音色、それから彼処此処に点されたお灯明など」(「幼年時代」)という環境・雰囲気の中で成長してきた犀星が生活していた雨宝院は、実は神仏混交を反映して金比羅を祭っていた。金比羅は薬師十二神将の一つで、魚身蛇形の神と伝えられている。終生蛇と魚にこだわるのは、これとも関係があるのではないかと思われる。第二章「犀星における『宗教的感覚』及びその意義」において詳しく見てきたように、犀星は仏像に特別な感情を抱き、多くの仏像や石塔、とりわけ多くの地蔵様を集め、庭や拵えた庭園に置き据えたり、寺院に隣り合って生活したりすることがずっと好きであった。寺院育ち、しかも終世寺に隣り合って生活することが好きだった犀星が、仏像・仏具、そして寺院建築につける懸魚や宮殿や城郭など大棟の端を飾る鴟尾や鯱鉾の意味を知らないはずはなく、それに影響されたであろうと思える。

それから、キリスト教の影響も無視できないだろう。

ギリシャア語の魚ichthusは、Isous Christos,Theou,Uios,Soter (Jesus Christ, Son of God, Saviour) となり、魚自体がキリストの象徴となって、おまじないにもされている。

古代ローマの墓地のカタコンベの正面には、しばしば簡略な線描きの魚や錨の図を見ることがある。これは初期キリスト教徒の墓であり、錨もどうやら教会のシンボルらしい[12]。

とあるように、キリスト教では、魚自体はキリストの象徴で、キリストの復活と結びつけて、しかも全体として智慧と知識を表しているものである。

「犀星の聖書受容を考えた場合、それは明治四十年頃まで遡ることができる。(中略) 犀星自身は洗礼を受けていないが、当時の金沢における芸術文化を愛好する若者たちにとってキリスト教 (もしくはそれを象徴する聖書) が与えた影響は少なくない。[13]」と、人道主義が普及し、それに深く影響された金沢、いやむしろ日本文壇へのキリスト教浸透の構図を明らかにしたこの引用のように、犀星はキリスト教から深い影響を受けた。「犀星は父に誘われて尾山とともに加藤正雄を訪ねた。加藤正雄は犀星を寺の子と知ったうえで自宅の聖書購読会に加えてくれた。三人は聖書と讃美歌集をもって、いっしょに通った。[14]」という田辺徹の証言も、これを裏付けている。とりわけ大正五年頃から、萩原朔太郎の影響で、トルストイ、ドストエフスキイの作品を耽読するようになった犀星は、二人の思想とキリスト教に深く影響され、「私は暗黒時代にはこのバイブル一冊しか机の上にもっていなかった。寒さや飢えや病気やと戦いながら、私の詩が一つとして世に現われれないころに、私はこのバイブルをふところに苦しんだり歩いたりしていた。」と『愛の詩集』の扉に書いてあるように、それを自らの精神的支えにしていたことは、「一冊のバイブル」（大8・9）から窺える。

犀星におけるキリスト教の魚のイメージの受容に関して、「自らを『青き魚を釣る人』と称した犀星の魚好きは、犀川べりに育ったこともあって格別なものがあった。多くの詩に魚をうたっており、魚がキリストの象徴だったことを知っていたかのような痕跡がある。[15]」と指摘されたり、

その魚は聖書の影響を受け、「愛魚詩篇」（大正2・9）では、「わがひたいに魚きざまれ」るようになり、「わが肌に魚まつはれ」るようになる。キリスト教では、魚はキリストを示す。「われ、いま人の世の山頂／ただしく魚をいだきて佇てり。」のように、以後、魚は清澄な水のイメージとともに聖性をも獲得して、祈りとともに自己救済の側面を持つ。「感想」（大正3・6）の断片のように、「蛇を寸断して水に投げ入れる。／ことごとと泳いでゆく。魚になる。蛇を握るとつめたくなる。魚を握ると熱くなる」と、蛇＝原罪、魚＝キリストという典型的な図像の構図で読みが可能なものも存在する。[16]

と検出されたりしている。

さらに、犀星は自分の詩作にトルストイ、ドストエフスキイなどのロシア文学者の名を度々出すだけではなく、『愛の詩集』所収の「夜更けてからも／マリア像のある壁の前に座ってい」て、「熱病人のよう」に「万人の愛」（大5・4）を追い求めたり、「ドストエフスキイの顔を見」た「また自らにも与えられる日」（大6・1）、「精神の美しさにみなぎった顔」を持った「ドストエフスキイの肖像」（大6・4）などの「妙に人道主義めいたいやらしい傾向を帯び」（「泥雀の歌」）た内容の詩篇もたくさん創作している。

ほかに、娼婦の床を出た「自分」が彼女の痩せた体に「あらしのような恥ずしさ」を感じて、彼女の善良さに打たれたことを告白した「この苦痛の前に額づく」（6・2）も、「恥知らずの餓鬼道の都市」の「ある街裏にて」（大6・2）で、「聖

母マリアのような／美しい顔を」していて魔窟にうごめき、落ち込んだ泥沼から這い上がることもできずに苦しんでいる女たちに親しく声をかけると同時に、自分の暗い将来を危惧した「この道をも私は通る」（大6・1）も、「僕は毎日いやしいものを追い出す／清潔なさわやかなものをとり容れる」ことを通じて「汚れにも生きられる」（初出未詳）などの詩篇も、ドストエフスキイ、トルストイの影響なしには語れないものである。

犀星における「魚もの」が多いため、以下では、一度手に入れた地位や名声を失いかけそうになっただけに、その脱出努力の強烈さ・緊迫さを最高に漲らせた犀星の第一の沈滞期に創作したものを中心にして、彼が「魚」に託した向上意欲を見よう。

二、第一の沈滞期の作品における「魚もの」に見るコンプレックス脱出努力

（一）第一の沈滞期における「魚俳句」

前に見たように、心理学的立場から、句におけるコンプレックスを脱出する努力の表象、並びに「自己実現」後の表象をもとにして、犀星の句作を、第一期の句作（明37～同44）、第二期の句作（大13～昭8）、第三期（昭9～同13）、第四期（昭14～同36）とに分けている。第一の沈滞期における犀星の句には、次の特徴がある。

第一に、生活中の茶飯事を象徴するものである。

1. はたはたの肌のあかねの冴える日や （大13・3・4）
2. はたはた干し日の永さを知る （大13・3・4）
3. 鮎かげの瀬に足いたし山を見る （大13・8・18）
4. やまめ釣り一人日暮れぬ山辛夷 （大14・6）
5. やまめ焼く宿わすれめや藤の花 （大15・4・27）
6. 買初の紅鯛吊す炬燵かな （昭3・9）
7. 鮓の石雨だれの穴あきにけり （昭3・9）
8. 鰯焼く軒端をすぎぬ秋の夕 （昭4・7・28）

9. 鰯焼くけむりも侘びよ谷中在　（昭4・7・28）
10. 短日や小窓に消ゆる魚の串　（昭4・4）
11. さんま焼くけむりと思え軒ゆうべ　（昭6・11）
12. わら苞やさんまの光る草加道　（昭6・11）
13. 干鰯や山家は煤も北むきの　（昭8・7・24）
14. 鮎をやくけむりとおもえ軒の煤　（昭8・11）

子供を持つようになった犀星は、家の支えとして頑張って生計を営んでいる。こんな生活の中で、重要な栄養剤である魚を釣ったり調理したりしていたのであろう。

それだけではなく、貧困生活中、贈答品としての魚は、生活における付き合いの小道具でもある。

15. （桃　母より干鰈送り来る）干鰈桃散る里の便かな　（昭4・4）
16. ふるさとやさんまを送る文そえて　（昭6・11）
17. （小杉天外氏より鱈魚送らる）梅固き門にはたはた着きにけり　（昭7・2）

第二、一番深い感触は、何と言っても、魚から感じ取った「寒さ」であろう。

18. 子供らの尾籠の鮒みな生きている　（大13・3・15）
19. 赤飯の草の穂なびき鮎寂びぬ　（大13・9・27）
20. 寂鮎を手にとり眺め泳がしぬ　（大13・9・29）
21. やや寒みさびあゆのほねつつきけり　（大13・9・29）
22. 秋水や蛇籠にふるうえびのひげ　（昭3・9）
23. 冬の日や餌にこぬ鯉の動かざる　（昭3・9）
24. （さむさ）魚さげし女づれ見し寒さかな　（昭3・9）
25. 藁苞や在所にもどる鱈のあご　（昭3・12・20）
26. 寒に入る鮒うごかずよ桶の中　（昭6・1・23）

27. 山吹に鰯を返す寒さかな　（昭6・2・23）
28. さんま焼く山里ならば寒からん　（昭6・11）
29. 寒鮒の動かぬひまも日あしかな　（昭9・3）

「子供らの尾籠」に入っている鮒も「蛇籠にふるうえび」も「みな生きている」けれども、これから、どれだけの命を持つのか。それから、「桶の中」に入れられ「寒に入る鮒うごかず」と「寒鮒の動かぬ」ことに寄せた作者の心も、悲しみも哀憫も混じったものであるに違いない。

が、苦しい中でも、苦悶していた犀星は、決してあきらめはしていなかった。彼は、

30. 塩鱈をかぐ君は菫に触りて　（大13・2・9）
31. 鯛のほねたたみに拾う夜さむかな　（大13・8・14）
32. （芥川即事）鮎の口みなあいている暑さかな　（昭5・7・26）
33. （自笑軒即事）鮎の眼のみな開いている涼しさよ　（昭5・7・29）
34. 呼び入れて蟹生きている梅の花　（昭6・2・19）
35. 生きている蟹呼び入れる梅の花　（昭7・1）

と、自分の独特な感覚を用いて、自分の創作を磨くとともに、

36. うぐいに朱いすじがつく雪解かな　（大13・3・1）
37. あっさりと鮎食いしかば夏痩せぬ　（大13・7・30）

と、生活の中から明るみを見出し、できるだけ愉快をも作り出しているのである。

（二）第一の沈滞期における「魚詩」

伝統的には、犀星における「魚詩」は、以下のようなものがあるとされている。犀星が自ら「処女作」と認める「無題詩（いろ青き魚）」を口切に、「さくら石斑魚にそへて」（明40・7）「青き魚を釣る人」（明45・10）「青草に座す」（大1・10）「旅途」（大2・2）「魚とその哀歓」（大2・2）「祇園」（大2・4）「小景異情　その1」（大2・5）「秋」（大2・9）「愛魚詩篇」（大2・9）「美しき犬」（未詳）「ながれ」（「秋」と改題。大2・9）「深更に佇ちて」（大2・11）「或

る日の薄暮」（大3・1）寂しき魚界」（初出未詳）「凍えたる魚」（初出未詳）「七つの魚」（大2・9）「断章　その二」（初出未詳）「哀れな魚」（初出未詳）寂しき魚界」（初出未詳）「凍えたる魚」（初出未詳）「七つの魚」（大2・9）「断章　その二」（初出未詳）「哀れな魚」（大8・11）「夏の国」（大3・8）「欅」（大3・8）「海べ」（大3・8）「愛詩郷国」（大3・9）「愛人野菊に贈る詩」（大3・9）「或る日の薄暮」（大3・1）「地上炎炎」（大3・3）「合掌　その五」（再録ではその六。大3・6）「感想」（大3・6）「さまよい」（大3・8）「感想詩体」（大4・1）「夕靄の中に」（大4・9）「冬草」（原題「浴場」。大8・3）「沙魚」（初出未詳）「君の名を」（原題「魚と追憶」。大8・3）「魚」（大9・7）に加えて、「鮎のかげ」（大10・8）「盗心」（大10・8）「鯉」（大11・9）「月」（初出未詳）「かもめの青い斑点」（大11・11）「うけつものの歌」（大12・1）「べんべこ魚」（初出未詳）「じんなら魚」（初出未詳）「寂鮎」（大14・2）「いつも釣をしている子供」（大14・2）「金魚」（大15・9）、それから、「沙魚」（昭9・5）「いのちをねらう」（昭17・12）「紅鱒」（昭18・1）「魚」（昭18・8）「鰯」（昭21・8）、「燃えるさかな」（昭34・10）、及び『蝶・故山』（昭16・7）所収の「一疋の白魚」「うぐい」「釣人」「魚」と、『花霙』（昭16・8）所収の「鰯と海」と、『木洩日』所収の「鯛」（昭18・1。『木洩日』に同じ詩名で違った内容のものを二首）と、『動物詩集』（昭18・9）所収の「水鮎のうた」「鯛のうた」「鯵のうた」「金魚のうた」「はたはたのうた」「ふなのうた」「鰈のうた」「氷魚のうた」「べに鯛のうた」と、『日本美論』（昭18・12）所収の「舞」「夕餉」と、『餘花』（昭19・3）所収の「鯉」「行春」などがある。

「初期犀星詩に登場し、うたわれる魚は、そんな個別な名称をもった魚ではなく、単なる『魚』である。しかし、なんだかとりとめもないような、漠然とした『魚』のように見えるものの、それは決して単なる『魚』ではない」。なぜなら、このような魚には、犀星が志向している「あくまでも上昇している」エロスが込められているからである。しかもそれは「妙に乾いていて、決して下降しない。健全な道徳性を保持している」[17]という指摘の通り、犀星の初期詩には、例えばその「処女作」である「無題詩（いろ青き魚は）」がそうであったがごとく、悲しみに紛れ込まれながらも、水上の世界に憧れる魚を描いた詩が多い。

　では、第一の沈滞期に陥った犀星は、どんな「魚詩」を書いたのか。実は、直接魚を描いた詩は数が多くなく、「魚」「鮎のかげ」「盗心」「うけつものの歌」「べんべこ魚」「じんなら魚」「寂鮎」「何時も釣をしている子供」「金魚」だけで、次の特徴がある。

第一に、初期詩から受け継がれた悲しみを漂わせる魚である。

> 曾って私はある沼のほとりに群を離れて寂しげな魚を見たことがある。（中略）私はむらむらと愛をおぼえたのである。白日しんたるなかに柔和と幽遠とをかんじたのである。語らざるものの荘重は神以上の荘重である。そののち私の愛は無益なさまよいに耽けることはなく、悲しき水中の生きものに及んだのである。
>
> 私の肌の上にはいつも魚が泳いでいる。劇しく思慕するとき、空にみなぎり地上に泳ぎあふれるのも此の魚の姿である。私の後に私の魚は生きない。（「祈祷」大3・4）

とあるように、犀星における魚は、寂しい魚である。このイメージは、この時期の「魚詩」にも受け継がれている。例えば、「鮒のようにおどおどしている悲しいべんべこ／腹は明けがたのようにうすあかく／すくい上ぐれば／早やゆめのように死に居る（中略）べんべこ思えばわれは悲し。人なみに暮らして来つる／路永きかなたの沼を見るように悲し」き「べんべこ」。いかにもか弱くて、生命力の弱いものであろう。長男に亡くなられ、小説創作の第一のピークから第一の沈滞期に滑り込んだ犀星は、どれほど悲しくなったのであろうか。

ほかに、「脊なかにほくろのある鮎が／日のさす静かな瀬のうちに泳ぎ澄んでいる／幾列にもなって／優しいからだを光らしている」「鮎のかげ」や、「己れ冷たく温泉はあつく／されど泳がねばならず／けぶり立つ温泉のなかに棲みけり」「じんなら魚」や、「鮎は寂びて下流に落ちてしまった。／川の中にうつくしい姿は消えた、（中略）瘠せたさもしい雑魚のむれが／泥の澱んだ水に物憂く動いているだけだ／手を叩いて見る／みんな悲しげに散ってしまう。」「寂鮎」なども、その類のものである。

そのイメージは、「物悲しげなすなおさ」を持つ魚と、「けふ見たものは皆あの魚と引き続いているような気がする。どれもこれも、皆その姿の上に似かよった寂しい心をもっている。水盤に飼われている魚も、活動の女優も玉乗りむすめもみな何処かしら似ている。決して賑やかではない。」という感想を湧かせた「魚と公園」（大9・5）にも受け継がれる。

しかし、犀星作品に出た魚は弱くて悲しい思いをさせるものばかりだと誤解してはいけない。次に見ていくように、犀星は、自分の頑張り続けるという強い意気地を魚に託し込めたのである。

第二に、逞しい生命力の持ち主で、自分の向上意欲を込めた魚である。

犀星におけるこのイメージの魚を見るには、まず、犀星の魚好きを理解するのに重要な評論である犀星の「金属種子」（大３・２）を見るべきであろう。「彼女の肉体に手指を触れる時程明らかにリズムを感ずるときはない。」「夏、ふるさとへ帰って水盤にいろいろの魚を泳がせて其ればかり眺めて暮らした。彼れらの生命の余りに強くぴちぴちしているのにあきれた。」とあるように、犀星がこれらの魚の「生命の余りに強くぴちぴちしているのにあきれた」のである。それから、幼少時のことを踏まえた「火の魚」（昭34・10）には、池に掴まえられた魚は、夜中に「どうして本流に逃げ出してゆくかが、ついに判らずじまいに私は年齢をとってしまった。恐らく作り川の池からさかなは飛び上がり、磧の石の間をすべって行って本流に捌けている水口までいき、そこから、難なく本流の激しいいざないに紛れ込んだものではなかろうか。」とあるように、小さい時から、魚は不思議で逞しい生命力に満ち溢れた物だというイメージが定着してきたことが分かる。

これと関連して、この時期になると、犀星の描いた魚には、次に分析する二つの大きな変化があった。一つは、「魚界のみに満足しきれない都会や月や星の『ひかり』に憧れつづける魚の孤独な姿となって物語性を獲得し、背景に『どうかして偉くならなければ』という作者自身の上昇志向を背負う形で同化している」[18]ようになったことで、もう一つは、初期詩時代の「個別な名称をも」たない魚から、段々と具体的な名前を持つ魚に発展してきたことである。中でも、特筆すべきなのは、鯉である。

ここで、まず「鯉詩」だけを見よう。

「百日紅池の真鯉の泡を吹く」という俳句には、既に鯉への特別な愛着を示した犀星は、この時期に、「世に珍らしきものを眺むるごとく／鯉の泳ぐ姿を見る。／昔興義（こうぎ）の為せるこころも／このようなる魚の上にやあらん。／興義も悲しと見しならん。／わが庭の池みず日ごと蒼みて／鯉ふとり浮き沈み悲しくす。」（「うけつものの歌」）と書いてある。後で「魚になった興義」（大11・1）についての分析において詳しく見ていくが、「昔興義の為せるこころ」は「鯉の泳ぐ姿を見る」ことを通じて、鯉を描く術を高めることにある。つまり、自分の創作精進のために、鯉を見るたび、自らを励ますのである。しかし、なかなか上達できなかったせいで、さすがの興義も、「悲しと見しならん」。が、焦っていて悲しいことには悲しいが、興義はあきらめずに頑張り続けて、最後に宿願を果たし、日本史上における鯉描きの名人となったのである。

このあきらめぬ堅持心は、「小さい魚籠には雑魚が二つ三ついるばかり／雨がふると木の下へかくれ／晴れるとまた釣をしている。（中略）／子供はひとり残されて／好きな釣糸をうごかしている。」という内容の「何時も釣をしている子供」からも伺える。

が、この時期における犀星の「魚もの」を理解するとき、もし従前通りの魚という定義とイメージ、即ち具体的な魚だけに留まるならば、犀星文学における「魚」の意義を十分に理解できないと思われる。前に紹介した「登竜門」という伝説のように、鯉は龍になって、俗なものから聖なるものに豹変する魚である。この時期の犀星は、「あおき魚のかたちせる／五月幟もたてつつ／わが子をことほぎ／かくなせしもみな過ぎたることとなりつつ／いまはその鯉幟をつつみ／目にみえぬところに匿せり。／かるはずみにながめてならぬ。」（「五月幟」　大11・10）と、亡くなった長男のことを悲しみ偲んで、鯉幟を見るに忍ばないこともあるが、「黄い鯱が遊んでいた／鯱の子供が遊んでいた／鶺鴒も横這いに遊んでいた／天には旗のなかで龍が遊んでいた」（「庭　その二」　昭11・5）とあるように、鯉から龍へと連想し、それから鯱を龍と見なして、それに励まされていたこともある。「鯱はあたまを空の遠方に向け／ときに朝日のひかりを浴びながら／くろずんだ鱗を逆立てて咆哮している。（中略）寂しく暮れてゆく書庫にむかい／蒼茫の景色をととのえ統べている。」（「瓦の鯱」　大15・5）ように、犀星は、「寂しく暮れてゆく書庫にむかい」、「鯱はあたまを空の遠方に向け／ときに朝日のひかりを浴びながら／くろずんだ鱗を逆立てて咆哮している」と、心に絡んだ憂鬱を突き破り、それから何と言っても心の中に潜んだコンプレックスから脱出するための、創作の沈滞を打ち破ろうという切迫な気持ちを叫びだしたものである。

その努力していく決心は、いかにも強烈なものである。「おれは象の背中に乗って出かけた／おれは龍の尻尾を掴んだ夢を見ていた」（「象に乗って」　初出未詳）も、小説「龍」（大11・9）「龍宮の掏児」（大11・3）「龍紋の凧」（大10・5）「龍の笛」（大11・8）「龍宮」（大11・4）などの、小説名に「龍」に因んだものを多作したことも、この上昇志向の強さを裏付けている。

（三）第一の沈滞期における「魚小説」

この第一の沈滞期の代表的なものは「寂しき魚」（大9・12）と「魚になった興義」（大11・1）がある。

先ず、「寂しき魚」を見よう。

「寂しき魚」は、作者が人間の生をトータルな相で一匹の古い魚に投影し、その魚の生と死を観照する形で展開された物語である。作中では、作者は一種のモンタージュ的手法を用いて、昼と夜、一匹の古い魚と若い魚たち、空と沼、水面と水中、都会と田舎（山中）と、対比的な構造を作り上げることを通じて、古い魚のイメージを鮮やかにしている。

この蒼くてどんよりとした古い沼に住んでいた古い魚は、「その大きなからだを水面とすれすれにさせながら、いつも動かず震えもしないで、しずかに、ゆっくりと浮き上がっていた」とあるように、まるで「水中の王者」である。これを読んだ中国人の筆者は、思わず『荘子』に出てくる鯤という大魚を連想する。この魚は、数千里にもわたる大きさの身体をしていて、化して大鵬になるのである。しかも「その魚はいつも何かしきりに考えているような、澄んだおとなしい泳ぎ方をしていた。（中略）いつも森のなかのように静かで、たえず空の方をながめては、また何かを考えあぐんだように、間もなく沼の底を深く眺め込むのでした」と、哲学者じみた相貌が与えられている。

では、なぜこの古い魚は考え続けてきたのかといえば、この沼から三里ばかり離れた都会を「あそこには何もかもある。おれが永い間考えとおしたふしぎな国」と思い、自分の住んだ沼を「この土のあじわいさえも、いまはおれをくるしめるばかりだ。おれは一日も早く明るい地上に出てゆきたいのだ。不思議な地上、まだ見たことのないものが数限りなくある地上――。」と未知の世界（都会或いは地上の世界）へ強い憧れを抱いているからである。もちろん、他の魚はこの古い魚の行動を理解できず、かえってそれを不思議がったり気味悪がったりしていた。

逆境に育った地方の少年の、はるか彼方に輝く未知の自由と栄光の世界を憧れる心情と、望みとどかぬ悲しいあきらめとが、この詩には見事にうたわれている。脱出することのできぬ水の中と、その上にかがやき亘る広大な空という対照も巧妙である。[19]

と、この童話を読んだ後、「性に眼覚める頃」に引用された犀星の「無題詩（いろ青き魚）」に関する奥野の評論を思い浮かべる。つまり、閉鎖的な故郷において東京を憧れ、脱出を試みた若き日の犀星は、この沈滞期に入り、都会の光を慕い憧れ、地上脱出を図る古い魚のように、皆に理解されぬのを苦にして、またしもこれからの脱け出しに精魂を尽くして努力し続けているにもかかわらず、中々思うままにならず、「天上のうごきをからだに受けながら、その意志を継いでゆ」き、大往生的な「安らかな死」を迎えた魚に自らの運命を重ねたのである。

このほかに、この時期に、陸上の世界に憧れ続ける魚の孤独な姿を描く詩「魚」（大9）や、「無心」で「深い動機によった物哀しげなすなおさ」を保ち、「哀しげに水のない世界を見上げ、口を開けたまま水と空気とを半分ずつ、はかなげに小さい呟きをやりながら吸ってい」る魚の姿に目を留め、「象徴的なふしぎな歴史」を考えさせる「魚と公園」などのような作品もある。

この時、注目すべきなのは、「誰もこの、孤高の魚を理解する者はなかった。何年もの間、ひとつの思いに領される業に憑かれた生を全うし、求めた何ものも得られることなく安らかに死んだ魚。昼と夜の境を超越して行き、生と死の境界を越えて初めて、光への憧憬から解放されて安楽を得た彼には、そのようにしか生きられず、そのようにのみ行きとおした満足のみが残ったもののように思われる。[20]」「夢は、その実現の可否に関係なく、ただそれを見続けることにこそ意味がある。夢のない人生よりも、たとえ実現は見ずとも夢のある人生の方が好ましい。[21]」とあるように、孤独に苛まれ、夢を達成せぬままに安らかに死んでしまったこの魚は、まさに将来に夢を抱いて、頑張り抜こうとする犀星の化身であろう。

この時期の「魚」には、苦悶、煩悩に苦しまれて、コンプレックスを抑えきれず、「ときには烈しい日光をせなかに受けながら、沼の岸の方にからだをすりよせ、（中略）または木の根などに、からだが痛むのも関わらないで、擦り寄せながら、くるしそうに悶えているのでありました。」とこの苦しい現状に悶えて、それと格闘する烈しい「小爆発」が時々あるのである。これは、「復讐の文学」において巷を彷徨う「市井鬼もの」に繋がるのである。

それから、原典との比較を通じて、犀星が自分の創作精進の強烈な意欲を込めて創作した「魚になった興義」を見よう。内容が多いので、見る便のため、次のように独立した一部分を設けて論じることにする。

三、「魚になった興義」に託された犀星の向上意欲

前に見たように、犀星における鯉は、中国文化の影響で、逞しい力を持っていて、俗から聖に躍進する神聖なものである。自分の創作を飛躍させるには、犀星に必要なのは、鯉のような不思議な力である。「魚になった興義」は、彼のこの意図が込められたものである。

以下では、上田秋成「夢応の鯉魚」（『雨月物語』所収）と、その原話とされる「魚服記」（『古今説海』所収）と「薛録

事魚服証仙」（馮夢竜『醒世恒言』所収）と、それから上田秋成に「同病相哀れむ」感を抱き、その「夢応の鯉魚」に倣って、犀星が創作した「魚になった興義」との比較を通じて、この第一の沈滞期における彼のより強烈な向上心と執念を浮かび上がらせようとする。

犀星「魚になった興義」は、『宇治拾遺物語』巻一の十六「尼地蔵見奉る事」と『今昔物語』『古今著聞集』の挿話を取り入れ、「夢応の鯉魚」に材を得て書かれたものだとされてきた。「夢応の鯉魚」の原話に関しては数々の論があり、「陰に浦島、陽に薛偉・薛録事・貫休・著聞集と幾重もの原拠を巧みに駆使し[22]」てできたものだというのが最大公約数的なもので、「魚服記」と「薛録事魚服証仙」は主たる典拠として成立した翻案小説であることにほぼ一致している。が、卑見では、秋成「夢応の鯉魚」は、主に「薛録事魚服証仙」を原話にしたもので、犀星はそれに同感したと思う。

（一）「薛録事魚服証仙」が原典たる原因

まず、周知のように、上田秋成の代表作である『雨月物語』は、江戸時代における中国の白話小説の流行に目をつけて『醒世恒言』『喩世明言』『警世通言』に「初刻」「二刻」の『拍案驚奇』を加えた「三言二拍」と呼ばれる中国白話小説の影響を受けて、都賀庭鐘が創作した『英草子』などの通訳小説に刺激を受けて創作したものである。『雨月物語』所収の「范巨卿鶏黍死生交」を原話にした「菊花の約」と、「白娘子永鎮雷峰塔」を原話にした「蛇性の淫」から、『雨月物語』に与えた「三言二拍」の影響がいかに強いかが伺える。そこで、「夢応の鯉魚」創作時、秋成が「薛録事魚服証仙」を原話にせずに、わざわざ手間取って『古今説海』を紐解いて「魚服記」を原話にすることは、ちょっと想像しにくい。

第二に、「魚服記」は「体験を〈夢〉とすることにより周囲との違和を防ぐべく薛偉自身が配慮した語り方になっているのに対して」、「薛録事魚服証仙」や「夢応の鯉魚」では、主人公は「自らの体験を決して『夢』とせず、生――死の往還とすることで、現実の世界との応答を認めてい」て、「この違いは彼ら二人の対応の仕方としては決定的であった。[23]」との指摘通り、「魚服記」とは違い、「夢応の鯉魚」の発想は「薛録事魚服証仙」に同じである。この生と死に関しては後で詳しく見る。

第三に、「夢応の鯉魚」に取り込まれた内容は「魚服記」にも「薛録事魚服証仙」にもほぼ同じだが、「『魚服記』は単なる奇談としての趣きが強い作品であるのに対して、『薛録事魚服証仙』は、（中略）奇談としての要素だけではなく不思議な脱俗した神聖な要素も加わってい」て、「主人公の置かれている環境は、人の上にたつ責任ある仕事をしており、病に倒れても大切に看病をしてくれた人々に囲まれて生活をしているという点からも、興義の人物像はより『薛録事魚服証仙』にひきつけられていると考えられる。[24]」

確かに、「魚服記」は、人間が魚に変身するという不思議さを構成の中心に置いたせいで、主人公の薛偉は、その造型には特別な関心が払わず、ただ魚の鱠を食べたり栄達を願ったりする世俗的地方官吏と設定されている。物語は、熱病にかかった薛偉が、偶然に鯉に化して三江五湖を遊泳するという奇異な夢を見て、やがて華陽丞になるという奇談に過ぎず、専ら人間性の深奥に潜む弱さを明らかにしようとするため、人物像は不明瞭・無性格という欠点もある。一方、「薛録事魚服証仙」は、前身が仙人であったが、男女の情が正体たる「凡心」を動かしたことが原因で、「仙籍」を奪われて人間界に貶められたにも拘らず、善行を積むことを怠らず、青城県の主簿として痩せた土地を豊かにしたり、教育を普及させて風俗の矯正に取り組んだりして地方に大いに貢献した人である。それで彼が病気にかかった際、県民は男女老若を問わず青城山に登拝し、その健康回復を祈願したのである。その人間像は「夢応の鯉魚」の主人公の興義と同じである。

最後に、「薛録事魚服証仙」の修道心と「夢応の鯉魚」の精進心に共通する一途さが挙げられる。

薛録事は庶民のためにいろいろな善事を働いた。道教では、善行を積むのも徳を修める手段で、これだけで仙人になれるが、「昇仙までの時間が限られている」のに、「官僚になってから、人間世界のことに魅了され、なかなか脱出できなくなったがために、「君を暫く東潭の金鯉に変身させ、いろいろと苦労をさせて悟ってもらおうとしたわけである。」という太上老君の諭しが示すように、薛偉（琴高）を金鯉に変身せしめ、あえて厄難に遭わせたのは、薛に対する仙人の懲罰であるとともに、悟りに至らしめる手段でもある。この変身を通じて、主簿としての傲慢・周囲に対する蔑視がいかに役立たないものか、そして、普段信頼を寄せていた知人・同僚らがいかに頼りにならないものか、という人間界ならではの事実を分からせた。その後仙人李八百の諭しによって自分の前世のことを悟った薛録事は、官職を潔く辞め、夫人と「寝室を別々にして住まい、香を燃やして静座し、前因を修証する」ことになり、「仙籍」を取り戻す条件を急いだ結果、仙人の身分に復帰して赤鯉に跨って、紫雲に乗った夫人の顧氏と白鶴に跨った仙人の李八百とともに昇天したのである。つまり善事働きも鯉への変身も静座も修行の一環である。この意味で「夢応の鯉魚」の「主人公がたどる生への執着、人間界への執着、それからの離脱、さらに悟りへの到達という背後に流れる経過は『薛録事魚服証仙』のほうから取り入れたのであった。[25]」とあるように、形こそ違うが、「薛録事魚服証仙」における修道心と興義の芸道精進の決心は、本質的に同じものである。

補足していくが、「薛録事魚服証仙」は、その展開場所を道教の「第五洞天（第五番の重要な修行地）」と思われた青城山に設定して、更に中国の七夕、登竜門等の伝説を加えて、その変身を奇談から中国の仙人小説に改造し、否むしろ格上げをしたのである。中国では、「宗教であるにもかかわらず、長寿不老と仙人になることを目指す道教は、徳を修めることこそ、済世という目標を実現させる根本だと主張している。」「道教における仙人のお洒落な生活と自由自在な生活ぶりは、ずっと昔から失意文人の憧れの的である[26]」。つまり、「喩（諭す）世」「警（戒める）世」「醒（醒ます）世」という教化的働きを果たすため、不遇をかこった馮夢竜は道教を崇めて、それを徳を修める手段としてずっと強調したわけである。これは、後に分析する興義の鯉魚描きと共通したものである。ゆにえ、初期の「気質物」から読本に、しかも創作態度も文体も内容も豹変しなければならない文学的転進に迫られた秋成は、「魚服記」より「薛録事魚服証仙」に一層共感したり感動を覚えたりした原因の一つであろう。

（二）「薛録事魚服証仙」から「夢応の鯉魚」に

「薛録事」に共感を覚えた秋成は、主人公が、仮死の経験と相まって修道一筋の道を辿って、失った「仙籍」を取り戻した薛録事を、芸道精進の道を歩み続け、ずっと鯉魚を描き続けた結果、同じく仮死の経験を経て悟って鯉魚を描く達人になった僧興義に置き換えている。興義の芸道精進への執念は、下記のことからも窺い知れる。

先ずは、興義における放生である。ここで理解しなければならないのは、「寺務の間ある日は湖に小船をうかべて、網引釣する泉郎に銭を与えて、獲たる魚をもとの江に放って、その魚の遊躍を見ては描きけるほどに。」という行為である。なぜなら、「興義は放生の功徳によって鯉魚への変身が許される。彼の魚への愛には芸術家としての立場と宗教家としての立場との二面がある。魚を江に放つことには、実際に魚の泳ぐのを見て画くという芸術活動としての意味が存する。放生には芸術家としての実践の意味が存在するが、同時に、描くべき対象への深い愛が存在している[27]」からである。

しかも、鯉魚への愛は、「或るときは心を凝して眠りをさそえば、ゆめの裏に江に入りて、大小の魚とともに遊ぶ。年を経て細妙にいたりかり」とあるように、極致としか言いようのないものである。興義のこの夢は、その後の仮死状態につながり、彼の芸道昇進にとって必須な努力の象徴でもある。「生を殺し鮮を喰う風俗の人に、法師の養う魚必ずしも与えず。」というのは、この愛は神聖なものであることを物語っている。

最後に、仮死状態における体験である。仮死状態の興義も薛偉と同じく肉体的苦痛を緩和するために戸外に出て行くのだが、「薛録事魚服証仙」と違う点は、その苦痛が次第に心の中から消え去っていき、段々と魚を「うらやむ心」に変わることである。とりわけ変鯉魚後の彼の水中の体験は彼の芸術精進にとってきわめて大きな決め手となる。この体験を語る琵琶湖周遊の道行文は、特有のリズム感等による気分の高揚を感じとらせると同時に、近江の風光の美しさをも感じとらせる名文である。しかし、よく見逃されるのは、この幻想的な言葉によって表現された世界は、本当の魚の目にしか映らないものであるということである。もちろん、魚として死に直面した時の恐怖による戦き・混乱・絶叫並びに生への強烈な執着も、魚ならではの経験である。この体験は興義をして「今思えば愚かなる夢ごころ」と痛感せしめ、今まで描いてきた絵はいかに精妙であっても外側からの模写にすぎないと悟らせ、それを踏まえた精進の結果、始めて「画ける魚紙繭をはなれて水に遊戯す」るほどの鯉魚を描きえたのである。成光の後日譚は、興義の芸術のレベルの高さをさらに神格化してしまう。

もちろんこの芸道昇進の心境は、弛まぬ努力をなす小説家に共通したものである。そこで近代になって、「魚になって日頃私を辱め虐げている人たちを笑ってやろうと考え」(「魚服記について」)て、自分なりの「魚服記」(昭8)までものした太宰治と、「人間の羈絆を脱して鯉に化した僧の目に映る絶美の自然」に感動し、「孤独で狂ほしい」(「雨月物語について」昭24)興義の目を感じ取った三島由紀夫が出たのである。

従来興義が鯉になりたがる、言い換えれば「ストレスの原因は、寺での生活、僧侶として生きることであった[28]」と思われたこともあるが、上記のことから見れば、「歌も文も我思う事を偽らずに読み書きせうと思う」(『異本胆大小録』)「秋成の作品は、登場人物においても、又作品の主題においても、彼自身の人格や思想がはっきりと表されている。否むしろ、彼は自分自身を作品の上で表すことを、目的としているのではないか。[29]」「薛録事魚服証仙」も、ほかならぬ秋成の芸道精進の努力の現われで、「夢応の鯉魚」の「中に躍動しているのは、秋成自身の傷ける魂であり、その個性的な魂は衣裳として借りた原作を以て完全に秋成自身の「夢応の鯉魚」と化せしめずにはおかなかったのである。」[30]

（三）「夢応の鯉魚」から「魚になった興義」に

秋成と同じくコンプレックスに苛まれ、同じく芸術的転進を迫られていた[31]犀星は、「夢応の鯉魚」に感激を覚えて書いた「魚になった興義」において、ストリーが「夢応の鯉魚」に沿っていたが、趣旨は芸道精進の極致への追求に変えたのである。

まず、小説中に度重なって出てくる絵画のことである。

小説は、「僧、興義、硯糞を洗いながらいた」ことから始まり、子供に捕えられた魚を放生してから「あいもかわらず遊魚の図ばかり書いていた」り、「また魚の絵を書き始めた」りする。危篤状態になった時でも、「あらたに描きかけた鯉魚図」を眺めたり「手のひらで魚の肌にさわり、それが水裏に尾ひれをうごかして行くさまや、こころゆくまで書筆に淫すること」を想像したり、「枕頭をゆききする魚に、いくたびとなく夢破れたり」したのである。そこで、「町へ出たら唐紙を忘れてくれまいぞ」とか、「生きたのを泳がして呉れぬか」とか、鯉描きのために弟子にいろいろと頼んだりする。その結果「遊魚画帳」は「幾帳もある」のである。

次に、仏教的因果関係の排除と魚界への憧れである。

「魚になった興義」は、「放生の徳があ」るから、釣り上げられることはないと信じたことだけが仏教の因果を匂わしているが、それ以外のところでは全然触れていない。「湖べりを歩いていたのか、それとも水中を泳いでいたのか、しっかり覚えられなかった。」とあるように、なぜ「魚になった」かに関しては、「夢応の鯉魚」が強調した放生の徳による因果関係やその宗教的色彩を一切吹き払って、ただ「わたしの日頃の願望の国」、「永い間考えていた遊離のむれ」、「へいぜい」志していた「魚界」に「とうとう来て」、「此の蒼茫とした魚界」「諸々のいろくづの世界」を「自由に泳ぎ廻っている」ことを楽しんでいたと描いている。言わば、興義が魚になった原因は、放生による因果ではなく、彼の「日頃の願望」・「へいぜい」の「志」が満たされたにすぎないとしている。

ここで理解すべきことは、この魚界への憧れは、「夢応の鯉魚」と同じで、何れも魚描きのための体験である。自分の「うっすりと影引くうつくしい青々した魚体の、しかもぱっちりした快活な下げ尾の立派さと雄雄しさをふりかえり眺めたりした。かれの影は優しげな鼠いろを底の蒼みに漂わしていた」と、自ら魚の世界を体験したからこそ、彼は「自分でこれまで描いた遊魚の図面のことごとくが描く、そして恥ずかしい劣作であることを、いまさらのように」恥じるようになったのである。

おまけに、「夢応の鯉魚」と同じく、魚に化してからずっと料理されるまでの一部始終の体験も魚描きにとって欠かせないものである。魚になった興義は、「人間界の自らが魚類の餌に飛びつくということ」と、「それを今狙っている」「自分がかなり卑しいものであることに気がつ」きながらも、「空腹に勝つことができず知らず識らず行くまいと思っても餌針のほうへちかづいて行った。」自分に放生された魚に注意された時に「いや、わしはちょいと弄んでみただけじゃ」という自嘲めいたごまかしも、自分でもそれはいかにもまずいと知っていることを裏付けている。最後に「湖水の大物魚はたいがい釣針を飲んで」しまう運命に逆らえず、「興義は、しかたなく多くの魚のそれのようにだらりと尾を垂れ、口を開けたまま、高く高く吊り上げられた。」しかも、「恐ろしさと卑怯さにびくびく」しながら「おほ方の鯉魚を料理るそれのならわしに従って、出刃で一と撫で尾がしらへ亘りをつけた」と、当たり前の方法で料理にされたのである。この一連の経験を通じて、興義は魚界のルールが十分過ぎるほど分かったようになり、魚描きもこれにより上達したのである。

その芸術への追求は、「陳如言めいた碧水青峰」を「薄暗い魚籠の底からすかすようにして伺い眺めた」という一句に集中されている。ここの「陳如言」は、「陳汝言」の間違いである。中国元末の陳汝言は、兄の陳汝秩とともに有名な山水画画家である。画に心酔した彼は、処刑直前にさえ依然として平気で筆を運んでいた。そこで、彼の死は「画解」（絵画を通じて肉体を解体して昇天すること）とされている。このように死ぬまでも芸道精進の心を燃やす興義を紙面に躍動させた。このような体験をもって、興義は自分の芸術をかつてないほどに高めたに違いない。

(四)「死の体験」と「鯉」による上昇志向

先ず通過儀礼としての「死の体験」を見よう。

「コンプレックスの〈解消〉は、何らかの意味で死の体験を伴っている。（中略）われわれの慰めとなるのは、死んだコンプレックスの内容が、どれほど自我の中に再生しているかという点にある。[32]」この「死の体験」は、芸術家の創作にも適用するものである。

「夢応の鯉魚」においては、彼本人が「其死たるをもしらず」にしても、人間としての興義は「息たえてむなしくなりぬ」。その死によって鯉に化した興義はやっと魚の喜怒哀楽を体験できるようになったのである。最後に鯉が俎板の上で「終に切」られてから、「三日」間も「只心頭のあたりの微し暖なる」以外に何の反応をも示さぬ仮死状態にあった興義はようやく「長嘘を吐きて、目をひら」く。即ち鯉としての興義は死に、僧としての興義は蘇生したわけである。

それと同様に、「魚になった興義」においては、「興義のつむりは、もう動かなくなっていた。」「水をすらその口もとを湿しても甲斐がなかった」と、人間としての興義は死んで、鯉としての興義は生まれた。その後「腮から熱湯をつぎ込まれたような気がし、ざっくり骨まで切り摧かれる刃物の音がし」て、「六日目の仮眠からぼんやり目をさましたのである。」とあるように、鯉としての興義の死によって画家としての興義は蘇生したのである。とりわけ、結尾のところで、「鮮やかに震えて」いて、「なまぐさく」「寂然と」目の前に突き出された「うづきだしそう」な「ちぢれた皮片」、「うす桃色の、鮮鋭な、洗い身」を目にした興義は、魚としての自分の死を確認して、「凝然と身ぶるいを感じた」のである。そのとき「五年わさびの厳しい薬味」の刺激は、さらにその実感を深めさせた。親友表棹影の死（明42・4）を経験した犀星は、ここで死をいかに重く受け取っていたかが想像できる。

このように画家興義の死と鯉魚興義の誕生、それから鯉魚興義の死と画家興義の蘇生とが連続したもので、主人公は二重の死を経験したわけである。「現実の中で起きた〈生――死〉」の経験をしたからこそ、「夢応の鯉魚」の興義は、「人の水に浮かぶは、魚のこころよきにはしかず」と、「水府のたのしみ」が分かり、「魚になった興義」の興義は、「これまで描いた遊魚の図面のことごとくが描く、そして恥ずかしい劣作であることを」恥るようになったのである。そこで、「夢応の鯉魚」の興義も「魚になった興義」の興義も秋成の言った「細妙」域から「神妙」境地に達したわけである。

では、ここで格段に強調された「死の体験」は、どんな働きをしているのか。

死は『雨月物語』において、現実世界から超現実世界へはいるための条件である。現実界において何らかの拘束、抑圧を感じた人間が超越的能力を発揮するために死が必要なのである。このような「雨月物語」全般のあり方は興義にも共通する。彼の変身には魚に対する愛の極致としての意味とは別に、魚の世界に自己が解放されたいとの欲求のあらわれという意味が存するのである。(33)

と、既に指摘されているが、これよりもっと重要なのは、芸道精進の通過儀礼として欠かせないものである。

次に、魚・鯉魚の象徴的意義について見てみよう。

前において分析したように、魚とりわけ鯉には、宗教的な意義がある。秋成は「夢応の鯉魚」において興義を鯉魚の絵に執着する画僧に設定したが、実は上記意義のほかに、三井寺ゆかりの傑僧教待和尚に関する逸話にも関係があると思える。湖の魚を自ら網引きして捕え、日毎にそれを喰った教待和尚は、人にいぶかられると、それを口から吐き出して蓮華や茎に変身させたという。『普陀落伝記』に「教待和尚という僧あり、弥勒菩薩の変身なり」という記録までもある。だから、興義における鯉描きは、教待和尚における蓮華吐きと同じ意味であろう。そこで「彼の絵とは単なる技術の問題ではなく、心の問題であり、宗教家としてのあり方と一致している。[34]」とあるように、『本朝神仙伝』をはじめ『今昔物語』『古今著聞集』『園城寺法灯記』『普陀落伝記』等に記載されているこの逸話から、「夢応の鯉魚」における「鱗光を備えた鯉は、宗教的意義においても芸術的意義においても向上志向の表れだと理解しても差し支えはなかろう。『雨月物語』九編の登場人物の中で、興義は、唯一此岸と彼岸を自由自在に行き来する能力の有する人物として設定されているのは、ここに一理がある。

ただ、もちろん、犀星にとっても鯉は特別な意義があるが、前に見てきたように、全ての魚類に彼が自身の向上意欲を託することができる。「魚になった興義」という小説名からも、興義にとって向上志向のシンボルとなるのは、鯉に限らずすべての魚であることが分かる。そこで「夢応の鯉魚」と違って、犀星は「さまざまな針よりほそい姿をしているのや、丸くふくれているのや、わけても白魚」などをも墨を惜しまずに描いている。が、登竜門もできるほど力強い鯉には、当然として特別な愛を注いだものである。

四、向上意欲に燃え続けるその後の「魚もの」

このシリーズのものには、犀星の晩年の作品として、昭和三十四年一月から四月までに連載した、「犀星現代小説の最高傑作[35]」と讃えられた「蜜のあはれ」と、同七月に「魚拓」を読んだ2句と、同十月に書いた「燃えるさかな」という詩が挙げられる。

「(魚拓「金魚」に題す)炎となりたまゆらの海に消えにけり」(昭34・7・14)、「(魚拓吟)燃えきりてたまゆらの海に消えにけり」(昭34・7・14)という句と、「燃えながら／燃え切って／遠くで死ぬのは／さかなでも朱いおさかななのね／毎夜うみのはての方に／もえながら落下してゆくのが見える／何万というさかなが燃えて落ちる／生きているあいだに／燃えられるだけ　燃えていたけど／それは何にもならなかったかしら／最期まで燃えてはいたけど」(「燃えるさかな」)という詩は、説明するまでもないもので、それは、「一匹の魚が水平線に落下しながら燃え、燃えながら死を遂げる」ことを通して、人間の、女の生涯のはかない美しさを描ききったことをモチーフたる「蜜のあはれ」と通底しているものである。

最後になるが、詩人として出世し、詩で文壇における地位を築き、それを基礎にして発展してきた犀星の、人生そのものの終幕を飾る「老いたるえびのうた」は、いつも頭に思い浮かんでいるものである。病気の進行のせいで運動神経が侵され、手に持ったペンさえよく指から滑り落ちながらも、犀星がようやく完成したこの詩を読む度、真っ先に頭に浮かんでくるのは、日本で正月の飾りや祝いの料理に使われた伊勢えびである。普通「からだじゅうが悲しいのだ」という最終行は文字通り、犀星当時の悲しい気持ちの活写だと思われているようだが、筆者の場合、ひげを生やし腰が曲がる老人の姿ながらも、依然として紅くて鎧をまとうような威厳を保ち、眼珠が飛び出て、頑張る犀星の姿を象徴しているのではないかと思う。

おわりに

寺の子として育てられ、日本の独特の魚文化と仏教文化に染められ、中国の出世魚なる鯉の影響を受け、さらにキリスト教文化の洗礼を受けた犀星は、心の中に絡んだコンプレックスから脱出する意欲を魚に託して、つまり文学創作を通じて出世する努力の形象として、自分の作品において魚を描き続けてきている。特に第一の沈滞期における一連の作品は、文筆家の道への一徹な求道心と執念を燃やし続けた作家犀星と深く響き合い、渡り合うものであるとともに、文学創作によってコンプレックスを脱出する熱意に燃えた彼の創作意図の描写でもある。中でも、官吏たる主人公薛録事を丹青が上手な僧興義にして、仙人になるには悟らなければならないという主題の「薜録事魚服証仙」を、鯉となって遊泳し魚生活を体験してからこそ鯉描きの芸術三昧境に突進することに成功したと書いた秋成のこと、並びに彼が芸術的転進を果たして「夢応の鯉魚」の創作に成功したことに共感した犀星は、一徹な創作執念と劣等感コンプレックス脱出の意欲を燃やし続けていく志を、「魚になった興義」を初めとする一連の「史実小説」に描いた。それゆえ、読むたびにこの向上意欲に励まされるのである。

【注】

(1) 安宅夏夫『愛の狩人　室生犀星』(社会思想社　昭48) 195頁
(2) 船登芳雄「人魚詩社と『卓上噴水』」(『室生犀星研究』第1輯　1985・2) 13~14頁
(3) 奥野健男「青き魚――室生犀星の詩的故郷」(『季刊芸術』昭42・10) 38頁
(4) 鳥居邦郎「室生犀星」(『現代詩鑑賞講座4・近代詩篇Ⅲ 生と生命の歌』角川書店　昭44) 168頁
(5) 船登芳雄『評伝室生犀星』(三弥井書店　平9) 131~132頁
(6) 高瀬真理子『室生犀星研究』(翰林書房　2006) 177頁
(7) 三浦仁「『抒情小曲集』の主題と方法」(佐久間保明、大橋毅彦編『佐藤春夫と室生犀星』有精堂　1992) 135頁
(8) 宮木孝子「犀星初期リズム論の形成と展開」(注7前掲書) 162頁
(9) 戸塚隆子「詩語『魚』をめぐって」(『室生犀星研究』第13輯　1996・4) 58頁
(10) 谷内透等編集『魚の科学事典』(朝倉書店　2005) 528~529頁
(11) 前掲注10、565頁
(12) 矢野憲一『魚の民俗』(雄山閣　昭56) 32頁
(13) 稲垣広和「聖書」項(葉山修平監修『室生犀星事典』鼎書房　2008) 572頁
(14) 田辺徹「室生犀星　もうひとつの青春像」(『犀』20号　平14・10) 参照
(15) 笠森勇「『魚』『みみず』への思い」(『室生犀星研究』第34輯　2011・11) 61頁
(16) 前掲注5、177頁
(17) 笠森勇「上昇するエロス――室生犀星の『魚』――」(『室生犀星研究』第九輯　1993・2) 27、43頁

(18) 前掲注6、179頁
(19) 奥野健男「青き魚――室生犀星の詩的故郷」(『季刊芸術』昭42・10) 20頁
(20) 外村彰「犀星　庭と生きものの小説考」(『室生犀星研究』第34輯　2011・10) 24頁
(21) 澤田繁晴「犀星の『魚』、その創作の秘密を探る」(『室生犀星研究』第34輯　2011・10) 56頁
(22) 斎藤純「夢応の鯉魚考」(『国文学　言語と文芸』第二号　1960・3) 36頁
(23) 田中厚一「「夢応の鯉魚」論」(『帯広大谷短期大学紀要』〈26〉1989・3) 20頁
(24) 岩倉三奈「『雨月物語』研究――「夢応の鯉魚」について――」(『日本文学』〈96〉2001・9) 30頁
(25) 小山一成「『魚服記』『薛録事魚服証仙』と『夢応の鯉魚』」(『立正大学文学部論叢』110　1999・9) 103頁
(26) 沈傑「馮夢竜〝三言〟中道教神仙故事的主題探析」(『雲南社会科学』2003年第4期　2003・8) 105頁
(27) 植田一夫「雨月物語〈夢応の鯉魚〉の世界」(『日本文芸研究』33〈3〉1981・9) 9頁
(28) 前掲注24、30頁
(29) 萱沼紀子『秋成文学の世界』(有限会社笠間書院　昭54) 45頁
(30) 前掲注22　36頁
(31) 詳しくは、拙著「『自己実現』・『超越』の室生犀星文学」(龍書房　2012　137〜320頁) 参照。
(32) 河合準雄『コンプレックスと人間』(岩波書店　2001) 96頁
(33) 前掲注27　12頁
(34) 前掲注27　10頁
(35) 三浦仁『室生犀星――詩業と鑑賞』(おうふう　2005) 209頁

第五章　犀星における「蝉」の象徴的意義とその働き

「不遇だっが青年期から、やがて少しずつ世に認められ安堵のなかで振り返った灰色の日々、そしていつか小さな生き物にも郷愁を覚える人生の夕映え。『蝉』の語が犀星折々の心情を汲みつつ、生涯の長いおつきあいだった。[1]」との指摘通り、蝉は、犀星文学のキーワードの一つとして、非常に重要な働きを果たしている。俳句では、『室生犀星句集　魚眠洞全句』（北国出版社　昭52）をもとにした調査では、明々白々に蝉を詠んだものだと判断できるものは四十句ある。それから、詩では、『定本室生犀星全詩集』（冬樹社　昭53）には三十三篇あるという言い方もあれば[2]、「五十篇以上もあるような気がする[3]」という言い方もあるうえ、蝉を描いたり蝉に触れたりする随筆や小説も多い。

「素直さを失った子供というものは人間よりも余計に樹木や動物に心を寄せ」（「弄獅子」）る、と自ら述べているように、芳しくない生まれ育ちから、犀星は幼い頃より蝉などのか弱いものに多大な哀惜の心を持ちながら、句作よりスタートして文学創作によって一流の人間を目指して励み続けたことは、ある程度理解できるが、それだけで彼が蝉を多く描いた原因をカバーできないのではないか、という気がしてならない。

犀星の「蝉もの」を創作時期から見れば、明治三十七年十月八日の「水郭の一林紅し夕紅葉」の掲載から明治四十三年五月初の上京までの、「文学青年」を目指して頑張った投稿時代に、十五篇の小品文では「雨後の景」（明38・8・31）の一篇、俳句では「蝉殻のついたるまゝや桐一葉」（明40・11）と「夕立今隣村にあり蝉時雨」（明41・7）の二句、抒情詩時代には「蝉頃」（大2・9）「天の虫」（大3・9）「すずかせ」（大5・8）という三篇の詩だけである。しかし、第一の創作の沈滞期に陥ったのを境にして、彼の文学作品に蝉が頻出するようになった。やはり、この第一の沈滞期に、何かが起爆剤としてその創作を促したに違いないと思う。

この時期、もともと中国文化における蝉の寓意をある程度知っていたことに加え、大正期の「支那趣味」、とりわけ親友の芥川龍之介の史実小説創作に影響され、犀星は東洋文化と中国文学に大きな関心を抱き、中国の古典文学に題材を得た作品を多く創作したことを考え合わせれば、中国文化に対して相当深い理解に達した犀星は、中国文学における蝉の寓意に対する感触を深め、蝉のことを多く取り扱うようになったのではないかと思える。しかし、その理由については、まだ全面的な追究がないようである。

本章は、犀星における中国文化の影響、それから中日両国における蝉のイメージと犀星の文芸世界における蝉の象徴的意義を探ろうとするものである。

一、犀星における蝉文化の受容

（一）中国における蝉文化

卵から孵化して成虫になるまでの期間が、ニイニイゼミで四～五年、ツクツクボウシで一～二年、ミンミンゼミで二～四年、アブラゼミで三～四年、クマゼミで二～五年といわれている蝉は、木を飛び廻る成虫に至るまで、五回も脱皮して、別物のようにも見えるほどすっかり変わってしまう。しかも、長い間、土から生まれたものなのに、蝉になったら露しか飲まないと誤解されてきたことが原因で、「虫之清潔，可貴惟蝉。潜蜕棄穢，飲露恒鮮（虫の清潔と言えば、最も貴ばれるのは蝉。地下を潜り出で殻を脱ぎ穢きをぬけてから、新鮮な露しか恒に飲まない）」（晋朝郭璞「蝉讃」）とあるように、中国では、蝉は、再生できる力、それからまさに「出汚泥而不染（泥より出づるも染まらず）」という高潔な品格を有するものとされ、早くは『詩経』に登場し、『詩経』『楚辞』以降、悲秋の風物詩によく描かれ、秦・漢の時代に入ってから、皇帝の近臣や高級官宦が被った「蝉冠」――清廉、節倹の証として正面に蝉の飾りをつけた冠――に象徴されるように、散文と小説において品格の高い官吏のシンボルとされ、政治と関連付けられるようになり、漢、殊に後漢以降、高潔な士大夫の比喩とされるようになり、『史記』『屈原生列伝』『後漢書』『淮南子』などと、多くの文芸作品に讃えられている。中でも、陸雲が推奨した「至徳の虫」としての「珍奇な蝉の五徳」がもっとも有名である。「小泉八雲の随筆なども創作以上に美やこくめいさ、うまさが底に漂っている」（「文芸林泉」）と、犀星が感服し、愛読・熟知した小泉八雲の作品にも、蝉の「五徳」を紹介する「蝉」があるので、便宜的に引用させていただく。

日本文学では陸雲という名で知られて居る有名な支那の学者が、次に記載する珍奇な蝉の五徳というものを書いた。

一、蝉は頭に或る模様か徴号かがある。これはその文字、文体、文学を現わして居る。二、蝉は地上のものは何も食わず、ただ露だけ吸う。これはその清潔、純粋、礼節を証明して居る。三、蝉は常に一定の時期に出現する。これはその誠忠、摯実、正直を証明して居る。四、蝉は麦や米は受けない。これはその廉直、方正、真実を証明して居る。五、蝉は己が棲む巣を造らぬ。これはその質素、倹約、経済を証明して居る。

そのほか、後に見るように、ずっと昔から生まれ変わって再生する夢が託されていたし、さらに、唐代に至っては、蝉文学には、純粋に秋の蝉を描いた詠物詩もあれば、急速に逝く時への感慨・悲しい別れへの恨み・望郷の哀しさ・高潔な品格と志を表す寓意に富んだ作品もあれば、蝉の鳴声は郷愁や世の無常への嘆き声を触発するというものも出てくる。それは、ずっと長く中国文学を貫いてきたのである。

以下では、文筆を用いて立身出世しようとし、しかも生涯三度の高揚期とその間に挟まれた二つの沈滞期を経験したにもかかわらず、一途に創作を堅持しぬいた犀星に、影響を与えたろうと思えるものに絞って、彼が親しんだ唐詩を例にして検討を進めていこうと思う。

唐の時代に、政治・経済が安定していて、文学もかつてないほどの大発展を成し遂げた。唐太宗李世民が自ら「賦得若柳鳴秋蝉」を詠じたこともあろう、多くの詩人が蝉を謳うようになった。統計によると、『全唐詩』にだけでも、二百五十二人の詩人が創作した九百九十五首の蝉詩が収録されている。そのうち、蝉をテーマとした詩歌は八十二首もある。『永楽大典』『四庫全書』と並ぶ『古今図書集成』（清朝陳夢雷　1650～1741）の「蝉」部にだけでも、七十首の詩詞が収録され、そのうち、唐代のものは二十八首ある。この時代の蝉詩には、戴叔倫「画蝉」（『全唐詩』274～22。下同）、賈島「病蝉」（573～36）と「早蝉」（574～4）、許棠「聞蝉十二韻」（603～63）、白居易「早蝉」（433～55）などのように今日でも愛誦されている名詩篇がたくさんあり、多くの寓意を表している。犀星文学に影響を与えたと思えるものは、以下のイメージのものである。

第一、高潔な士大夫のシンボル

唐代までに形成された詩語としての「蝉」は、露しか口にしない清らかな生き物であるというイメージから、「潔士」「窮士」「寒士」「愁士」などの寓意がある。字面通り、何れもその芯が「士」である。「詠蝉詩三絶」と絶賛される名詩は、虞世南「蝉」・駱賓王「在獄詠蝉」・李商隠「蝉」である。「虞世南『詠蝉』は当権者が思いがかなって満足した時の話で、晩唐李商隠『蝉』は才士でありながらも志を得ぬ時の話で、駱賓王『在獄詠蝉』は志士が罪を着せた際婉曲に言った話である。寄興こそ違うが、詩中に人がいる」[4]。つまり、詩人達が、蝉に自身や他者の姿を投影させ、得意の最中でも不遇のどん底でも初心を忘れずに自分の品格を保っていく決心、言い換えれば何れも作者が自分の高潔な人柄と高遠な志を表したものである。したがって、「地中で長く成長して美しい羽をもって地上に現れながら秋の短い時を鳴いて終わるその姿から、『高潔なるがゆえに虐げられる士大夫の悲哀』を重ね合わせて読まれることが多かった。」[5][6]

第二、再生・永遠の命・昇仙としてのシンボル

幼虫から成虫に成長し、地中から地上に這い出て蝉になるまで、殻を五回も自ら脱皮して、まるで別物になったように飛び立つ蝉は、中国では、ずっと昔から生き返り・復活の象徴とされ、商・西周頃から、亡くなった地位の高い者の口に「琀蝉（玉蝉）」を入れてから埋葬し、その復活を願う習慣がすでに生まれていた。後に、道教の伝播に従い、蝉が殻から抜け出て飛び立つごとく世俗を脱し、羽化飛翔して仙界に登ることを表す「蝉蛻龍変（せんぜいりゅうへん）」という言葉ができて、普通の民間人にまで親しまれるようになった。

第三に、悲しい離別や望郷の懐かしさとしてのシンボル

蝉は夏のものであるというイメージが強い日本に対して、中国では、蝉は秋のものであるとされ、その鳴き声を聞くと詩人達は秋の訪れを感じたり、その声が聞こえなくなると、秋の深まりを感じたりする。また、秋は感慨を催す季節でもあることから、蝉には憂いや離別や故郷を懐かしむときの寂しさをも投影されることになった。

この類の詩は数えきれないほどあり、張玉穀「古詩賞析」に「長安で長く仕官したが、皇帝の恩寵を得られぬことを慨嘆し、帰郷して隠居する意を表す詩。」と評された隋代盧思道「聴鳴蝉」や、「壹聞愁意結，再聴郷心起」と故郷が思わず恋しくなった白居易「早蝉」や、「先秋蝉壹悲，長是客行時。（中略）断続誰家樹，涼風送別離。」と感慨深く詠じた張喬「蝉」（639～8）などがその代表的な名作である。

第四に、仏教における蝉のイメージ

先に見た道教の「蝉蛻龍変」という言葉は、後に仏教にも援用され、「外形がそのままで中身が抜け殻になる」という

意から転じて、「迷いから抜け出して悟りの境地に達すること」や「従来の慣習や因習にとらわれず、そこからの束縛から抜け出す必要性」や、「解脱する」こと、乃至は「悟りを開く」ことといった意味を含む言葉として使われるようになった。蝉の生まれ変わりと仏教の輪廻観念とは完璧に融和し、「禅冠」に由来して仏様の清らかな品位の表れとして蝉の飾りをつけた「蝉冠菩薩像」までできた。しかも中国語の「蝉」と「禅」とは読み方が一緒なので、仏教において、「蝉」は修業をする仏弟子を象徴するようになった。『西遊記』の三蔵法師は前世が「金蝉子」であるという説の源もここにある。

さらに、「蝉蛻龍変」の「悟りを開く」という意味は民間にも広がり、子供が賢くなり、優れた成績を取り、将来声高く鳴く蝉のように名を馳せるという願いを込めて、子供に装身具として玉蝉をつける習慣もできた。

第五に、きれいな女性の譬え

辞書を引けば分かるように、ずっと昔から、「蝉」は「嬋」に通じる字として、月（陰）、又は綺麗で透き通るくらいに清楚で情け深い女性の譬えとして、それから女性の名前用の字としてよく使われる。『三国志演義』に登場した、そのあまりの美しさに月も恥じて雲に隠れてしまうほどの中国四大美人の一人で、西施・王昭君・楊貴妃と並ぶ「貂蝉」はその一人である。殊に晋崔豹著『古今注　問答釈意』には、斉国の王後が亡くなった後、蝉になり、庭の木にくっついて鳴くので、蝉は斉女と呼ばれるようになった、との記録があってから、蝉は女性を象徴するものだというイメージが定着し、宋代蘇軾「但願人長久，千里共嬋娟（但だ願はくは人長久に、千里嬋娟を共にせんことを）」（「赤壁賦」）の影響によって、「蝉娟（せんけん）たる美女」というイメージは広がった。

そのほか、透き通るように薄くて高く梳かした「蝉髪」という女性の髪型もあって、昔から貴族の女性の間で流行っていた。

（二）日本文化における蝉のイメージ

日本では、蝉は、俳句では夏の季語で、和歌では夏の部立てに入るものである。言い換えれば、蝉は夏のものであるというイメージが強い。現存する日本最古の歌集なる『万葉集』には、枕詞として使われた「うつせみ」を除き、蝉を詠んだ歌が十篇もある（うち一篇は蝉で、それ以外の九篇はすべてヒグラシである。万葉集には種名で詠まれた昆虫は、ヒグラシだけである）。その後も蝉・ヒグラシは、和歌には比較的によく登場し、『古今和歌集』では、蝉が六篇、ヒグラシが三篇あり、『新古今和歌集』では、蝉が四篇、ヒグラシが四篇ある。これらの和歌に現れた「蝉」が付く言葉は、空蝉、蝉の羽、蝉時雨、蝉頃、蝉折れ、うつせみなどとたくさんある。

しかし、「蝉は、百二十首の漢詩を集めた『懐風藻』で、詩の本文で七例、序文に一例、合わせて八例も見られ」、石上朝臣乙麻呂「飄寓南荒、贈在京故友」が示しているように、「すべて秋蝉である。秋の蝉の鳴き声と望郷の哀しい思いを詠むことは、漢詩の世界の悲秋とも繋がるのである[7]」。

全体的に言えば、日本文学史上、季語としての場合以外、全体的に、蝉と言えば、まず連想するのは、「もののあはれ」である。以下では、「うつせみ」を例にして、それを見ていく。

日本の古語では、蝉の抜け殻のことを空蝉（うつせみ）と呼び、「現し臣（うつおみ）」、つまりこの世の人という言葉と重なって、現身（うつしみ）と連して考えられてきた。それは、中世頃から仏教が社会に根付いてくるにつれ、人間は亡くなったらまた別のものに生まれ変わり、繰り返しこの世に生まれ、命はあの世とこの世の間をずっとめぐっていて、今生きぬいているこの世を現世、それに対して現世に生を受けている姿を現身と言ったのである。ひとたび抜け殻を残して地上に出ると、その短い生を精一杯に生きぬくかのように、種類ごとに独特の鳴き声を発して全精力を尽くし、そして短期間で死んでいく。繰り返す輪廻の中におけるこの現身は、困難も幸福も含めて、蝉の抜け殻のような仮のもので、ほんの一時の儚い時間に過ぎない、故に美しくて尊いという日本独特の美意識「もののあはれ」に繋がっていて、古来より感動と無常観を呼び起こさせてきたものである。

その例としてよく挙げられるのは、『源氏物語』中の空蝉である。この女性は、光源氏の求愛を拒否し、一枚の着物を残して逃げ去ったことを、光源氏が蝉の抜け殻に例えて和歌に詠んだことに因んで、それがその女性の通称名になったわけである。しかし、実際のところ、この女性はプライドが高く、意地を貫いた反面、いかにも空蝉の名にふさわしい、薄幸ではかない人生だったということで、多くの読者に感慨を起こさせたのである。そこで、「空蝉は枕ことばで、（中略）生存期間の短い蝉の意を掛けてよまれ、短い命、はかない人生というイメージのシンボルとして用いられている。[8]」それは、中国文学における品格の高い士大夫のシンボルとしての蝉のイメージとは、明らかに違っている。「芭蕉や万葉の諸詩人」のものを多く引用し、しかも「万葉集や芭蕉時代はきりぎりすとこほろぎの区別をつけずにうたっている。」（「螽斯の記」

昭8・10）とあるように、古典文学作品に現れる虫けらに大きな興味を抱き、深入りした探求もした犀星は、この空蟬のイメージは知らないことはないと思う。

それから、仏教には、次に紹介する有名な話がある。中国の高僧曇鸞大師が、荘子の「朝菌不知晦朔、蟪蛄不知春秋（朝菌は晦朔を知らず、蟪蛄（けいこ）は春秋を知らず）」を踏まえ、「蟪蛄不識春秋，伊虫知朱陽之節乎。知者言之耳（蟪蛄春秋を知らず、伊虫（いちゅう）あに朱陽（しゅよう）の節を知らんや。知るものこれをいうのみ）」と、『無量寿経優婆提舎願生偈註』（浄土論註または往生論註とも略称）に書かれたものを、親鸞聖人は『教行信証』の「信巻」で引用し、念仏の回数を気にせずに一心に念仏したら成仏できることを諭したのである。寺子としての犀星は、この話、それから仏教における「蟬蛻龍変」の意味も知っていたはずであろう。これも彼をして蟬に特別な感情を抱かせた原因の一つであろう。

それればかりでなく、「もののあはれ」を貴ぶ日本では、蟬の抜け殻を縁起のいいおまじないとして扱う文化があちらこちらで散見される。例えば、家の外壁などにくっついている抜け殻を取って片づけたら縁起がいいから、大事に保存しておく人もいれば、枝や壁などに引っ掛かったまま落ちずにくっついているので、受験のお守りにする学生もいる。「蟬殻のついたるまゝや桐一葉」（明40・11）や、「一つ茎に上りてつながれ」た「爪のはしまで／繊き形」をした「蟬のから」（昭15）などとあるように、犀星がその抜け殻を凝視した原因は、ここにあるのであろう。

（三）犀星における蟬文化の受容

亡くなった長男のことを偲ぶ時、「そのとき予の心にはたりと落ちてきた考えがあった。それは蟬というものの果敢（はか）ない取り留めないいのちと、子供のそれとが何となく似かよっているのではないか？――ということである。うつせみという言葉はあるが、始めて私はその言葉の意味を大悟した。」（「昆虫音図」大14）とあるように、犀星は、日本古典文学における蟬文化を受け継いだのは間違いのないことだが、次に見ていくように、中国の蟬文化にも非常に詳しいことも無視できない。

犀星には、『翡翠』という童話集、「翡翠」という題の小説、それから「翡翠」という詩もある。林土岐男氏の追究では、翡翠の読み方は二通りあり、「ヒスイ」と読む場合、翠色の神秘的な深い色合いの宝石・硬玉・軟玉・アマゾン石・ジェードなどを言うのに対して、「かわせみ」と読む場合、翡はオスの「かわせみ」で、翠というのは「かわせみ」の雌である。

この場合、「かわせみ」は「川蝉」「狗魚」とも書く。犀星本人は、どうも翡翠を「ヒスイ」とだけ読んで、翠の宝石のことをとし、「かわせみ」のことを「かわぜみ」（「昆虫音図」『魚眠洞随筆』）と言ったらしい、という。[9]が、卑見では、次に述べる二つのことが原因で、考え直す必要があるのではないかと思う。一つ目は、犀星の「悪文」癖である。例えば、彼は、「蒼白き巣窟」（大9・3）では、「除夜の鐘が鳴り出した。深く重い鐘声はこの地上のあらゆる生活の上を、大きな輪をえがいて響きだした。（中略）何かしら人間の運命とかかわりのある古びた金属の音響は、わたしだちの心にまで重々しくつたわって来た」と、それから「桃印符」（昭9・7）という詩において、「小説のなかで幾人かの女だちが（中略）／僕はその前をうろうろと通りかけながら、／何遍も彼女らに宥しを乞うように目付をしていた。」と書いてあるし、テニスをする二人の女の子を描いた「小鳥だち」（大11・11）という詩もある。二つ目は、「あさぜみの幽けき目ざめなしけり」（大13・7・29）、「山ぜみの消えゆくところ幹白し」（昭2・10）とあるように、他の名詞に蝉を合わせて複合名詞を作る時、それを「ぜみ」と読むようであった。そこで、犀星は、「かわせみ」を「かわぜみ」にしたのは、区別をつけるために意識的になしたことではなかろう。

最も重要なのは、第一章「犀星における中国文化の受容」において分析してきたように、「禁断の魚」「上綾の王」「虹をとめ」「寂しき魚」「塔を建てる話」「一茎二花の話」「こほろぎの話」「篳篥師用光」「仙人『桓闓』の話」と、ほとんど中国が舞台となった作品を収録した童話集に、犀星が『翡翠（ひすい）』と名付けたのは、必ずや何か深い因縁がある。それは、犀星にとって、翡翠は中国の「心をしろうと」する時の道具・中国「風な景色」で、同時に吉凶を占うものであることにある。その中の「一茎二花の話」（大12・11）には、昔中国に沈さんとその友達の張さんがいて、二人は非常に仲がよく一日として顔を合わさない日はなかった。ところが沈さんは不吉が起こると言われた蝉が殻を脱ぐところ（傍線強調は筆者注。下同）を見てしまった。するとその日から張さんは学校に出て来なくなった、というふうに蝉のことが出てきた。このように、もっとも中国文化の色が濃い童話集の中に、蝉を物語を起した原因として見るのは、犀星が、蝉を中国文化の代表的な物を見ていたことを物語っている。書名「翡翠」は、何かを暗示しているのではなかろう。

それに先立って、中国の秦淮の妓生馬守真と日本人陶工とが過ごした一夜を通して、馬守真の知的で柔らかな美しさと日本人陶工の焼き物に精進する孤独と苦悩の人生を描いた「馬守真」（大12・3）には、「鶯色の柔らかい、すらりとした着こながしに、結び立ての蝉髪と、そして伶俐そうな、すこし睡気を含んだ睫毛の長い瞳」をした馬守真がいる。同じ年に、犀星は「馬守真」という詩も発表したゆえ、彼がいかにもこの馬守真のことが好きなのである。この主人公の「蝉髪」を、犀星は、知的で柔らかな美しさを持つ中国伝統的女性のシンボルと見なしていることが分かる。

特筆すべきなのは、犀星の愛した「寒蟬亭」のことである。この亭は、もともと田端の借家に作ったものだったが、天徳寺の借地に庭を造る時、「田畑の書屋をこのとき持ってきて真中に据えた。池を掘り、芭蕉を植え、飛石を据えてやがて本屋を建てる準備をしてい」て、さらに甥の小畠貞一にこまごまと指示し、造らせたものである。しかも、その後、帰郷するたびに、「この三畳で南圃未翁老人と三人鼎座で話し込むと犀星は初めて故郷へ戻った気持ちになれたらしい。大抵午前二時だったと言うから支那の虎渓三笑の話と一緒である。[10]」とあるように楽しんでいた。後に、この庭園を売り払ったことに、犀星は「庭の別れ」(『文芸林泉』)や「湖庭記」(昭9・5)などにおいて繰り返して触れたのである。このことから、犀星にとって、この「寒蟬亭」がいかに重要な意味をもっていたかが分かる。

「私の小さい庭のなかに建っている粗末な草房の名前である。」「僅か膝を入れるに足りない四畳のひと間しかない、文字通りの茅屋である」のに、なぜ「寒蟬亭」という中国文人が好きな中国風な名前を付けたのか。「自分が寒蟬亭という如何にも利いた風な名前をつけたのも、春蟬の声が美しく、日は照りながらうそ寒い、小さい庭の感じを出したつもりであった。」と、犀星本人が軽々しく説明したが、「春蟬の美しい声が群がる梢の間から聞こえ、そこに目をとどめている平安な気持ちは、遠い捉えがたい思いを辿るに似ている。」「原稿の応酬、客の接待、夜半の飲酒、ヂヤズや映画や街巷からすり抜けてきた感じが、この朝茶をしたゝめる間にシミぐゝと親しまれる。」「自分はそういう雑誌と関係のない人間のように」であると思いながらも、「中央公論、改造、新潮や文芸春秋や戦旗などという雑誌」の「表紙を目に浮かべて見」るのは、「昔の聖賢は何年も山中に暮らしているように伝記に書いてあるが、聖賢といえども山中を下りて村里の灯火を恋ったものであろう。」(「寒蟬亭雑記」 昭4・7)という自己意識の裏返しに過ぎない。つまり、「文学的停滞から抜け出すためにも、金沢での庭造りは不可避であった。その庭の中心を占める犀星の思いのこもった寒蟬亭は、このような形で継承された[11]」。自らを懐才不遇の文人と自負していたからこそ、犀星はこの草庵をこよなく愛し、この亭に「寒蟬亭という風流な名前」を付けたのである。

く染められていた。次節では、作品に対する精読を踏まえて詳しく見ていく。
このように、犀星は、日本の古典、それから日本の風俗習慣における蟬のイメージに詳しかった一方、中国文化にも深

二、犀星文学における蟬のイメージ

生まれ育ちの関係もあり、「いろいろな動物の生活を見ていると、どういう生きものにも私たち自身の生きている有様が、ところどころに見られる。」（「動物詩集・序文」）から、「生きものの／いのちをとらば／生きものはかなしかるらん。／生きものをかなしがらすな。／生きもののいのちをとるな。」（同上）とあるように、犀星はずっと幼い頃より蟬を愛惜し、作品においてもそれへの哀憐の感情を抑えなかった。もっとも、犀星作品における蟬は、小さな虫けらへの哀憐以上の寓意がある。

（一）随筆から見る犀星の過去を背負った蟬

「随筆文学が大抵の作家のなかでも重んぜられているのは、作家の直接心境を手づかみにできるからである」（「小さいものから」『馬込林泉』）ゆえ、ここでは、まず、随筆を中心にして犀星が自らの心境を語るものを読もう。

犀星は、自分の不幸な生まれ育ちを振り返った時、「私がそこで夏の初めの灰色をした小ちゃい蟬の啼くのを聞き、その灰色の蟬がいかに人間の幼時を考えさせるものであるかということを考えた」（「灰色の蟬」　大13・6）り、自分の都落ちや上京を繰り返したというぼろ文士の時代を振り返った時、「蟬のしいいといえるを聞きて、いくそたび蹉跌と悪酒と放蕩の夏を迎えしことぞ」（「抒情小曲集・覚書」）と悲しんだり、亡くなった長男のことを偲ぶ時、「そのとき予の心にはたりと落ちてきた考えがあった。それは蟬というものの果敢ない取り留めないいのちと、子供のそれとが何となく似かよっているのではないか？――ということである。うつせみという言葉はあるが、始めて私はその言葉の意味を大悟した」（「昆虫音図」）りしていた。そこで、「蟬を聞いた多くのふしあわせは日々を、私のどこかの骨に刻みつけて置いたような気が」（「泥雀の歌」）して、「蟬こそ人間の骨の髄までおぼえこまれている虫である。」（昭18・7・24付日記）と痛感したのである。

第一の沈滞期において、蟬を見るたび、犀星は蟬の文化的意義への理解や感を深めたのである。『魚眠洞随筆』所収の

「蝉」では、女給が捕まえた蝉を放したことから話を展開し、そのみんみんという声を「王国の音楽」と聞き、さらにその鳴き声から亡くなった愛児のことを思い出して悲しくてならなかったのも、「かはぜみ」（大13・9）では、「秋ぜみの羽根のやぶれや通り雨」という妻の句を聞いて、妻の「近ごろ豁然として視界に動いているものを感じた。俳句をよんで見ることがらが、平常の自分の近間にあることをほのかに感じた。それゆえ折折俳句をよんで見た」ことに気づくと同時に、「人生のどんづまりで、そして何も彼も仕尽くしたぬけがらの年齢である」四十二という妻の年を感慨したり、「声の嗄れた蝉を聞いて、或る哀れを感じた」りしたのも、いずれもこれが原因である。

この中で特に印象深いのは、「蝉を考える」（昭5）である。「田舎に百姓がいるように樹木」にくっついている蝉の「顔と人間の顔とが類似している」という感慨を覚え、「親父があることだけをうろ覚えに覚えていた。親父は田舎にいた。田舎の土の穴のなかで十年ぐらい樹やそらや土の上を見ないで暮らしていた。（中略）俺の親父は何を楽しみにくらしているのだろう、そして、いったいあと何年かをあの穴のなかにくすぶっているのだろう」と、苦闘時代の自分の家庭環境をそのまま浮かび上がらせている。したがって、犀星は、「明け方から新しい浴衣を着て、殻からぬけ出たばかりの鮮やかな蝉」がだんだんと「頭の上の空が高いことを知っていた」ものに成長してゆくことを、「せみのから脱ぎをへぬ夜の明けにけり」（昭13・8）とあるように、それを一部始終観察し、それによって「幼少の時分に、恋のようなものを感じた」と深い感慨を述べたのである。

従って、「春蝉の声といい山かがしの這うのを見るということは、昼下りの生きたゆめの一とくさりである」（昭26・6・19付日記）と、他の種類の蝉に先駆けて鳴き始める春蝉のしぐれを聞くのを「生きたゆめの一とくさり」と思い込み、「軽井沢行きは、毎年七月一日と決まっていた。それはまだ避暑客の少ない時期に、小さい体の春蝉の声を存分に聞くためであった。そして三ケ月後、九月の三十日に帰京と決め、台風などがない限り、それを守っていた。[12]」とあるように、犀星は、蝉のシーズンに合わせて、自分の生活を決めたこともある。

このように、犀星にとっての蝉は、中国の文人と同じように、自分の過去を背負ったもので、犀星文学における蝉は、「幼児の自分の周辺をも思い出させる『小さく、可哀いく、いとしい』存在に対する愛、言ってみれば、自分と自分を取り巻く環境のすべてを代表する典型的な具体例で[13]」、「早くから人の世の孤独と貧しさと、愛情の飢えに悩んだ犀星自身の投影にほかならず、蝉になぞらえて自己を語っ[14]」たものである。

(二) 俳句における蝉のイメージ

前にも見たように、犀星は、古典文学に現れる虫けらにも大きな興味を抱き、それに対して深入りした探求もしている。彼は、芭蕉の俳句に現れる蝉のイメージを愛して、「閑さや岩に染み入る蝉の声」をよく引用して、

○閑寂の境には定家も西行もまだ行き着いていない、此の風流は日本の古い詩歌道の極北であり、もうその外へは行けなくなっている閑寂の地平線である。(「芭蕉論」『芭蕉襍記』　昭3)

○彼の心の透るところがこれほど深く染み出ている句はない。すこしのよどみも濁りもなく、玉のように透っている。寂寞を此処まで掴まえてみれば、寂しさの姿を見ることができる。文学の中にこれほどの「閑けさ」を掴えたものは古今に通じて稀である。

その涼しさに徹したところには汗冷える思いがする。この句をよむごとに自分は全く彼の前に降参してしまう。確かりと少しのたるみもなく張っている。水気をふくんだ岩の皺や壁の幽けさ、それに目をとどめている彼の姿も、もはや「閑けさ」の生きて呼吸する姿といっていいであろう。(「芭蕉句解」『芭蕉襍記』)

とあるように、この「蝉の声」、それからこれによる詩的境地に対する感服を度重ねて表した。

彼の俳句に現れる蝉は、

1. 蝉殻のついたるまゝや桐一葉　(明40・11)
2. 夕立今隣村にあり蝉時雨　(明41・7・22)
3. 春蝉に龍之うっとりとしている　(大13・5・21)
4. 朝蝉の遠く夕蝉の近きかな　(大13・7・28)
5. あさぜみの幽けき目ざめなしけり　(大13・7・29)
6. 秋蝉の明るみ向いて唖かな　(大13・8・10)
7. みんみ蝉の吃り夏ゆく　(大13・8・20)
8. 夕方の蝉の迅さよ寂る鮎　(大13・8・21)

9. 秋蝉の吃々として歇みにけり　（大13・9・22）
10. 蜩や庭すたれてゆく秋の枯れ　（大14・7・27）
11. 山ぜみの消えゆくところ幹白し　（昭2・10）
12. （畑打）春蝉や畑打ねむき午さがり　（昭3・9）
13. （蝉）かたかげやとくさつらなる蝉のから　（昭4・4）
14. しらかばにせみのいるま丶啼かずけり　（昭8・8・8）
15. （遂に吟懐を捨つ）鬼灯のいくついろづく蝉のから　（昭8・8・8）
16. （秋蝉）しらかばにせみひとついて鳴かずけり　（昭10・6）
17. （蝉）遠方の雲かがよいつ蝉のこえ　（昭13・8）
18. せみのから脱ぎおえぬ夜の明けにけり　（昭13・8）
19. 蝉あはれ尿清めつ立ちにけり　（昭13・8）
20. 蝉あはれ生きてなくからに腹の琴　（昭13・8）
21. （蝉）蝉一つ幹にすがりて鳴かずけり　（昭18・8）
22. 初蝉やうつつに見ゆる遠瓦　（昭23・4・26）
23. 初蝉や襖を外す寺ざかい　（昭23・7・3）
24. 生きのびて麦蝉を聞く夕かけて　（昭23・7・3）
25. 鼻つまるみんみん山のひびきかな　（昭23・8・15）
26. 夏もや丶みんみん鼻のつまりけり　（昭23・8・15）
27. 鼻つまるみんみんきけば哀しもよ　（昭23・8・15）
28. みんみんのひと声すぎて暮れにけり　（昭23・8・15）
29. あさぢふに低きみんみん鳴きにけり　（昭23・8・15）
30. 長雨や遠みんみんに晴れて来る　（昭23・8・15）

31．手にとりてあはれとおもえ蝉の傷　（昭30・7・7）
32．（山中立秋）みんみんの声山こえて遠のけり　（昭34・8・28）
33．みんみんの声山越えて夏も終り　（昭34・9・13）
34．（春蝉）昼深き春蝉の町に入りにけり　（昭34・3）

と、全体的に言えば、日本の伝統俳句における蝉のイメージを受け継ぐものが多いが、

35．ふるさとや松に苔づく蝉のこえ　（大14・7・8）
36．夕汽車に蝉とび入りて別れなる　（昭13・8）
37．夏の日よ蝉透いて君見ゆる　（昭18・8）
38．ふるさとよよれる柱に蝉の来る　（昭24・8・4）
39．（大暑城下）金沢やがらがら嗄れる蝉の喉　（昭32・8・28）

とあるように、「みんみんの声途切れ、にいにい蝉わかれを告ぐ。」（昭23・8・19付日記）と感慨深く述べた犀星が、イメージの「蝉のこえ」、「がらがら嗄れる蝉の喉」を通じて、望郷の哀しさや別れを語った俳句は、明らかに中国の古詩に通ずるものである。それは、後の詩にも通じていて、しかももっとも典型的なものである。

（三）犀星詩における蝉のイメージ

1．初期抒情詩における蝉のイメージ

いずことしなく／しいいとせみの啼きけり／はや蝉頃となりしか／せみの子をとらえむとして／熱き夏の砂地をふみし子は／けふ　いずこにありや／なつのあはれに／いのちみじかく／みやこの街の遠くより／空と屋根とのあなたより／しいいとせみのなきけり（「蝉頃」『抒情小曲集』）

大正二年九月、『スバル』に発表された「蝉頃」である。後に詳しく見ていくように、句作から詩作に、それから詩作から小説創作に、という二度の芸術創作の転進をなすたび、犀星はこの詩を引用しているのである。なぜ犀星は、この詩を執着とでも言えるほど愛していたのか。中国古典文学の角度から見たら理解しやすくなるのである。

第一に、望郷の切なさ、哀しさである。

「『せみの子をとらえむとして／熱き夏の砂地をふみし子』とは、昔の遊び仲間、そしてその時代の自分自身の姿であろう。」との指摘通り、故郷を捨てて東京に出て放浪生活を過ごしていた犀星は、東京裏町の狭い下宿で蝉の声を聞くたび、故郷で過ごした幼年時代の暑い夏の日々の思い出を蘇らせた。蝉取りへの懐旧の念を詠んだように見えるが、「『みやこの街の遠くより／空と屋根とのあなたより／しいいと』鳴いているのは、もちろん蝉の声に違いないが、その蝉こそ自分の姿だと叫んでいる犀星の肉声を聴くようだ。[15]」上京以来、文学創作によってコンプレックスから脱出して一人前の人間になるという志を得ず、憂うつの余り、悪酒・放蕩に耽って転々と下宿を変えたり、都市生活ができなくなっては帰郷するといった幾たびもなく繰り返した帰郷・上京生活と、それによる二律背反とでも言える屈折した愛憎二重の気持ちを描いたものである。帰郷すれば、暗い出生の秘密と血の繋がらない家族と故郷の人たちの白眼に心が責められる。一方、あてのない都会放浪生活の味気なさへの絶望感があり、反転してそこに由来した故郷と永遠に失われた実母への止みがたい複雑な思慕が募る。「特に郷里の地方を出で、都会に放浪している青年の男女にとっては、哀傷魂を傷る思いを感[16]」させる「小景異情　その二」（『抒情小曲集』）」に相通ずる感情である。

この詩を詠んだときの犀星の気持ちを裏付けるものとして、同時期の「灰色の蝉」（大11・4）には、次のようなものがある。「下宿住いをしてい」た犀星は、「若くして生活のあらゆるものを知り尽くした錆だらなけ心でい」て、「夏の始めの灰色をした小ちゃい蝉の啼くのをきき、その灰色の蝉がいかに人間の幼時を考えさせるものであるかということを考えたりして」、「たえず頭にまつわる家郷をのぞむ気持ち」に満ちていた。それから、「私には遠い蝉の鳴く声が答えた。（中略）谷中界隈ではいたるところの屋根の向う側や、街を隔てた谷間の裏町などでこの蝉は私に目薬さすように、故郷の風物を鮮やかに描き出させた」（「泥雀の歌」）。「何時聞いても、この灰色の小蝉の声は郷愁的で美しい」（昭27・6・27付日記）と感じた犀星にとっての蝉は、明らかに「もののあはれ」を寓意した日本の古典文学中の蝉のイメージとは違うものである。

第二に、文学創作を通しての強烈な向上意欲である。

前に見てきたように、中国古典文学において、蝉は、高潔な人柄、あるいは失意のどん底に陥っても初心を忘れぬ志のシンボルである。悲惨な生い立ちの上、ハンサムでない顔面、高等小学校二年退学の学歴、それらによる対名人コンプレックス、さらに小説家として初期三部作によって文壇への登竜門を果たすまで貧困生活に苦しんでいたことにより、幼い頃よりずっとコンプレックスに苛まれ、回りの人と平等な人間となることを目指した犀星の場合、この寓意に感銘し、創作の沈滞期を二度も乗り越え、文学創作を一途に堅持することを通してコンプクレックスから脱出する向上意欲を、蝉に託していた。これは、次に見る芸術創作の転進にあたって、彼がこの詩を引用したことによって裏付けられている。

　随筆「草の上にて」（大9・8）において、「俳句よりどれだけ詩の世界が広くて大きく、また深かったか知れない。俳句では読みつくせない微妙な心や気分の波動が、そこでは殆ど完全に表現することができるような気がした」、「私が俳句から詩へ移ってから非常な世界の広さを知ったと同様に、『小説』を書き出してから益々世界の広さ大きさ、そして深さを知った」と、それから、「詩と小説と」（大9・9）において「今迄詩を書いていて小説を書き出した時には、何だか広い。別な世界へ飛び出したような気もした」と、犀星が自ら述べたように、句作から詩作に、並びに詩作から小説創作に、というこの二度にわたる芸術創作の転進は、彼にとってはまさに「蝉蛻龍変」なのである。

　再びこの「蝉頃」詩を見よう。哀調を帯びた第二行の「しいいとせみの啼きけり」の「啼きけり」と、最終行の「しいいとせみのなきけり」にある仮名書きになっていた「なきけり」（「鳴く」あるいは「泣く」にも解釈できる）とが、対照的に書かれるのは意味深いことで、志を得ずの犀星の向上意欲の強烈さ・切実さを表している。これも、日本文学における「もののあはれ」とは明らかに違っている。「異郷の地の蝉の鳴き声から故郷での少年期を連想する心象が表現されている。蝉の鳴き声は魂を癒すような澄んだひびきである[17]」原因は、ほかならぬここにある。

　大正三年九月に発表された「天の虫」は、犀星のこの向上意欲を最もよく表した「蝉詩」であろう。

　　松はしんたり／松のしん葉しんたり／すがたを見せぬ日ぐらしの／こえを求めば／あらぬ方より／かなかなかなと寂しきものを／松のむら立つ／寺の松／梢をながめかなかなかなを求むれば／かなかなむしは天の虫／啼くとし見れば天上に／かなかなかなと寂しきものを（「天虫」『抒情小曲集』）

　坂本正博氏が考察したように、「東京での貧困生活で荒廃した心から抜け出て、〈天上〉と呼応することで初めて、心象の闇の奥を照らし出す〈寂しき〉光に覚醒していく」ことを描くこの詩において、犀星は、自己の潜在意識を地上の形相から「梢」「天の虫」「天上」という比類へと変容・昂揚させ、日ぐらしの鳴声も、「天上からのある種の啓示へと変容して昂揚していく」。しかも、蝉詩だけではなく、「合掌」など一連の作品を通じて、「当時の犀星は、聖なるものに祈祷することで変容し高揚した心象で、同時に、地上的な形相から自己の存在への類比を導き出すという意味でのアナロジーを直感的に体得しつつあった[18]」のである。

ここで、ほかの文人と違った犀星の蝉観の独特な点に注目しなければならない。

普通、蝉はか弱い虫けらとして見なされて、思わず人に哀愁や憐憫を寄せさせる。犀星の蝉には、その一面を受け継いだものもあるが、力強くてめげずに頑張るという彼の独特な一面もある。

「蝉が一どきに鳴き出した／声をそろえて戦いだすように／大きな城壁のような林の奥から……。／みんな鎧を着ている／弓矢をつがえている／林と林とがつながりあっている。／そこをゆく汽車の音さえしない。／ただ一さいにかちどきをあげている。／そして一枚の葉もうごかないのである。／しずかに熱く土さえ暑く。」（「城壁」大9・12）とあるように、第一の沈滞期に陥った犀星の目では、蝉は、「みんな鎧を着ている／弓矢をつがえている」戦士で、「声をそろえて戦いだ」し、「ただ一さいにかちどきをあげている」。こんな力こそ、「そこをゆく汽車の音さえしない」、「一枚の葉もうごかないのである。／しずかに熱く土さえ暑く」と、人には感じさせるのである。

蝉に託した犀星の向上意欲は、こんなにも強いもので、しかも、後に見ていくように、ずっと犀星の生涯を貫いたものである。生涯二度目の高揚期を経て、その第二の沈滞期に滑り陥った犀星は、『印刷庭苑』（昭11）所収の「再生の文学」を書いたとき、再生の虫とされる蝉のことを意識したのか、少なくともさらなる創作活動ができるようにこの虫を縁起のいいおまじないと見なしたのであろう。

2.「避戦」と「夕映え」の詩における蝉のイメージ

戦時中、犀星は、『美しからざれば悲しからんに』（昭11）所収の「蝉」と、『改造』刊行の「野に記されたもの」（昭15・6）と、『公論』に発表され、「さみしうれしと鳴けり」から始り「蝉の後」で終わる十一篇の詩から成る連作の「哀蝉行」（昭15・9）と、『動物詩集』（昭18）収録の詩編とに集中的に蝉を書いている。戦時下の犀星の詩作は、「避戦的」なものであるとよく指摘されてはいるが[19]、「戦禍の間にも、詩というものから離れていなかったことは、よくよく描くことによって生きるすべを、身を以って知っていたためかもしれぬ。」（「旅びと・序文」昭22）とあるように、見過ごされるのは、創作一途な犀星には、「避戦」だけに留まらず、「国策文学」政策に屈服せず、それを心の支えに、文学創作を続けることによって向上意欲を満足させようとしたことである。

まず、中国東北地方への旅中に創作した「蝉」を見よう。

犀星は、「此処こそは奉天」というところで、日本と同じく「じいいとは鳴きけ」る「形小さき」「満州の蝉を頬にあてたって、かって蝉に自己を託して傷みを訴えた。あの哀しい昂ぶりはすでに影をひそめ、旅先で出会った蝉に淡いノスタルジィを誘われたように、異国の蝉と交信を試みる詩人の余裕の姿だ、ゆったりと捉えられる。[20]」と指摘されているが、「よくよく描くことによって生きるすべを、身を以って知っていた」犀星には、「私のこんどの旅行には或る後援から金を貰ったように伝えられていたが、事実は満鉄からの招待でもなければ或る後援にも拠らずに私の金を持っていったに過ぎなかった。」(『駱駝行』)とあるように、政治とは関係なく「詩のかたちをもって、微熱のほとぼりのようなもの」を「綴るともなく」(「序文並びに解説」『哈爾浜詩集』)、戦死者への尊敬と悲しみの気持ちを表した「荒野の王宮」や、立ち遅れた中国や中国人への哀れな気持ちを表した「石獣」や、帝政時代のロシアへの憧れを表した「荒野の都」「はるびんの歌」「春の濁り江」「君子の悲しみ」などを書いている。

以上述べたように、これは二十世紀後半に日本政府の提唱していたいわゆる「国策」に呼応して、日本政府や関係新聞社などの援助を利用して中国を訪問し、「国策文学」を創作した日本のほかの作家とは明らかに違って、「意識的に国策文学などの主流的イデオロギーの束縛から逃れ、詩人の独特の視覚と精緻な筆致で中国東北のいくつかの大都市に対してオリジナルな闡明と解釈をなした。[21]」

それから、「野に記されたもの」を見よう。

「一疋の蝉がじいいと鳴き立って／天に向って／火の粉のように舞いあがって行った」ように、向上意欲に燃えていた作者は、一生懸命に励んできたが、戦時下様々な苦労をなめて、「蝉は天にかぎりなく／あんまり広いので怖くなり／羽根が萎えるような寒さが感じられ／驚いて落ちた。」というふうに、天は広大で無限の力を与えるには与えるが、自分の力を尽くして舞い上がろうとしても及ばないと分かり、「こんどは木から木のあいだを飛び廻った。(中略)／蝉はよろこんで飛び廻り／歌をうたいつくし／羽根のやぶれるまで生きていた。」とできる限りに飛び廻り、歌いつくしたのである。言い換えれば、「なんでも、やれるだけやろう、やれなければそれでたくさんではないか」（「私の履歴書」）というふうになった。まさに「吾十有五而志于学、三十而立、四十而不惑、五十而知天命、六十而耳順、七十而従心所欲、不踰矩（吾れ十有五にして学に志ざす。三十にして立つ。四十にして惑わず。五十にして天命を知る。六十にして耳従う。七十にして心の欲する所に従って、矩を踰えず）」（「為政」『論語』）そのものである。

　また、連作の「哀蝉行」を見よう。

　犀星は、「おのれ死なむことを知らず／ただに鳴きやまざる」（「かくて」）、「何も彼も知りてうたえる」（「歌は知らざれど」）、「哀しうれしさみしと」（「さみしうれしと鳴けり」）鳴く蝉の鳴き声を愛聴したり、「一つ茎に上りてつながれ」た「爪のはしまで／繊き形」をした「蝉のから」（「蝉のから」）を凝視したり、「わが肩の上に／泥のごとき蝉ひとつ来」たことを「野にめぐみあらなん。／我も蝉にも幸あらなん。」（「我も蝉も」）と喜んだりして、「われあまた蝉のうたをつづりぬ」（「さみしうれしと鳴けり」）原因は、もうすぐ死んでゆく蝉と、「いずこに行きて求むれど／いまはや絶えて／原稿紙さへも／ひさぐ店すらなかりけ」（「蝉の後」）る自分の境遇とに共通点を見つけ出し、「同病相憐れむ」感を湧かせたことにある。が、一途に自分なりの創作を堅持する犀星は、「紙なければ／わが歌は砂のえに／指もてしるし／蝉のうたさえ絶えんとはせり。」（「蝉の後」）と、最後まで戦い抜くと決意したのである。したがって、「蝉はみな地に消えたり。／翼さえあとをとどめず／みな地の遠きに消えたり。／野は日を趁い／生けるものと別る。」が、「あはれ明年もまた汝らと逢わなん。」（「明年」）と誓ったわけである。

　最後に、『動物詩集』収録の蝉詩を見よう。

　従来、ずっと幼い頃から動物を愛惜してきた作者は、時局の動向を考えて児童を対象にして無難な『動物詩集』を刊行したり、か弱い生命をおしんだりして、これを「避戦」の手段にしたとされてきた。確かにそのとおりであるが、「こいつが鳴いているところは／とてもりっぱで／ほかの蝉の声が／きこえないくらいだ。／みんみん蝉は／蝉の王様だ。」（「みんみんのうた」）、この「世界一の音楽」を聞いた「小鳥たちははずかしくなる」（「ひぐらしのうた」）というふうに、戦時中自分の創作を自慢したりする犀星の姿を思わせる。と同時に、その「うれしいようで　かなしいような」「声をきいていると、秋が近いことを思わせます。」（「つくしこひしのうた」）から、自由に創作できない犀星の悲しみを伺わせる。けれども、作者はやはり「せみよ／ばったよ／とんぼうよ／みんな来年までさようなら」（「かまきりのうた」）と、未来は明るいと頑なに信じている。

このように、五十歳を過ぎた犀星は、我が人生を振り返り、これらの蝉に人生感情を投影し、依然として自分の心象風景として蝉を描くことを通じて望郷の悲しみ、及びに自分の向上意欲を表していた。

（三）小説と童話における蝉のイメージ

コンプレックスに苛まれた犀星は、「蝉頃」などの詩篇に一脈相通じた、蝉への愛着を込めていて、「故なくして哀れな蜻蛉や蝉を殺すことが、絶大な罪業として取り扱い且つ警めてあることであった。（中略）弱々しい抵抗力と武器とをもたない生きものに危害を加えるということは、本能的に悪いことのように思われていた。」「不思議なくらい私は蝉や蜻蛉や蟻や蝶々の命を取ることを、自分に訓令して決して為し得なかった、ただに可哀想であることよりも、そういう殺すということが嫌な気持ちになり恐れを感じたからである。」（「弄獅子」）などとあるように、「弄獅子」「泥雀の歌」など一連の自叙伝的作品において蝉への哀憐を寄せたりした。

それから、「老人と星」では、「病的な蒼白い羽根をよわよわしく微かな音を立てながら、ひろひろと震わしながらいた。それが弱い生まれかけの優しさに満ちていた。」「殻から半分ばかりからだを脱け出した一疋」のか弱くて小さな蝉に微を極めた観察を施し、童話だけにその愛惜をいっそう湧かせている。「虫の章」（『信濃山中』）では、か弱い生命を守るために小鳥を狙った蛇を殺したり、蝉を銜えた小鳥を射落としたりするだけでなく、人間より虫を愛するゆえに、使える者に疎まれ、理解してくれるはずの夫にまで裏切られた瑞葉を借りて、か弱い小動物への哀憐を訴えている。

特筆すべきなのは、「つくしこひしのうた」（昭14・8）である。「情緒纏綿というのか、ひたすら一人の男への愛をうたいあげてゆくこの作品は、実は妻とみ子の発病がきっかけとなっており出されたもの[22]」で、とみ子夫人と作者とが文通を通じて付き合い始め、次第に互いに引きつけられ、最後に誤解も融けて、桜橋の土手でデートし、婚約を結ぶに至った経緯を題材にしたものである。作品中、デート時に聞いた「つくしこひし」の声を思い出に、東京へと嫁いでゆこうとするシーンは非常に印象深い。「永遠にやってこない女性」を憧れて待っていた犀星は、「ひたすら一人の男への愛をうたいあげてゆく」手紙を自分の愛する「つくしこひしのうた」に譬えている。

おわりに

小学校を中退し、一給仕として社会に踏み出たにもかかわらず、見よう真似ようで句作から詩作に、それから詩作から小説創作に転進し、起伏極まった生涯を行き抜いた犀星は、戦後文学の名作とされる「杏つ子」をはじめ、多ジャンルにわたって豊富多彩な成果を残し、日本近代文学史において確固たる地位を獲得したのである。その生涯の中で、日本文化における蝉のイメージ、とりわけ中国古典文学における蝉のイメージの影響を受け、優れた「蝉もの」を完成したのである。犀星における蝉は、望郷の哀しさと、文学創作を通じて少なくとも皆と平等な人間になるという向上意欲、それから何にもめげずに堅持してゆく志の象徴なのである。

【注】

（1）小林弘子「犀星若き日の自己投影『蝉』」（大森盛和、葉山修平編著『室生犀星寸描』龍書房　2000・9）78頁
（2）坂本正博「室生犀星の蝉の詩」（『室生犀星研究』第18輯　1999・5）45頁
（3）伊藤信吉「室生犀星（没後40年）満州国の旅」（『すばる』2002・9）73頁
（4）体裁・内容から分類した、漢詩表現の六種の形態の一つで、事物に感じて思いを述べることを指す。
（5）馬茂元・趙昌平編『唐詩三百首新編』（岳麓書社　1985）15頁
（6）村越貴代美「蝉のうた」（『中国研究』〈4〉　2011・3）84頁
（7）宋徳成「蝉、ひぐらしを詠む万葉歌と中国文学」（『京都大学国文学論叢』〈20〉　2009・2）2、5頁。
（8）井波真弓ら「『源氏物語』における源氏と空蝉の恋」（『可視化学会論文集』Vol.25　No.5　2005・5）9頁
（9）林土岐男「翡翠と犀星」（『室生犀星研究』第32輯　2009・11）109頁
（10）小松砂丘自筆原稿「室生犀星書斎　魚眠洞之記」。藏角利幸「天徳院寺領　寒蝉亭のその後」（『室生犀星研究』第31輯　2008・9　7～8頁）より孫引き。

(11) 藏角利幸「天徳院寺領　寒蟬亭のその後」（注10前掲書）15頁
(12) 室生朝子「文章を綴りはじめる」（『父　犀星と軽井沢』　毎日新聞社　１９８７）204頁
(13) 澤田繁晴「犀星を解く三つのキーワード」（『室生犀星研究』第37輯　２０１４・11）127頁
(14) 前掲注１、76頁
(15) 前掲注１、75～76頁
(16) 萩原朔太郎「室生犀星の詩」（伊藤信吉、中桐雅夫ら編集『萩原朔太郎全集』第七巻　筑摩書房　昭51）562頁
(17) 前掲注２、50頁
(18) 前掲注２、49～50頁
(19) 詳しくは、注３前掲伊藤信吉「室生犀星（没後40年）満州国の旅」参照。
(20) 前掲注１、78頁
(21) 祝然「従『哈爾浜詩集』看室生犀星眼中的中国東北都市」（『江淮論壇』第五期　２０１２・10）21頁
(22) 笠森勇『犀星の小説100編――作品の中の作者』（龍書房　２０１４）179頁

第六章　犀星における「杏」の象徴的意義とその働き

芳しくない生い立ちのゆえ、自然に人一倍の親しみを求める犀星は、ふつうの日本人より杏に対して更に強い感情を抱き、幼い頃から細かい自然観察を行った。それは、後に彼の俳句をはじめとする文学作品に実り、杏とその花が、犀星文学のキーワードの一つとなったのである。俳句では、『室生犀星句集　魚眠洞全句』（北国出版社　昭52）をもとにした調査では五十二句収録され、詩では杏に自分の強烈な向上意欲を込めたものは十篇、それから数多くの散文がある。

従来、杏は、彼の「脱出意欲の強烈さを明らかに[1]」したもので、とりわけ、彼の生涯を締め括る代表作で、昭和三十三年度読売文学賞を受賞した『杏っ子』は、「追憶・郷愁・女性への憧憬を託し、朝子への思いを結晶させ[2]」たものだと認められている。しかし、なぜ犀星は自分の文学作品においてこのイメージを作り上げたかについて、まだ全面的な追究はないようである。

が、杏への犀星の愛は、決して自然風土的なものではない。俳句だけを例にして見れば分かるように、「明治四十年頃まで遡る」「犀星の聖書受容[3]」の前後、犀星の俳句には、杏を詠んだものはない。「杏」という漢字の入ったものまで、と無理をして言うなら、「銀杏樹下古着渡世や燕飛ぶ」（明41・6・26）という一句しかない。しかし、特別なイメージを帯びて彼の抒情詩には登場して以来、杏というものは彼の文学創作を貫くキーワードとなった。殊に第一の沈滞期において、大正期の「支那趣味」、とりわけ親友の芥川龍之介の史実小説創作に影響されたゆえ、犀星が東洋文化と中国文学に大きな関心を抱き、相当深い理解に達してから、杏は彼の作品に頻出するようになったのである。

概して言えば、加賀百万石の伝統文化が受け継がれた金沢で生まれ育った犀星は、知らずのうちに、中国文学における杏の象徴的イメージに影響されても不思議は無かろうし、聖書に熱中した時期に聖書における杏のイメージに染められたことも十分にあり得るのであろう。が、第一の創作の沈滞期に陥るのを境にして、それ以前、中国文化と古典に対する犀星の理解はまだ浅かったと言うしかなく、彼の文学作品に出た杏のイメージは、聖書に大いに影響されたかと思われるが、それ以後、中国文化が背景たる彼の「杏もの」が多くなったと思える。

もちろん、犀星にとっては、「杏」という木だけではなく、凡ての木は、特別な意義があるものである。それに関して、第七章「犀星における『緑』と『木』の象徴的意義とその働き」において分析していく。

本章は、私達人間が自然界に成長している杏から直感したイメージから着手して、キリスト教、中国文化、それから仏教における杏の象徴的イメージに照らしながら、犀星の文芸世界における「杏」の象徴的意義とその働きを探ろうとするものである。

一、洋の東西における杏のイメージと犀星における受容

洋の東西を問わず、昔から杏はいろいろなイメージで親しまれてきた。

原産地の中国では、三千年以上の栽培歴史があり、後に世界各地に広がり、多くのところで好物として食用・薬用されてきただけでなく、杏を夢見たら運がつくというイギリスの例が示すように、文化的なイメージも帯びている。

(一) 西洋における杏の文化的意義とそのイメージ

「読む物と云っては、一冊の聖書に限られていたこともあった。渠は其の一字一句にも、昼夜不断に溢る、血涙を浸しながら、剰さずそれを通読した。」[4]と藤沢清造氏が紹介した如き、かつて聖書に夢中になっていたことがあったゆえ、犀星は、聖書における杏の隠喩的意義も知っていたと思ってよかろう。聖書では、杏のことは、アーモンドと言う。説明と引用の便の為に、この部分では、杏をそのままアーモンドと言う。

杏の花を春の到来を告げる花とするのは、世界共通のことであろう。イスラエルでも、一月の終わりから二月の初めにかけて、まるで冬の眠りから醒めて早春の舞台を独り占めんばかりにピンクがかった白い花をひと際早く満開させたアーモンドは、冬の気配の残る陵地の斜面や田園を美しく飾るだけではなく、人々の心に温かみをも与える。が、日本と違うのは、聖書では、アーモンドは説得力のある譬えに用いられることである。例えば、イスラエルの十二の部族はそれぞれのために一本の杖をエホバの前、会見の天幕の中に置いて、だれがエホバの任命した大祭司であるかを、エホバに示していただこうと願った。結局、翌朝、「アロンの杖が芽を吹いていた。しかもそれは芽を出して花を咲かせ，熟したアーモ

ンドをならせていた。」（民数記　17：8）[5]後に、「全面に金をかぶせた契約の箱」の中には、「マナを入れた金のつぼと，芽を吹いたアロンの杖，そして契約の書き板がありました。」（ヘブライ　9：4）とあるように、油そそがれた大祭司であるアロンを神が是認しておられたことを示す証拠として花を咲かせ、実をならせたこのアーモンドの杖は、契約の箱の中に保管されたのである。

　それほど神聖な花だけあって、エホバは、「アーモンドの花の形をした三つのがくが一方の組の枝にあって，節と花とが交互になり，アーモンドの花の形をした三つのがくがもう一方の組の枝にもあって，節と花とが交互になっていた。燭台から出る六つの枝はこのようになっていた。そして，燭台にはアーモンドの花の形をした四つのがくがあって，その節と花とが交互になっていた」（出エジプト記　25：33，34；37：19，20。同じ文句が二度と出ている）という、幕屋の聖なる場所を照らす金燭台をアーモンドの美しい花を模った物に作るように望まれた。ベザレルは、エホバのご要望に応じて美しい純金の燭台を作った。

　民間でも、「あなた方の入れ物の中にこの地の最良の産物を入れ，それを贈り物としてその人のもとに運んで行くのだ。少しのバルサム，少しの蜜，ラダナムゴムとやに質の樹皮，ピスタチオの実とアーモンドを」（創世記　43：11）とあるように、杏の実は常に珍重され、息子達がエジプトに戻って行く時、ヤコブはその実を贈り物の一部にしたこともある。

　恐らく犀星文学に最も大きな影響を与えたのは、「エレミヤ」に出たアーモンドの隠喩的イメージであろう。自分がエホバに諸国民への預言者として作られたと聞いて、「わたしは少年にすぎない」と言って躊躇って自信がなかったエレミヤは、宣教奉仕の最初に、幻の中でアーモンドの木の横枝を見た。それは何を意味していたのか。

　「エレミヤよ，あなたには何が見えるか」。それでわたしは言った，「アーモンドの木の横枝が見えます」。すると，エホバはさらにわたしに言われた，「あなたはよく見た。わたしは自分の言葉を遂行するため，それに関してずっと目覚めているからである。」（エレミヤ　1：11，12）

と、エホバは、諭したのである。ヘブライ語の聖書では、「アーモンドの木」という意味の「シャーケード」の後に、「ずっと目覚めている」という意味の「ショーケード」が出たというしゃれ表現に注目すべきである。「疲れ果てることも，うみ疲れることもな」（イザヤ　40：28）い神たるエホバは、わざわざ「ずっと目覚めている」という表現を使うのは、杏の木のイメージを用いて、業を最後にまで果たそうとするご自身の意向をエレミヤに強く示したためである。これで、アーモンドを指すヘブライ語は、字義通りには「目覚めているもの」を意味する。

このように、聖書に言及されたところが数こそ多くないが、その美しい花をつけたアーモンドの木のことは「目覚めさせるもの」として貴ばれたことに注目していただきたい。不遇な文学青年犀星が、一日も早く文筆によって立身出世できるために「ずっと目覚めて」頑張っていたのは、このイメージに感激したことが原因であろう。現に、犀星は、「続上野」（原題「聖書」　昭22・8）では、「お芝居じゃないわよ。これ聖書という本なのよ。――悉く名物の杏の花ざかりで、あたりは底光のつやを見せた雲のかたまりが、一面に下りているようであった。」と、薄幸な姉妹達を守るように、杏は花を咲かせていた光景がある。聖書と杏子とを意識的に並べていた犀星は、何かを匂わせているのではないか。

犀星文芸の中の杏のイメージを言うなら、何といっても「小景異情　その六」（『抒情小曲集』）が一番感動を与えるものである。「あんずよ／花着け／地ぞ早やに耀やけ／あんずよ花着け／あんずよ燃えよ／ああ　あんずよ花着け」と、強い志を抱いただけに、無名不遇の詩人は、杏の花に対して、呼びかけ用の「よ」と命令形語尾の「け」とをくり返し用いて、燃えるような花を着けよという、「ずっと目覚めている」ほどに頑張っても出世しようとする切迫な熱望を溢れんばかりに表現している。これが原因であろうか、犀星没後の昭和三十九年五月、この詩を刻んだ文学碑は、郷里金沢市中川除町に建設され、その後方に杏の木が植えてある。

「死の1年ほど前の自らを俎上に載せ」、「ほかの作品と異なり、いちだんと随想的で身辺回顧風の作りで」、「ドストエフスキイの描く世界をちょっと思わせ、犀星若年の作『蒼白き巣窟』や『一冊のバイブル』を髣髴させるところ」のある「我が草の記」（昭35・4）には、哈爾浜に出た「私」は、或るロシア人娼婦のところを訪れたが、体を求めずに酒だけを飲んだ。なじみとなったこの女と別れる時、街角で求めた杏の花を奉げ、女にその胸を眼に収めておきたいので、上着を脱ぐようにと頼んだ。その後、女からウラルダイアという本物の宝石をプレゼントとして出された。そのことに対して、笠森勇氏は、「『娼家の王女』とは何か、ほんとうに女とは何もなかったのか、なぜ杏の花だったのか、女はほんとうにウラルダイアのカフス釦をくれたのか、等々の疑問符である。[6]」と連発的に疑問を投げかけている。謎解きは難しいが、キリスト教における杏の文化に染められたこのロシア人の娼婦は、「わたしは自分の言葉を遂行するため」に、「説得力」と

「目覚めさせる」力を持たせるこの杏の花から、「私」が自分に幸運をもたらす人間であると信じ込んで、ウラルダイアを返しに出したのであろう。「私」もキリスト教における杏の文化的イメージをよく知っていて、それをこの娼婦に奉げて、その返しとして出されたウラルダイアを大切にし、指輪に作り替えて妻に奉げ、また妻が亡くなった後、一個は愛娘に渡し、一個は自分で保存するようになったのであろう。いずれにして、犀星にとって、杏の花は重要であるのは確かなのである。

（二）中国における杏の文化的意義とそのイメージ

周知のように、中国に深く影響されたゆえ、中国文学における杏のイメージは、そのまま日本で通用されてきた。犀星の文芸作品における杏のイメージは、次に紹介する中国の杏文化を受容したものであろう。

第一に、杏壇（緇林杏壇（しりんきょうだん））である。

「荘子・雑篇・漁父」には、「孔子遊乎細帷之林，休坐乎杏壇之上，弟子読書，孔子弦歌鼓琴。」という記録がある。このことを記念するために、一〇二四年（宋朝）に、孔子の末裔は、山東省曲阜に建てられた孔子廟の大成殿の前に杏の木を植えて、杏壇を作った。その後、杏壇は講堂や学問所の代名詞となった。更に、清の時代の乾隆帝「杏壇」詩「重来又値燦開時，幾樹東風簇絳枝。豈是人間凡卉比，文明終古共春熙（又燦開時に再び来た、東風が幾樹かの絳枝を簇する。人間界の平凡な卉が比べ物になるものか、終古の文明と共に春煕す）」がある如く、中華文明・儒教・教育界・聖人のシンボルともされている。そこで昔の中国の学堂には、普通孔子廟が設けられ、その中には杏壇が建てられている。

学堂・孔子廟のこの配置は、日本にも伝わった。日本最初の学校とされる足利学校には、入徳門、学校門と杏壇門があり、杏壇門をくぐると孔子廟である。江戸幕府最高の学府である湯島聖堂をはじめとする各藩校にも杏壇がある。一七九二年十一代藩主前田治脩によって設立された加賀藩の藩校明倫堂（「孟子・公孫丑」に出た「皆所以明人倫也（皆人倫ヲ明ラカニスル所以ナリ）」に由来）も、はじめの時、聖堂（孔子廟）を設ける予定であったが、学問の神として崇められた菅原道真の末裔と称した前田家は、最終的には代わりに菅原道真を学校の鎮守・先祖神、金城霊沢として祭り、天満宮を建てたという。菅原道真を祀った神社の中で金沢市の市街地に最も近く藩校の鎮守であったという経緯もあって、今日に至っても毎年の受験シーズンには、数多くの受験生が参拝に集まる。

小さい時、杏壇、それから聖堂のことが分からなかったかもしれない犀星は、東京に行き、中国古典文学に沈潜した後にこのことが知らないはずがなかろう。現に彼には「孔子」（大12・4）がある。「舟を一人で漕いでいる翁（多分老子であろう）の自然な孤独にかなわなさを思うところが気持ちよい。犀星の正直さのあらわれであ」り、「孤独な孔子を心を描いている」[7]とされているが、実は「自分よりずっと上の人のように思われた。――かれは弟子たちに見えぬようにして、手を合してそのうしろ姿を拝んだ。」とあるように、強烈な向上意欲に燃えた犀星の、自分より偉い人に対する敬服、そして出世できるためにはどんな努力でも支払うという決心が伺える。この小説の中には、杏壇という言葉こそないが、「麗らかな春の日のことである。」「林の中」で「孔子は木の根に腰をおろすと、しずかに琴を弾きはじめた。」「樹はかこまれた丘のまわりには、いまは全きまでに色めいた青菜がすくすく隙間なく網の目なりに空を覆って、その間を点綴するいち早い花（傍線強調は筆者注。下同）の数々が、美しい琴の音いろにうっとりと重なりかかって、聞耳を立てているように冴えていた。」それから弟子たちも「樹の間に座っている」とあるように、明らかに「杏壇」をイメージしたもので、荘子の「漁父」が知らなければ、この小説ができないに違いないと思える。

さらに、「庭を造る人」には、「相送臨高臺、川原杳何極。日暮飛鳥還、行人去不息（相送りて高台に臨めば、川原杳として何ぞ極まらん。日暮飛鳥還るに、行人去って息まず）。」という王維「臨高台送黎拾遺」詩が引用されている。犀星がどの本でこの詩を読んだか追究する手管はないが、『全唐詩』で勉強するのがふつうであることを思慮してその本を開いてみたら、第百二十八巻第五十三篇たるこの詩に次いで、第六十七篇は、「採菱渡頭風急、策杖村西日斜。杏樹壇辺漁夫、桃花源裏人家（菱を採れば渡頭に風急に、杖を策けば村西に日斜めなり。杏樹壇辺の漁夫、桃花源裏の人家）。」という、あまりにも有名な「田園楽七首・其三」である。中にも「杏壇」のことがきちんと出ている。

第二に、杏園と杏梁である。

七〇五年より、科挙試験に合格して進士になった人は、日本真言宗の開祖である弘法大師がかつて留学した長安青龍寺の隣にある「曲江杏園」で祝宴を開く習慣ができた。ちょうど三月頃で杏の花が満開する時期であるゆえ、この宴は「探花宴」（「探花」は、科挙試験の第二位の呼び名で、「花を採る」ことにかけている）と、そして進士は「紅杏園中客」と呼ばれる。全体的に見れば、『全唐詩』詩題には、杏は九十八回も杏園は二十六回も出て、それから詩の中に杏園は七十回も出ている。[8] 鄭谷は「曲江紅杏」においては杏を「春風及第花」と、「杏花」においては杏の香りを「登竜客」に属するものとしたが如く、杏の花は科挙試験に合格し、登竜門したことを意味する吉の花で、「杏花」を夢見たら試験に合格できると信じられていた。この習慣はずっと踏襲され、芥川龍之介が取材したことのある中国唐の時代の「伝奇小説」にも、犀星が参考したことのある馮夢竜の「三言」にも幾度と無く、例えば『伝奇小説』の一本目の「李娃伝」に出たことがある。芥川龍之介に倣って歴史小説の創作を開始した犀星も、『伝奇小説』を通読したのであろう。しかも、今日の日本でも、このイメージが受け継がれた「桐杏」「杏」という塾の名前もここが源である。

杏梁というのも、中国の文学作品において抽象的な意味を帯びている。漢の時代の司馬相如「長門賦」に、「飾文杏以為梁（文杏を飾ってそれをもって梁とす）」という形で初めて出たとされる「文杏梁」は、知識人の文才、学識の象徴である。代表的なのは、「文杏裁為梁，香茅結為宇。不知棟里雲，去作人間雨（文杏を裁ちて梁と為し、香茅を結んで宇と為す。知らず棟裏の雲、去って人間の雨となる作るを）。」という内容の王維「文杏館」（128～25）であろう。犀星もこの詩を読んだのであろう。

また、中国において「杏」と「幸」は同じ発音なので、よく掛詞として使われ、幸運の花と見なされる。唐の伝奇小説『遊仙窟』に出た「忽遇深恩，一生有杏（突然深恩に遇して、一生幸運あり）。」が初めてだと推測されている。

第一の沈滞期に、犀星には「一茎二花の話」という童話がある。中に出た中国人の張さんも沈さんも、後に「翰林院の学士となって立派にくらしたそうです。」と書いてある。「翰林」のことを知っている犀星は、この文化人にとって大切な杏園と杏梁の象徴的意義も知っていると理解しても差支えはないであろう。

第三に、女性の象徴である。

ずっと昔から杏の花のピンク色に因んで、「杏臉桃腮」、または「杏腮杏眼」が示すように、中国で杏の花は美人を譬えるのに使われてきた。これとは関係があるのか、「唐氏」の中に出た主人公の陸遊の「馬上作」には、「楊柳不遮春色断，壹枝紅杏出墻頭（楊柳春色不遮断つ、一枝の紅杏頭墻より出ず）。」という言葉がある（「春色満園關不住，壹枝紅杏出墻来（春色園に満ちて、関すれども住せず。一枝の紅杏牆より出で来る）。」という宋の時代の詩人葉紹翁「遊園不値」ほど有名ではないが）。時代が経つにつれて「紅杏出墻」というのは、人妻の不倫・浮気の意として象徴的に使われるようになった。こんな影響もあろうか、日本の花言葉では、杏は、はにかむように咲く姿から乙女のはにかみを、春本番を迎える前に咲くところから早すぎた恋を表したりするように、日本でも女性をも連想させるものである。

　民間だけではなく、皇室でも杏葉を女性表彰のために使われてきた。一八八八年、日本政府は、瑞宝章と同時に女性のみに授与する勲章として宝冠章（ほうかんしょう）制度を頒布した。頒布当初、勲一等から勲五等までを制定しただけだが、一八九六年に勲六等から勲八等までが追加制定した。以後長らく八等級での運用が行われていたが、二〇〇三年の栄典制度改正により勲七等と勲八等が廃止、漢数字による勲等の表示がなくなり、現在では六つの級での運用である。当初のデザインは、古代の女帝の冠を模した宝冠を中心に周囲には真珠と竹枝、桜の花葉を配している。また章と綬の間にある金具の鈕（ちゅう）は、勲章の位によってその形状が異なり、古来宮廷に仕えていた女官の装束の紋をそれぞれモチーフにしていて、その紋様は、最上位の大綬章から「桐花」「牡丹」「白蝶」「藤花」「杏葉」「波光」の順となり、七等と八等は紐を持たない。

　先ほど犀星の文芸では、杏は姉、生母、永遠にやってこない女性像につながっていると紹介した。ここでは俳句におけるそのイメージを見よう。

　杏熟れむすめらの頬はいかばかり　（昭23・6・10）

と、熟した杏はいかにかわいい娘らの顔に似ているかを感慨深く詠んだ、解釈するまでもない簡単明瞭な俳句である。

　次の俳句に描写された杏も、こんなイメージを連想させるものである。

　あんずの花かげに君も踴むか　（大13・3・12）

　あんずの木を見上げる女の扇　（大13・9）

　あんずまんまるいおとめのたもと　（大13・9）

（はじめて杏のなりければ）

　あんずあまそうなひとはねむそうな　（昭9・8）

第四に、名前としての杏である。

中国では、ずっと昔から杏やその花が女の子の名前として使われてきた。日本では、杏、惟杏、銀杏などと苗字としてだけではなく、名前にもよく使われている。Ciniiデーターベースで検索するだけでも、杏、杏子、杏奈、杏美、杏南、杏

一、杏菜、杏紀、杏紀子、杏沙、杏吏、杏湖、杏梨、杏平、杏里、杏実、杏坪、杏彌、杏月、杏村、杏介、杏侑、和杏、杏耶、杏太郎、杏寿、杏夢、杏衣、杏里奈、杏佳、杏衣、杏斎、杏三、杏佳、杏野、杏乃、杏奴、杏美、茉莉杏、美杏、杏梨、杏珠、杏果などというふうに、論文の作者に数多くの「杏」の入っている名前が出てくる。

この原因に関しては、可愛らしい実をつける杏は娘の顔にぴったりしていたり、実のなる木の名前なので「一生食べることに困らない」という謂れがあったりするというイメージのほうからの分析や、熟せば甘みを増すことから成長による発展を表わしたり、その成長しようとする姿勢は人生に甘みをどんどん増して他人に埋もれぬ個性を持つ存在となったり、実のある人生という願いが込められたりするという「人間成長」のほうからの分析もあれば、「口」に「木」が生えているゆえ、自ら発する言葉は、相手を木のごとく成長させ実を与えるという意味を持っているという姓名鑑定みたいな立場からの分析もある。もちろん、(三)の部分で分析する「仏教における神仏への奉物としての杏」に因んでいるという原因もある。『杏つ子』とその主人公の杏子には、犀星の願いが込められていると推測できる。

第五に、「杏林」のイメージである。

犀星の作品に直接的な影響はないようだが、杏林という言葉もある。

『神仙伝』によると、呉の国の董奉(とうほう)という賢医は、治療を受けた貧しい人から治療費をとらず代わりに、重症者には五株、軽症者には一株の杏を植えさせ、数年にして家のまわりに杏の林ができた、という。それ以来、杏林というのは、医家への美称と、「杏林春暖」「杏林春満」「誉満杏林」というのは、医者に対する最高の賞賛となった。それだけでなくて、苦味のある杏の実——杏仁は、咳止め・去痰剤としては強い効果があり、鎮静剤としてもよく用いられた。

日本に伝わってからも、杏は薬として使われてきた。今日日本に、杏林大学、それから杏林医学会、杏嶺会など医学関係の大学・団体や杏林製薬のような工場ができたのもこれと関係がある。Ciniiで「杏」をキーワードに検索する(2014・6現在)と、『杏林春秋』『杏林医会誌』『杏林医学会』『杏林医学会雑誌』などのような、「杏」という文字が入っている医療関係の雑誌が出るのが理解できるが、「杏」という文字と全く関係のない医学関係の雑誌や論文、例えば『日大醫學雑誌』『日本手術医学会誌』『臨床神経生理学』『臨床病理』『日本腹部救急医学会雑誌』など合わせて二百種類以上の雑誌と、一万五千本以上もの論文が出てくるのは非常に興味深いことである。日本では、杏林の影響はこんなに知識人に浸透していて、今現在でも人々に想像以上の影響を与えているのである。

それから、中国では、優しくて医術の高い董奉は「董仙」と呼ばれ、仙人は杏を植えたり食べたりすることを通じて修業するという伝説があるから、古典文学、とくに唐の時代の文学において杏の木と花は、仙人また隠者の住居のシンボルとされている。

このように、古代中国では、杏の花は、聖人・読書人・名医・科挙合格・成就・立身出世などを意味する喜祥な花とされている。これは日本にも大きな影響を与えている。ゆえに、「此の杏は家に附いている樹であるが、毎年春は支那風な花を見せ、何時も今頃の季節には美しい実を見せていた。」（「林泉雑稿」）とあるように、犀星本人にとっての杏の木は、「支那風な花を見せ」、中国文化を匂わせたものである。

（三）仏教における神仏への奉物としての杏

仏教において、神仏への奉物として、順位に言うと、香、花、燈、塗、果、茶、食、宝、珠、衣が挙げられる。中でも、拈華微笑（ねんげみしょう）、花開見仏、舌燦蓮花、鏡花水月などの仏教用語が示しているように、神仏への奉物として花は非常に尊いもので、「諸天於空，散曼陀羅花、訶曼陀羅花、曼殊沙花、摩訶曼殊沙花，並作天楽、種々供養」（『大般涅槃経』）とあるように、よく供養品として奉げられる。更に、『盂蘭盆経疏巻・下』は、お盆の時、核果（棗杏、桃李類）、膚果（瓜梨類）、殻果（胡桃、石榴類）、檜果（松の実、蘇荏類）と角果（大小豆類）という五果は供養にすべきであると、『盂蘭盆経新疏・翻訳名義集巻三』は、苦辛淡味の果物は金剛部の菩薩への捧物である、と明白に諭している。

周知のように、空海（弘法大師）によって九世紀初頭に開かれた日本の真言宗は、京都東寺（教王護国寺）の講堂に造立された二十一体の尊像から成る立体曼荼羅から分かるように、金剛部の菩薩を貴んでいる。この講堂に安置された仏像群は、堂の中央にある大日如来を中心とする金剛界五仏（五智如来）という如来部と、向かって左には不動明王を中心とする五大明王という明王部と、向かって右には金剛波羅蜜、金剛薩埵（さった）、金剛宝菩薩、金剛法菩薩、金剛業（ごう）菩薩という金剛部の菩薩が祭られている。前にも見たように、犀星が生まれ育った真言宗の雨宝院の境内には、かつて何本かの杏があり、今でも一本がある。真言宗の寺院にある杏は、何らかの意味があるのではないか。詳しい記録がないが、供養品として杏が奉げられたのであろう。

さらに、『大日経』『金剛頂経』と並んで、密宗の三部秘経である『蘇悉地羯羅経』は、金剛界・胎蔵界の両部の大教妙成のための就作法経を説いたもので、真言宗では特に重んじられている。このお経において、供養のものについて、

復次に我れ食を献ずべき法を説き、説の天仙をして悉く皆歓喜し、速に成就することを得せしめん。（中略）或いは諸菓あり。其の味苦く辛く淡き等、世に復豊にして足り、價復最も賤なるもの、此の如くの菓を献ぜば、下成就を獲ん。若し意を加へて奉献せんと欲はば、應に女名菓を取るべし、謂ゆる柿子・杏・桃等の菓は、以て女天に献ぜよ。[9]

と詳しく説明してある。真言宗の寺子で、第二章「犀星における『宗教的感覚』及びその意義」に見てきたように、仏教のことに詳しくて、「仏教的感覚」を抱いて創作を堅持していた犀星は、このことも熟知していて、自分の生涯を締め括る小説を「杏つ子」と名付けるだけでなく、小説中で愛娘にも「杏子」を名付けたのであろう。

この小説と主人公の命名理由に関して、犀星は詳しく説明することがなかったみたいだが、「杏の三つある絵」という小説で、自分の一生を回顧し、「一生にたった一つしかない小説の素材を」取り扱った『杏つ子』が「本になる前に、表紙と裏とに合わせて三つのこがねいろの杏の実を山口逢春さんに書いて貰って、装書にしたのである。元来、草平はあまり本の売れない側の男であったが、この杏の絵の本は彼の作集群に類のない奇跡を呼び起こして、よく読まれ又売れ捌かれ、土曜日の晩おそくにオートバイのひびきがすると、奥附の印票が出版書店から速達便によってとどけられ」、「素材の哀惜交歓のゆえに人びとは街でこれをもとめ」た盛況を淡々として語ったうえ、「『杏の三つある絵』の講演」において、自分の創作生涯を振り返り、

私はけふ読売文学賞を貰いました。これは必つとふだんの心がけが宜しかった事に思われるが、併しこれと同時に生きて恥多しという言葉も、ここに加えて受け取らねばならないことも、将来のことを考えて受け取ることにしました。つまりこれから後に相変わらず碌な人物しか書けないような気がするからであります。精いっぱいの仕事で今日を築いている人間は、今日から更に倍以上の仕事をするということは難しく、生きるに年も月も不足しているように思われるからであります。

と、自分の創作を企画している。神仏への最高の捧物として神聖な気持ちで書いたとは断言できないが、生涯を締め括る気持ちで謹んで書いたこの小説は、犀星の願いを叶えてくださったものであるし、彼のこれからの創作の原動力にもなっ

たものである。

供養としての杏に関しては、裏づけとして、また日本銘菓の「清浄歓喜団」が挙げられる。もともと遥か奈良時代に遣唐使により日本に伝えられた唐菓子で、天台宗、真言宗などの密教のお供え物として、七種のお香が入っていて包まれ、「お清め」の意味があるそうである。伝わった当時は、栗、柿、杏などの木の実を甘草やあまずらなどの薬草で味付けをして甘味を出していたが、江戸中期以降小豆餡を用いるようになった。

仏教における杏の吉の象徴的意義は、ほかにもある。浄土宗の宗紋で、杏葉に月輪を付した「月影杏葉」は、法然上人の生家の漆間家の紋に由来したもので、一九一五年に蕊は七個とし、宗歌「月かげ」の月を配した現在の紋が定められた。浄土宗を母体とした学校法人佛教教育学園が設立した仏教大学の学章も、それに因んで、杏葉に「大學」の文字を配したいわゆる「抱き杏葉に大學」というものである。また大学のバッジは、学章をそのまま形にしたものと、花杏葉に「大學」の文字を配したものとがある。大正大学の浄土宗所属の教職員の会も「杏葉会」と呼ばれている。

ついでだが、中国では、「五穀為養、五果為助」と、古くから身体を整える「五果」――「樹の幸」である「桃、李、杏、棗、栗」（『藏器法時論　第二十二』『素門』）が貴ばれ、「棗甘、李酸、栗咸、杏苦、桃辛」（「五味　第五十六」『霊枢』）と認識されている。

（四）日本における杏のイメージ

日本の場合、大和時代、または奈良時代に梅と共に中国から渡来したという両説があり、『万葉集』には既に「杏人」という表記があり、唐桃（カラモモ、カラヒト、モモサネなどの読方がある）の花がが詠まれ、『古今和歌集』には仮名書のカラモモが見えるようになった。日本現存の最古の薬物辞典である『本草和名』や、平安時代中期に作られた辞書『和名抄』にカラモモの和名に漢字の「杏子」が宛てられ、江戸時代以降アンズ(杏)と言うようになった。読み方が種々あるが、樹木としてのアンズは単に「杏」で、実または種子が「杏子」である。アンは呉音で、キョウは漢音であり、アンズに漢字を宛てるならば「杏＋子＝アン＋ズ」が正しいとされている。

（二）の「中国における杏の文化的意義とそのイメージ」において見てきたように、中国の杏の文化は、長い間日本の文人に大きな影響を与えた。が、もちろん、日本の杏文化には、独自なところがある。

日本での栽培歴史がこんなに長いし、寒い冬が過ぎ去ったばかりの時に真っ先に開花しただけに、自然に対して繊細な感じを持つ日本人は、長くて暗い冬から解放された喜びと慰み、いやむしろ将来への希望をこの花から感じとってきた。これは、作者不詳で譜面もないまま、戦後山形の大学生に愛唱され、その後口うつしに広まり歌い継がれてきた、「あんずの木に／あんずの花が咲くように／この国に明るく花を／咲かせたい／五月の太陽が／大地をあたためるように／みんなの頭から／足の先まで／明るい光でつつみたい。」という「あんずの花」から伺える。

勿論、近代だけではなく、昔から日本人は杏のことが好き、季語一例を取って見よう。開花時期は三月二十日前後から四月五日頃までで、成熟時期は六月頃であるゆえ、従来、杏の花は春の季語、杏は夏季の季語として詠まれてきた。

一時の断絶があるにも関わらず、終生句作をやめずに、杏を読んだ句は五十二もある犀星は、後で分析するように、このイメージの杏文化を受け継いだのは当然である。

二、犀星文学における「杏」とそのイメージ

前にも触れたように、第一の沈滞期に入る前に、犀星は、『抒情小曲集』と自叙伝小説「幼年時代」などに杏のことを書いた。中でも聖書における「ずっと目覚めている」杏の隠喩的イメージに強く影響された「小景異情　その六」は、彼の切迫した出世熱望を溢れんばかりに表現している。が、第一の沈滞期に陥り、一度手に入れた文壇地位は失いそうになっただけに、犀星におけるコンプレックス脱出の意欲は一段と高いものになった。その時、中国文化における杏の隠喩的イメージに共感を覚えた彼は、杏のことを爆発的書くようになった。

（一）犀星句における杏

犀星文学の中に、杏が一番多く出たのは、彼の句作である。前に見たように、犀星の句作は、第一期（明37～44）、第二期（大13～昭8）、第三期（昭9～13）と第四期（昭14年～36）と、四期に分けられる。第一の創作沈滞期に入る前に、「銀杏樹下古着渡世や燕飛ぶ」（明41・6）と、銀杏を描いた一句だけで、杏を描いたものはない。しかし第二期の句作に、彼は、下記のように合わせて二十一句も詠んだ。

1．あんずの花かげに君も踞むか　　（大13・3・12）

2．杏の香の庭深いふるさと　（大13・9）
3．あんずしずかなるひるすぎに落つ　（大13・9）
4．あんずの木を見上げる女の扇　（大13・9）
5．坂をのぼりきりたわわな杏かな　（大13・9）
6．あんずの木に泳ぎの子らが集る　（大13・9）
7．あまさ柔らかさ杏の日のぬくもり　大13・9）
8．ひと日は杏に寒い雨ふり　（大13・9）
9．あんずはとなりの屋根にみな落つ　（大13・9）
10．くろい蝶々の杏のなり年　（大13・9）
11．あそびくたびれた袂の杏　（大13・9）
12．あんずの木のしたに藤椅子がある　（大13・9）
13．あんずは籃からはみ出している　（大13・9）
14．氷菓子（アイスクリーム）をつくる杏のひるすぎ　（大13・9）
15．あんずのたねが乾いた暑さかな　（大13・9）
16．木のてっぺんの杏の夕日　（大13・9）
17．あんずまんまるいおとめの袂　（大13・9）
18．あんずの日に焼け川べりの家　（大13・10）
19．あんずかじるわが母のおとろえ　（大13・10）
20．ふるさとの杏匂うや草の宿　（大14・7・3）
21．となり家の杏落ちけり小柴垣　（大15・1）

と、日常生活の中で見た杏を描いたがものが多い。

中には、「杏の香の庭深いふるさと」「ふるさとの杏匂うや草の宿」のように故郷を偲んだり、「あんずの木に泳ぎの子らが集まる」「あそびくたびれた袂の杏」「あんずのたねが乾いた暑さかな」など、腕白時代のことを回想したり、「あんずの木を見上げる女の扇」「あんずまんまるいおとめのたもと」のように少女のことを連想したりするものもあるが、中々創作の沈滞期を抜け出る兆しがない中、杏に託して、脱出意欲の強烈さを明らかにした「木のてっぺんの杏の夕日」「坂をのぼりきりたわわな杏かな」などが印象深い。

「坂をのぼりきりたわわな杏かな」を見よう。長い坂を上りきったところ、いっぱい実って撓んできた杏が目につく。「そういう生の逼塞感を打ち破るものを渇望している、あるいはそれを可能にする想念を覚えて魂を昂揚させているものとして、坂を登る行為は見直されなければならない。[10]」つまり坂登りは、犀星文学において上昇志向のシンボルだと指摘されたことがあるが、中国文化における杏の象徴的意義が分かれば、文筆による出世願望がいかに強いものか、身をもって実感できるものとなろう。

その後、長い沈潜後、「市井鬼もの」によって第二期の小説創作を開始した犀星は、「小説の鬼に憑かれ」たみたいに、書くのに没頭し、かつて美化と抒情性を武器にしていたが、いよいよ強烈な脱出意欲を抑えきれなくなり、「市井鬼」と呼ばれる人物について描写することを通じて、赤裸々に自分のコンプレックスを叫び出すようになった。

同時に始めた第三期の句作には、杏を描いたものが、次の七句がある。

22. （歌集「白南風」を読む）白南風や背戸をいずれば杏村　（昭9・6）
23. つゆぞらや杏にほえる廂越し　（昭9・6・25）
24. （はじめて杏のなりければ）あんずあまそうなひとはねむそうな　（昭9・8）
25. あんずほたほたになり落ちにけり　（昭9・8）
26. あんずあかんぼのくそのにおいけり　（昭9・8）
27. あんずあまそうな雑木のかどかまえ　（昭9・8）
28. （杏）ほたほたの杏堪えきれず落ちにけり　（昭10・6）

中でも「あんずあまそうなひとはねむそうな」が印象深い。良い天気の日に照らされ、甘そうな杏は、空気中に微かな香りを漂酔わせている。のどかなこんな時、人が心地よく睡そうである。夏の真昼の杏の甘っぱい匂いと、「ひとはねむそうな」生理的感覚とを対照的に並べ、理知を超越して直接肉感的感覚を如実的に伝えている。どうしてもどこかのんびりと少しお行儀が悪いがかわいそうな女の子を思い出させるのである。それから、生活は安定し、ある程度の余裕を持つようになった犀星には、「あんずあかんぼのくそのにほいけり」と感じたように、諧謔や遊び気分もできた。

最後に、長い沈滞期に色々な人生体験をした彼は、「自己を通して、自己の感覚を通して、自己の生活、経験、自己の思考を通してある一般者にたどりつ[11]」き、「自己実現」を成し遂げた第四期の句作には、「人間的な、生活的な、いわば風俗的な方向への近寄りを見せ[12]」たものが多く、杏に関する物は、二十四句ある。

29. 杏枇杷夏つゆのまま盛りにけり（昭14・7）
30. 花杏はたはたやけばかすみけり（昭16・4）
31. （杏）杏落ちる屋根板の干反り輝けり（昭18・08）
32. 日のぬくみあんず頬にあてて居りにけり（昭23・4・26）
33. 杏熟れむすめらの頬はいかばかり（昭23・6・10）
34. （破調）杏かぞえられぬ枝のかさなり（昭23・6・20）
35. 杏いろづき雨もりところどころ（昭23・6・20）
36. あんずまんまるく葉にすわり（昭23・6・20）
37. あんず熟れあかの飯焚くならわし（昭23・6・20）
38. あんずの木にあかの飯焚きすえにけり（昭23・6・20）
39. あんずにふるさとの海見ゆるかな（昭23・6・20）
40. あんずなる屋根から海も晴れにけり（昭23・6・20）
41. あんずの香のうら町に入ればしにけり（昭23・6・20）
42. あんずの垣にはさまるゆくえかな（昭23・6・20）
43. （正調）あさめしは茶の間のならい杏かな（昭23・6・20）
44. あんずらは熟れきわまりておちにけり（昭23・6・20）

45. 昼ふかくあんずおちいて匂いけり （昭23・6・20）
46. 昼ふかくあんずのたねの乾きけり （昭23・6・20）
47. 杏みなたねの乾ける暑さかな （昭26・7・7）
48. （杏ぐも）はるさむく杏のつぼみ曲り出る （昭30・1・22）
49. （杏）杏もうつぼんだかと庭もせに （昭30・5）
50. 杏のえだ鉄のごときにつぼみかな （昭30・5）
51. 杏はつぼみがよし愛でにけり （昭30・5）
52. 杏くものごとく人の名栄えにけり （昭30・5）

中には、「あんずにふるさとの海見ゆるかな」のような故郷を偲ぶものもあるが、前の句作と明らかに違っているのは、生活的とりわけ心境的ゆとりから、犀星は、「花杏はたはたやけばかすみけり」、「杏はつぼみがよし愛でにけり」など、身辺から美を見つけ出して謳った句が多いうえ、「日のぬくみあんず頬にあてて居りにけり」とあるように、杏を頬に当てて、日の温みを感じ取ろうとするものもある。かつて強烈な向上心に燃えて、杏によりコンプレックスによって心理的補償を求めてきた犀星は、今の段階になって、むしろそれを苦難生活を生き抜くための精神的支えにしていた。

（二）犀星詩における「杏」

犀星には、杏を描いた詩はそれほど多くない。聖書の杏の象徴的イメージに深く影響され、自分の強烈な出世願望を現した「小景異情　その六」のほかに、前に見た各イメージの物がある。

まず、女のイメージにつながるものである。

「白い球をへだてて／毎日ふたりの美しいあいのこが来ていた／薔薇いろをした頬が日に焼け／みのった杏のように汗ばみ／その白い小鳥はすばやく走って往ったり／どうかすると天へ吊り上げられるように／珠と睦れ合い微笑って／花のようにコートのそとの縁を染めた」というテニスをする二人の女の子を描いた「小鳥だち」（大11・11）と、「僕は青い杏の実っている枝を見に出た。／杏はまん圓い臀のあいだに優しい線を引いていた。／幾日もつづいた南風は／杏の肌にいくつかの皺を揉みいれた。／小説のなかで幾人かの女だちが（中略）／僕はその前をうろうろと通りかけながら、／何遍も彼女らに宥しを乞うように目付をしていた。」という「桃印符」（昭9・7）と、「杏の実れる枝を提げ、髫髪少女の来りて」と、ハルビンへの旅行中に出た女性を描いた「杏姫」（昭13・6）がある。

次に、「こがねなし枝をかがるは、何の木の実か／うすねむきひるのゆえ遠く／杏なる庭のあなたに／なにびとのわれを愛でむとするや／なにびとかわが母なりや／あはれいまひとたび逢わしてよ」と、彼の文学作品の永遠のテーマである生母追究につながる「杏なる庭」（昭18・8）もある。

また、「杏」を日本の伝統的美を現すものの一つとして、「わたしは古い石灯籠が一つほしいのです／苔のある／古い土と調和のとれた純日本風な石灯籠がどっしりと据えたいのです／楓と杏との陰に――。（中略）古い土や石は／日本風な私の室と調和します。」と詠んだ「我庭の景」（初出未詳）と、「突然、佛軍は投降した／そして日本の美しい庭には／こがねいろの杏が熟れだした。／天に日章旗、／畠には麦の穂、／兵隊の君に杏を送ってあげたいね。」と謳う「杏のたより」（昭15・8）と、「松ばかり峯をそろえている庭には／実る果実の木はない、／ただ一本だけこがねいろの杏がみのり／松の枝葉を透き／暖かい頬のふくれを翳している。（中略）／僕はかくて毎日食後に皮を剥く、／娘も／息子も／杏を食べる。／ゆたかさはあふれて食卓をこぼれ／庭木にあふれている。」と楽しんだ「杏のほほ」（昭18）がある。特に、後者では、犀星は、杏が家族にもたらしてきた楽しみも生き生きとして描写している。

それから、「ひとり寝て起き茶を飲み／はかないことも考へてみる／庭には茜を引いた杏がゆれている。／いろいろな小鳥が来て鳴く／子供の時に聞いたものいる。」と、故郷への恋しさを誘う「青杏」（大15・7）もある。

自分にとって、杏がこんなに欠かせない意義があるだけに、彼は杏のことが大好きである。「そこにありし杏の木を見んとはせり。／杏の木を見んには／人家の裏側の土手を行かざるべからず。／ひとびとあやしみて我をみる、／我は二股になれる杏を見んとして／かおあからめて通る。」と自分の照れくささをさらした、いや、むしろ彼の杏への熱愛を描いた「杏」（昭16・6）がある。

（三）犀星の随筆と小説における杏

「杏と蝉と庭と築地の名所である故郷の町」（「寒蝉亭雑記」昭4・7）金沢の古い家の隅には、杏やすももの木などが必ずと言ってよいほど植えてあったようである。犀川両側・金沢市街・雨宝院の境内にある杏は、故郷の象徴物として、犀星の頭に根ざしたのである。

このことに関して、「杏の香の庭深いふるさと」「ふるさとの杏匂うや草の宿」「あんずにふるさとの海見ゆるかな」という一連の俳句のほか、犀星は、多くの随筆において、例えば、「巴丹杏をみつめながら何時でも暫く郷里の風土を思い出」(「巴丹杏の下」　大15・8)して、「杏は花どきの、それも蕾の時分、雨の降り沁みた色の美しさは忘れられない。色をひねり出した新しさをもって光って見える。」(『庭を造る人』　昭2・6)と金沢のことを偲んだり、「杏は国のほうにも今頃は熟れて輝いているが、東京では滅多に見られない。何時か小石川の或る裏町で見かけたことがあるが、その美しさ豊さは莫大な印象だった。子供の時にその種子を石で磨って穴を開け、笛のように吹いたことを覚えている。『杏の笛』というと幼い詩情を感じることが夥しい。今も郷里の童子はその『杏の笛』を吹くことを忘れないであろう。」(「林泉雑稿」昭3・4)と回想したり、「変わらない処はちっとも変わっていない」、「よくみた事のある杏や梅の木が恰度蕾をふくらがしている景色なども、私の心の奥の方に、いつも描かれている金沢の姿」(「文学者と郷土」　昭16・8)であると、度重ねて杏を金沢を代表する花とする。

それればかりでなく、昭和七年春、犀星は東京に新築した家の庭に一本の杏を植えた。そのことからだけでも、犀星の郷愁の強さが想像できるだろう。もちろん、とみ子夫人も同じく金沢生まれの人であるゆえ、杏の木というのは、犀星と奥さんとが金沢への共通した思いの「依木」だと考えられる。

しかし、ずっと幼い頃からコンプレックスに苛まれた犀星にとって、故郷金沢は、愛憎混じりのところである。したがって、杏と言えば、その両面のイメージがあるものである。以下では、彼の自叙伝小説からそのことを伺おう。もちろん、自叙伝小説だけに鵜呑みにするわけにはいかないが、犀星における杏のイメージはいかに重要であるかが分かる。

まず、杏は、コンプレックスに苛まれた彼の心を一時的に解放したものである。

(生父の果樹園には)ことに、杏の若木が多かった。若葉の蔭によく熟れた美しい茜と紅とを交ぜたこの果実が、葉漏れの日光に柔らかくおいしそうに輝いていた。(中略)木に登っていると、気が清清して地上にいるよりも、何とも云えない特別な高いような、自由で偉くなったような気がするのであった。たとえば、そういうとき、道路の方に私と同じ年輩の友だちの姿を見たりすると、私は、その友達に何かしら声をかけずには居られないのである。自分のいま味わっている幸福を人に知らされずに居られない美しい子供心は、いつも私をして梢にもたれながら軽い小踊りをさせるのであった。（「幼年時代」）

と描かれているように、コンプレックスに苛まれた彼は、杏の木に登ったら、こんなに「幸福」になるのである。が、犀星の実生活に照らしてみれば、ここに言っている生父の果樹園の杏の木とは、実は彼が生活した寺院の中のものだと分かる。彼が幼少期を過ごした雨宝院には、かつて数本の杏があり、今日に至っても樹齢は約百二十年以上の古木がまだ一本残っていて、毎年開花・結実している。したがって、「巴丹杏の青い、杏の茜の色に私は慰められる程度以上の、ぢかに優しさの感じ見惚れるのです」（「巴丹杏の下」）。もちろん、「木のてっぺんの杏の夕日」とあるように、「木のてっぺんの杏」を仰ぐときの犀星の気持ちは、絶対にただ「夕日」を鑑賞するという簡単なものではない。

次に、杏は彼の痛まれた心を癒すものである。

「私は飛礫を打つことが好きであった。非常に高い木のてっぺんには、ことに杏などは、立派な大きなやつがあるかぎりの日光に誇り太って、こがね色によく輝いている。そんなときは、飛礫を打って、不意に梢に非常な振動を与えた途端にその杏をおとす。」（「幼年時代」）とあるように、幼年時代の犀星は、飛礫打ちでこの高いところに実った杏を落とすことが得意で、遊び友達の中で人気を集めていた。注意すべきなのは、これは決してただの遊びではなく、問題少年で周りから見縊られた犀星が皆と平等、乃至は少しでも優れた存在と認めてもらいたい行為でもある。小学校時代の友人の宮本正樹氏は、「いたずらっ子達は、川面にのびている枝の杏を、食べたかった。しかし、とりにいく勇気ある子供はいない。その時、犀星は「ようし、あした、わしが杏をとろう。」と「威勢よく言って」、翌日、「竹馬を持って子供達の待っている川ぶちへ、意気揚々と現れ」、竹馬に乗って、「容易ではないひとつの冒険[13]」を犯してまで杏をもぎとってきて、皆に分けてやった、と幼年時代の犀星の性格を紹介している。杏は、彼に皆の尊敬を得るためのチャンスを与えてくださったのである。

それから、「幼年時代」には、生父母を失った「私」は、偶然のチャンスで川原から拾ってきた「一尺ほどもある、かなり重い石の蒼く水苔の生えた地蔵様」を祭るために、庭に生えた「杏の木の陰に、よく町端れの道傍で見るような小石の台座を拵えて其上に鎮座させ」、しかも「その台座のまわりにいろいろな草花を植えたり、花筒を作ったり、庭の果実を供えたり」、提灯や小屋がけを作ったり、三宝などを買ってきた。さらに、その続編的性格のある「性に眼覚める頃」において、「母を祈る心と自分の永い生涯を祈る心とをとりまぜていのることは、何故かしら川から拾った地蔵さんに通じるような変な迷信を私はもっていたのである。」と書かれている。ここで、祈りを奉げた対象としての地蔵様を杏の木の陰の下に安置し、「庭の果実を供えたり」すると書く犀星は、何かをほのめかそうとしているのではないか。

反面、杏は、犀星に悲しみをも感じさせるものでもある。先にも述べた寺院の中の杏を生父の果樹園のものとして美化したのは、その証拠である。それから、次にあるように、杏は、姉の、そして「はじめから喪失してしまった生母のイメージ、決してやってくることのない永遠の理想的女性像[14]」につながっている。姉に関しては、「杏子の花が人家の屋根越しにかっと照りだされた朝、姉はこっそりとまた例の私に取って悲しい言葉である遠処に向って」(「弄獅子」)旅立つと告げてくれたり、母に関しては、かつての苦学時代、詩人として過ごした最低の生活を故郷金沢の巴丹杏の美しい自然と照応させ、三本の木に実った巴丹杏の色に「私は慰められる程度以上の、ぢかに優しさの感じ見惚れるのです。母親というものは凡てああいうものかも知れません。又、ああしなければならないものかも知れません。」母は、その「つぶがふっくりと大きく、さくさくとした水気のある好い味の巴丹杏」を「大切に手入れをして季節には果物屋に枝のまま売るのです。その費用はわずかですけれど、夏頃の送金」(「巴丹杏の下」)として送ってきたりする、とあるのである。

もちろん、犀星文芸において、杏と言えば、だれもが思い出すのは、「幼年時代」などより、「長編自伝小説」であるとともに、「一種の教養小説(ビルドゥングズ・ロマン)とも見ることができる[15]」『杏っ子』である。「自己実現」・「超越」を果たした犀星は、一人称で書かれた前の自伝的小説と違って、「自分をあばくことで他をもほじくり返し、その生涯のあいだ、わき見もしないで自分をしらべ、もっとも手近な一人の人間を見つづけ」(「あとがき」)ようとしたものである。

この小説においては、犀星は、自分の分身として平山平四郎なる人物を設定し、平四郎という主人公の親の代から始まり、出生の秘密から、養父母の暮し、四度妻を変えた義兄、とりわけ、和らげられた野性と純で自然な優しさを備えかねた愛娘に杏子を名付け、女主人公にした上、自分の成長や、娘の成長・結婚・最後に破綻に終わったことや息子の結婚・離婚などを描き、コンプレックスのもとと苦闘する生涯の体験とを少しも隠さずにもう一度振り返り、生涯に起伏するすべての栄光と悲惨を作品の中で淡々と物語ることを通じて、自己の生の根源と心的成長過程を検証し、自己の内面史・形成史を作り上げ、自分自身のことを一般人への普遍化・社会化を通して、人生、結婚生活、離婚、人間全体に共通した課題に対して、十分過ぎるほどの答えを出している。

したがって、大きな感動を得ると同時に、

回を重ねて読むにしたがって、この作者が一日一日を真剣勝負しているのを感じた。私は眼前に作者の息吹きを、精気を感じた。五十歳過ぎても崩れない人生もあるのだと思った。それを感じるのは、失意の私の一日一日の支えであった。（中略）私は胸をうって断崖で踏み止まる決意が持てた。[16]

と、『日本読売新聞』の「読者の書評」に応募掲載された酒井會の話通りに、読者はこの小説から彼の「人間成長」を読み取り、さまざまの人生的教訓や勇気をひき出すのである。つまり、犀星が「一つの生涯の決算」として書かれたこの作品に、「人々はその幻怪な美に陶酔するとともに、不屈な人生に勇気づけられる。」しかも、「読者に大きな感動を持って迫ってくるのだ。そして多くの文学者に隠微な、けれど強力な影響を与えている。それは皮膚からしみこんで来て、骨の髄まで達する体質的な、流動的な影響かもしれない[17]」もので、「逆境から自力で一定の社会的地歩を築いた主人公の生涯は、敗戦のどん底から漸く這い上がり、相対的な安定の中で自己の周囲を見まわした読者を、圧倒するに十分であった。[18]」

昭和三十二年十月、新潮社より刊行された『杏つ子』は、一躍ベストセラーとなり、計二十八刷十万部（当時の小説集はほとんど初版一万部ぐらいだ）の発行に達した。その後、さらに映画化・テレビ化され、犀星文学をより広い読者層に浸透させることとなった。

『杏つ子』は、まさに犀星の人生への最高の捧物である。

おわりに

コンプレックスに苛まれた犀星は、文学青年としての投稿時代に、杏に関して筆を入れなかったのだが、聖書の影響で、エホバが業を最後にまで果たそうとするため「ずっと覚めてい」て頑張る杏のイメージに共感して、抒情詩時代に向上意欲に燃えた杏を描くようになったのに加わって、第一の沈滞期において、中国文化における杏の文筆による立身出世の象徴的意義に影響され、熱烈な向上意欲が固められ、ずっと頑張りぬいてきた結果、「自己実現」をなした後、幼い頃より馴染んだ仏教における杏の象徴的イメージのもとで、『杏つ子』とその中に描かれた女主人公の杏子を人生への最高の捧物にしたのである。杏から無限の文学的栄養を摂取し、それを象徴物として中に自分自身の願望を託した時点から、杏はすでに犀星の描く対象でなくなり、彼自身の生活・追求・文学・人生に変わったのである。

犀星の生涯の三つの創作昂揚期は、実は「杏の花は三度、豊麗に開花した[19]」期間で、それは、ほかならぬ東西文化における杏のイメージを十分に受容した上でのことである。

【注】

（1）拙著『自己実現・超越の室生犀星文学』（龍書房　２０１２）68頁
（2）田口マミ子「杏・枇杷」項（葉山修平監修『室生犀星事典』鼎書房　２００８）503頁
（3）稲垣広和「聖書」項（注2前掲書）572頁
（4）『新潮』（大９・７）掲載（藤沢清造文章に出たことば）。葉山修平監修『室生犀星事典』（鼎書房　２００８　572頁）より孫引き。
（5）本稿における聖書の引用は、１９８５年版新世界訳聖書によったもので、聖書引用の書式に従う。例えば、（民数記　17：8）とは、民数記の第17章8節を指す。以下同。
（6）笠森勇「『我が草の記』に見る犀星の晩年」（『室生犀星研究』第31輯　２００８・９）120頁
（7）奥野健男「解説」（『室生犀星未刊行作品集』第一巻　昭61）405頁
（8）程傑「論中国文学中の杏花意象」（『江海学刊』２００９年第1期　２００９・２）187、194頁
（9）岩野真雄編集『國譯一切經印度撰述部　密教部五』（平文社　昭52）308～309頁
（10）大橋毅彦『室生犀星への／からの地平』（若草書房　２０００）16頁
（11）中野重治『室生犀星』（筑摩書房　昭60）59頁
（12）村山古郷『俳句もわが文学』（永田書房　昭47）175頁
（13）室生朝子『父室生犀星』（毎日新聞社　昭46）20頁
（14）韓暁萍「犀星詩における杏と青き魚」（『当代小説』２００９年第7号〈下〉　２００９・７）35頁
（15）安宅夏夫「『杏つ子』をめぐって」（『地球』１９７３年夏季号）8頁
（16）酒井會「読者の書評」（船登芳雄『室生犀星論――出生の悲劇と文学――』三弥井書店　昭56　77～78頁）より孫引き

(17) 奥野健男「室生犀星入門」（奥野健男編著『室生犀星評価の変遷』三弥井書店　昭61）44、56頁
(18) 船登芳雄『室生犀星論──出生の悲劇と文学──』（三弥井書店　昭56）77頁
(19) 小川和佑「評伝・室生犀星」（『国文学　解釈と鑑賞』昭和53年2月号　昭53・2）174頁

第七章　犀星における「緑」と「木」の象徴的意義とその働き

犀星文学のキーワードとして、「緑」と「木」が挙げられる。例えば、初期抒情詩に頻出する「自然の生命そのものである緑に、みずからの蘇生の願いを託していく[1]」のに対して、枯木・枯草は「死亡或は衰退の象徴として歌われる場合が多[2]」く、「樅の木は、大空めがけてすっくと立ち、気高い精神性を表しているようだ[3]」などと多く論じられている。緑が植物の象徴であることを合わせて考えれば、「犀星にとっての緑を含めた植物のイメージは、それぞれの植物への思い入れの多寡はあっても、心なじむものである。それも、心慰まるもの、犀星自身と同等のもの、あるいは、自身を投影するもの、そのときどきの、植物の生命力に自己をぶつけるような激しい祈り、謙虚で真摯な静かな祈り、これらが主であった。[4]」「『緑』や『伸びゆく植物』は彼の生の意識につながって憧憬と願望とを担って現われる。」更に言えば「そこには出生の負い目と学歴の乏しさと、家庭の暗さと貧困さと、それらを包括した『現実』の圧迫の中で、歪められた生を取り戻し、あるべき姿に進展させたいとする切実な願望が込められていた。[5]」と考えられている。

確かに、「緑」と「木」は人間に安心感と希望を与えるものである。しかし、「緑」と「木」は、犀星にとって、「憧憬と願望とを担って」、「自身と同等のもの」、「あるべき姿に進展させたいとする切実な願望が込められていた」ものになった理由として、これだけでは、どうしても不十分だという気がしてならない。

コンプレックスに苛まれた犀星は、第二章「犀星における『宗教的感覚』及びその意義」において分析してきたように、寺院での生い立ち、少年時代に接した民間伝説及び聖書、殊に放浪時代に受けたトルストイやドストエフスキイの影響で形成した「宗教的感覚」を頼りに、創作を通じて生活の浄土を見つけ、精神的向上を求めようとした。犀星が木が好きになった原因は複雑なものだが、彼の生涯、特に彼の初期詩や小説「緑色の文字」から見れば、彼にとって「緑」と「木」は「憧憬と願望とを担って」向上意欲のシンボルとなったことには、宗教的影響も無視できない要因の一つではないかと思われる。

一、宗教における「木」のイメージとその意義

犀星が受けた宗教的な「木」のイメージの影響は、総合的なもので、中でも神道とキリスト教の影響が大きかったと思う。

(一) 神道と中国における「木」のイメージとその意義

古代日本では、この世にいる「産霊神」は、土地にも山川草木にも霊魂を与える神だと信じられていた。このような信仰のもとで、「木」は特別な地位を占めている。『和名抄』に出てくる「木霊」は、樹木に宿る精霊であり、また「木魂」はそれが宿った樹木だという。樹木に精霊が宿っているという意味で、木は神が天から降りてくる「依り代」とされている。その代表として神木が挙げられる。

古神道において、非常に重要な神籬と「神木」という概念がある。神籬とは、神社などで祭を行う場合、神を臨時的に迎えるための依り代、また社殿のない神域などでは神体として扱われたものである。それから、神社の所有地、民間の所有地にあって民間伝承などでの特別な謂われのある木、神社の造営に当たってその木材として特別に伐採された木を指す場合もある。神木（御神木、神依木、勧進木などと多くの言い方がある）とは、神籬としての木や森を指す、また依り代・神域・結界の意味を同時に内包する言葉である。更に、一般的にその周りを囲む鎮守の森や伐採をしないとされる木をも指す。代表的な神木は、榊である。

この神木というイメージは、中国の「社」に遡る。元々「社」とは土地の神で、それと関連して、「土神」を祭った場や式をも指すようになった。農業の国にとって、土地の神が非常に重要であるゆえ、古代中国で、天子や諸侯が土地の神を祭った社・社祠と五穀の神を祭る稷とを社稷という言葉にして、朝廷または国家を指すようにした。建物の代わりに、大きな木で社を代表するところがあるので、社の境内にある大きな木、又は、その場を囲む木の柵などは、壊してはいけない神聖なものである、という。

日本の場合、文字通り、「神」と「木」を合わせた榊は、神様の聖域と人間世界との「堺」を示すための「境木」、神聖な木を意味する「賢木」、それから葉が常緑で栄える「栄木」が転じてできたものである。もともと固有の植物名ではなかったが、時代が発展するにつれて、今のように特定の木を指すようになったようである。この木は、神事に使われ、神

社で祭られるのはもちろんのこと、鏡とともに家庭の神棚の必需品にもなり、月に二度、一日と十五日に取り替える習わしになっている。

更に、樹木を信仰の対象とするこのような受け取り方は、立ち木にだけではなく、伐られた材木にも引きつがれる。代表的なのは、天照大神が押し込められたため身代わりとして作られたものだとされた天津金木（あまつかなぎ）が挙げられる。実は、天津金木は、真ん中に神様が坐る真四角な座、つまり天照大神の統治時の玉座に遡るそうである。今日でも神前で祈願する時、相変わらず伝統に則って天津金木を神前に奉り、神の降臨を願い、神が天津金木に宿ってから太祝詞事（ふとのりとごと）を申し上げる。古来より幻の木とされ、神体のように祭られてきた天津金木を理解すれば、古事記神話の玄義や日本の各種の神像・仏像に秘められた神的玄義をビジュアル化することができると言われている。ほかに、白木の肌に精霊を感じる「お札様」や、立ち木と材木とを切れ目なしにつなげる注連縄が挙げられる。

このように、日本では、「木」は、プレゼンスに達した心の古代の象徴・神へ通じる道であり、命の木とされているのである。

寺子として育てられ、幼い頃より日本の伝説に人一倍の興味を示した犀星は、日本文化における木の文化的意義が十分に理解した根拠として、以下の俳句が挙げられよう。

神木を伐りし祟りや神の留守　（明37・12・18）
雷の落て神木裂にけり　（明39・8・7）
仰ぎ見る神代杉や百舌の声　（明39・10・30）
祟り木を祭る社や帰り花　（明41・12・7）

（二）キリスト教における「木」のイメージとその意義

先ず、「木」は、神の領分または権威の象徴である。

「創世記」において、神は「見て好ましく食物として良いあらゆる木を地面から生えさせ、また園の真ん中に命の木を、そして善悪の知識の木を生えさせ」（創世記　2：8）た。「命の木」は、神だけが授けることのできる贈り物、永遠の命を表わしているのに対して、「園のすべての木から、あなたは満ち足りるまで食べてよい。しかし、善悪の知識の木については、あなたは食べてはならない。それから食べる日にあなたは必ず死ぬからである。」（創世記　2：16、17）「あなた方はそれから食べてはならない。いや、それに触れてもならない。あなた方が死ぬことのないためだ。」（創世記　3：3）とあるように、「善悪の知識の木」は、善悪を決める権利は神だけの権限であることを表わしていて、この実を食べるというのは、神に禁じられた領域の境界、神の領分または権威に対する侵犯もしくは反逆にあたることである。言い換えれば、「善悪の知識の木」は、神の支配権の象徴で、その木の実を盗んで食べることは、当然ながら犯罪である。

次に、樹木はエホバから渡された王国・人間界の支配権の象徴である。

ファラオとその群衆の没落を高大な杉を切り倒すことになぞらえた預言（エゼキエル17：22～24、31：2～5）や、王国の支配権を表わす強大な木に関する預言（ダニエル書　4：10～26）を見れば分かるように、聖書において「木」は王国・人間界の支配権の象徴である。

まず、「エゼキエル」を見よう。

主権者なる主エホバはこのように言われた。「わたしもまた，杉の木の高大な頂の幾らかを取って，（中略）イスラエルの高みの山にわたしはそれを植え替え，それは必ず大枝を張り，実を結び，壮大な杉となるであろう。そして，その下にはあらゆる翼のすべての鳥が実際に住む。それらはその葉の陰に住むであろう。そして野のすべての木は，わたしが，エホバが，高い木を卑しめ，低い木を高くし，まだ湿り気のある木を干からびさせ，乾いた木に花を咲かせたことを知らなければならなくなる。わたしが，エホバが語り，［これを］行なったのである。」（エゼキエル　17：22～24）

とあるように、エホバの意志に従って、エルサレムの王達は、神の支配の代行を「行なったのである」。その後、

人の子よ，エジプトの王ファラオとその群衆に言え，「あなたはその偉大さの点でだれに似るようになったのか。見よ，アッシリア人，レバノンの杉，（中略）その大枝に天のすべての飛ぶ生き物が巣を作り，その枝の下で野のすべての野獣が子を産み，その陰に人口の多い諸国の民が住んだ。（中略）あなたは丈が高くなって，それはその木の頂を雲の中に出し，その心はその高さのために高ぶったので，わたしもこれを諸国民の君王の手に渡すであろう。彼は必ずこれに向かって行動する。」（エゼキエル　31：2～5）

と、エホバは、エジプトの王であるファラオに、「偉大」な統治権を「渡し」たのである。

しかし，あなたはエデンの木々と共に必ず下の地に落とされる。割礼を受けていない者たちの中で，あなたは剣で打ち殺される者たちと共に横たわるであろう。これはファラオとそのすべての群衆である」と，主権者なる主エホバはお告げになる。（エゼキエル 31・18）

とあるように、象徴的な木が切り倒されたことは、王たちによって執行されていた神の支配が中断されることを示している。

次に、「ダニエル書」を見よう。

キリスト教の世界において、「ダニエル書の多くの部分は、今日でも主要な関心事となっている問題は、つまり世界支配というテーマに焦点を合わせてい(6)」て、中に出てくる預言は、いずれも支配権と関わりをもっている。言い換えれば、その中心をなす肝要なものは、宇宙の主権者であるエホバだけは、人間に対する支配者を立てる権利を持っているということである。例えば、夢に出た途方もなく大きな像と海から上がってきた四つの獣は、実は木と同じことを言っているもので、その像の良質の金の頭＝ライオンはバビロニア、その像の銀の胸と腕＝熊はメディアーペルシャ、その像の銅の腹と股＝豹はギリシア、その像の鉄の脚部と鉄と粘土によってできた足＝恐ろしい獣はローマ帝国と英米二重世界強国を示しているのは、ほぼ定説になっている。ここでは、「木」によって表されている支配権のことだけ見ていこう。

エホバの許しを得て世界支配者になったネブカドネザル王は、莫大な富・贅を尽くした食事・壮麗な宮殿など、物質面で欲しいものすべてを持っていたが、エホバの至高の権威を認めなかった挙句、突然精神が錯乱し、獣のように振舞うようになり、王座から引き下ろされ、野に追い出され、雄牛のように草木を食べさえした。が、「七つの時」が過ぎた後、正気を取り戻し、また王座に戻った。実は、このことは、ネブカドネザル王の夢の中ですべて黙示された。

先ず彼は、「地の真ん中に」あって、「天に達して，全地の果てにまで見えるほど」「途方もなく高い」「木」を見た。それに関して、ダニエルは、次のように説明した。

あなたがご覧になった木，すなわち，大きくなり，強くなって，その高さがついには天に達して全地に見えるほどになり，その葉は麗しく，その実は豊かであり，その上にすべてのもののための食物があったもの，その下に野の獣たちが住み，その大枝に天の鳥たちが宿ったもの，王よ，それはあなたです。あなたは大いなる者となって強くなり，あなたの雄大さは大いなるものとなって天に達し，あなたの支配権は地の果てに［及んだ］からです。（ダニエル書　4：20〜22）

また、夢の中で王は、「天から下って来た」「聖なる者」には、「この木を切り倒し，その大枝を切り落とせ。その葉を振り落とし，その実をまき散らせ。獣をその下から，鳥たちをその大枝の中から逃げさせよ。しかし，その根株は地に残し，鉄と銅のたがを掛けて野の草の中に置け。」（ダニエル書　4：10〜15）と命令されたことについて、実はそれは、「その木の根株を残しておくようにと言いましたから，あなたの王国は，天が支配しているということをあなたが知った後に，あなたにとって確固たるものとなります。」（ダニエル書　4：26）と解釈した。つまり夢の中で、「七つの時」の間生い茂らないようにたがが掛けられた木の切り株は、バビロン王権の「根株」は存続するが、ネブカドネザルが王座から引き下されることを意味し、「七つの時」が過ぎた後木の根株に掛けられた金属のたがが除かれたというのは、ネブカドネザルが王座に復帰し、王統の「新芽」が、最も偉大なイエス・キリストの手中にある天の王国により、地に対する神の主権を表明するものとして、そこから成長することを許したことを意味している。このように、「地の果てに及び」、人間の王国全体を包含する「支配権」は、世界強国の頭としてのネブカドネザルの夢の中において途方もなく大きな巨木によって表されていた。

幼少時から民間伝説に並ならぬ興味を持っていた上、聖書に深く影響され、聖書の内容を熟知していた犀星は、神道に神が天から降りてくる「依り代」としての木、それからキリスト教に取り上げられた、「創世記」並びに「ダニエル書」における支配権の象徴としての「木」のイメージを知らなかったわけはない。この複合した要素の影響で、犀星は「木」を取り上げたと思われる。

二、破滅的運命を自覚しながら堅持していた王と犀星

現に、犀星には、「ダニエル書」に依拠した「緑色の文字」という作品がある。これによって、犀星が受けたキリスト教「木」のイメージの影響を伺うことが出来よう。

（一）破滅的運命を自覚しながら堅持していた「緑色の文字」の王

「緑色の文字」は、一九二一年『婦人界』第六巻第九号に掲載されたもので、この創作に際して、犀星は文語訳の旧約聖書「ダニエル書」の第五章を原典にしたとされている。ネブカドネザルの王位を継承したベルシャザルは、偶像を崇拝したり遊蕩三昧の日々を送ったりしていた。ある日、いつものように酩酊して、一介の人間に過ぎないのに、自らを宇宙の主権者の上に高めようとしたベルシャザルは、流刑にされた者達を辱めたり、臆面もなくエホバを侮辱し清い崇拝を嘲ったりしたところ、「メネ、メネ、テケル、そしてパルシン」という文字が、人の手によって「王の宮殿の壁のしっくいの上」に書かれたことを目撃して凄い恐怖感に怯えていた。上記の文字に対して、ダニエルは、次のように解釈した。「メネ，神はあなたの王国［の日数］を数えて，それを終わらせた。テケル，あなたは天びんで量られて，不足のあることが知られた。ペレス，あなたの王国は分けられて，メディア人とペルシャ人に与えられた。」（ダニエル書　5：26〜28）という意味、一言で言えば、それは、ベルシャザルが王として役不足で、彼の統治は長く続かないというエホバの警告であった。

中島賢介氏は、「ダニエル書」と「緑色の文字」との違いについて、「構成は、前半はダニエル書に準拠はしているものの、後半において、王母が祈ることを王に忠言し、王もそれを守り日夜祈りを続け、小さな宴会を開いているうちに、王は治世終焉の時に臨むといった場面が挿入されている。[7]」と指摘した上で、更に両者の違いを以下のように追究にしている。

○「緑色の文字」では、預言の内容よりもむしろその後の王の様子に力点を置いている。この場面こそが犀星の描きたかった王の姿であり、ダニエルの姿である。

○（「ダニエル書」では）後宮の女は、自分はエホバの神殿から略奪した宝物で飲み食いすることができないと王に説明した場面は、淡々と描かれていたが、犀星は丹念に再構成した。

○主人公があくまでも「ダニエル」で、その恐怖がそのまま描かれた王はダニエルに預言の機会を与える役割に過ぎないのに対して、「緑色の文字」では主人公は王に直した。しかも、王の恐怖に関する描写は淡白に描かれている。

○「ダニエル書」にはない、ダニエルの、王に対する細かな配慮と臣下に対する冷淡な態度を描いている。

○「ダニエル書」にはないが、「緑色の文字」では、ダニエルから預言について解釈してもらった王は、日夜神に祈りを捧げたり、妾だけを呼んで小宴会を催したり、王とダニエルとの別れの場面が添えられた。

つまり、上記の一連の創作によって、王は主人公とされ、その人間像も浮き彫りにされた。しかし、中島氏は問題提起をするに留まり、なぜ犀星がこのように創作したかという原因を究明していない。

思うに、この一連の創作によって、王を感情豊かな人間として描くことに成功したのはもとより、いっそう重要なのは、「わが運命はもはや神の前でさえも空しいと聞いている。わが祈りのたび繰り返すとも、わが運命はもう蝕ばんでいる。」「わしはわしの在るところを刻々と知るのだ。」「ダニエルよ、あの謎の文字がどんなに遅く現われても、また現われなくとも、それは吾にはかかわりのないことだ。」という王の一連の言葉から分かるように、「人々は、今日に至るまで、破滅が差し迫っているという警告の意味で、『壁の手書き文字』という表現を用い[8]るけれども、「緑色の文字」では、王は、自分の運命がよくなるように祈願するが、仮に破滅したとしても自分の運命を自分で支配しようと決意した悲劇的な人間として塑像されている。原典の「壁の手書き文字」を「緑色の文字」に直し、しかもそれを小説名にしたのは、犀星が緑=木によって象徴された世の中に対する「支配権」を自分で自分の運命をコントロールするという意味の支配権に置き換えたことを暗示・強調しているのではないかと思われる。

もし犀星が第一の沈滞期にあったことを考え合わせれば、この人間像を創造した犀星の動機が分かると思われる。

(二) 創作一途の決意で破滅危機に対抗する犀星

大正八年、詩から小説への華々しい転進後、初期三部作創作という第一のピークが過ぎてから、犀星には、大正十年から昭和八年までの間、とりわけ大正十四年から昭和八年までの約八年間はどん底とも言われる第一の沈滞期があった。この時期に、濫作が災いして、作品の質が低下し、素材にも方法にも行き詰り、犀星は一時文壇に無視または黙視されてしまった。

しかし､文学創作をコンプレックスの補償として求めてきた犀星は、一途に創作を続けた。この沈滞期を乗り越えて､「あにいもうと」(昭9・7)に始まる第二期の「市井鬼物」(昭9・7~13・2)の創作期に入った犀星は、この「小説の鬼に憑かれて明け易き」(昭10・7)､「憑かれたように書きつぐ濫作、小説と詩との間での模索・低迷等が横たわり、波乱と苦悩の時期」・「模索期[9]」を次のように振り返った。

○私が文学を選ばずに他の職業に就いていたら、私は或る種類の、詐欺とかこそ泥とか、賄賂とか殺害とか誘拐とかいう犯罪者の一地位に摺り落ちていたのであろうし、生涯をもっと陰惨な、他人に愛情を失い婦女子には嘘情を、そして妻子を路頭に欷かせるような人間になっていたことであろう。（「弄獅子」）

○文学に従かなかったら市井の破落戸のように逍遥わねばならなかったかも分らない。（「衢の文学」　昭11・6）

○小説を書かないで、ほかの職業を持ったとしたら、全くろくな人間にならなかったであろう。（『作家の手記』　昭13・9）

とあるように、コンプレックス脱出の努力に疲れを感じて、この沈滞を苦にしていた彼は、頑なに創作を精神の支えにしていた。「大分前に支那の童話とか、今昔物語やらをもとにして書いた時がありましたが、あれは作家の力の衰えた時ですね。[10]」と自ら述べた通り、彼は、こんな時期に、童話と「史実小説」を創作し始めた。「緑色の文字」は、この代表的作品である。つまり、文壇に無視された存在となった犀星は、この童話を、挫折に出会っても創作を堅持していくという意志表明の宣言書にしたわけである。

三、犀星におけるほかの「緑」と「木」関連の作品

実は、自らの努力によって自分の運命をコントロールしようというのは、犀星の生涯を貫くテーマで、初期抒情詩から、犀星は一貫して「緑」と「木」に愛着を抱いていた。

犀星の初期抒情詩だけでも、特別な意義が託された「木」を描いたものとして、『愛の詩集』所収の「秋くらげ」（大4・1）「永遠にやってこない女性」（大5・10）「大学通り」（大5・4）「郊外」（大6・1）「赤城山にて」（大6・6）「鶩の詩」（大6・5）「父なきのち」（大6・11）に、『抒情小曲集』所収の「小景異情　その四」（大2・5）「小景異情　その六」（題・5）「木の芽」（大・4）「旅上」（大3・4）「ふるさと」（大2・3）「櫻と雲雀」（大3・3・4）「樹をのぼる蛇」（大3・1）「松林のなかに座す」（大・7）「雪くる前」（大2・12）「赤き葉」（大5・7）「山にゆきて」（大3・5）「煙れる冬木」（大5・7）「天の虫」（大3・9）「植物園にて」（大3・1）「坂」（大3・3）「合掌　その三」（大3・6）「みどりを拝む」（大3・10）に、『第二の愛の詩集』所収の「散歩」（大7・7）「若葉はもえる」（大7・7）「郊外

の春」（大7・5）「見えない人格」（大7・6）「ある夜のこと」（大7・9）「夏の日の思い出」（大7・9）「筑波山の山ふところ」（大7・11）「青桐の木」（大6・1）に、『寂しき都会』所収の「桃」（初出未詳）「すぐれた実在」（初出未詳）「小学校とポプラ」（初出未詳）「木から落ちた少年」（大8・9）「私は枯れた木が好きだ」（大9・1）に、『星より来れる者』所収の「我庭の景」（初出未詳）「人をたづねて」（初出未詳）「冬木」（大10・6）「桃の小枝」（初出未詳）「夜」（大9・10）に、『忘春詩集』所収の「桃の木」（大11・5）「樹を眺む」（大11・9）に、『高麗の花』所収の「枳殻」（大11・12）「みかんの木」（大12・4）に、『青き魚を釣る人』所収の「匿れた芽」（初出未詳）に、『故郷図絵集』所収の「枯木」（初出未詳）「松が枝に」（大13・1）「すももの花」（大13・6）に、『鳥雀集』所収の「さみしき樹木」（初出未詳）などがある。中でも、代表的なのは、「小景異情　その六」である。

第六章「犀星文学における『杏』の象徴的意義とその働き」において分析したように、「あんずよ花着け／地ぞ早やに耀やけ／あんずよ花着け／あんずよ燃えよ／ああ　あんずよ花着け」という内容のこの「小景異情　その六」は、強い志を抱く不遇の詩人が、呼びかけ用の「よ」と命令形語尾の「け」とをくり返し用いて、燃えるような花を着けよという、杏の花に対する呼びかけや命令を通じ、出世への切迫した熱望を溢れんばかりに表現しているものである。杏の花について分析したが、この「木」と合わせてみると、昂然として挑戦し、自らの運命を自分の手に握って頑張って行く犀星本人の強い意志が読み取れる。

詩において、もっともこの向上意欲を表しているものは、「樹をのぼる蛇」である。

「われは見たり／木をよじのぼりゆく蛇を見たり／世にさびしき姿を見たり／空にかもいたらんとする蛇なるか／木は微かにうごき／風もなき白昼」という内容のこの詩に関して、「『世にさびしき姿を見たり』には作者その人の心情の浸透があり、『空にかもいたらんとする蛇なるか』にいたって、一種宗教的と言っていいような、天上憧憬、或いは超越的な感情の焦燥が露出して、蛇は描写からイメージへのすれすれの境界を登っている。さらに、『蛇』では、想像力はもっと解放されていて、蛇は作者の心そのもの、想像力そのものとなり、自在になまなましくイメージはひろがっていく。[11]」と指摘されている。第八章「犀星における『蛇』の象徴的意義とその働き」において詳しく見ていくが、犀星にとっての蛇のイメージには、強烈な向上意欲が込められている。しかし、ここで「木」というのは、神が宿るものであり、それに対して祈りを捧げ、自分の運命に対する支配権を自分の手に握ろうという犀星の熱望については、これまで見過ごされてきたのではないかと思えてならない。第六章「犀星における『杏』の象徴的意義とその働き」に見てきたように、この祈りを奉げた対象としての地蔵様を杏の木の陰の下に安置すると書く犀星は、何かをほのめかそうとしているのではないか。

それから、ほかの作品にもこの心情が託されている。例えば、「木に登っていると、気が清々して地上にいるよりも、なんとも言えない特別な高いような、自由で偉くなったよう気がするのである。」(「幼年時代」)から、主人公は木に登ることが好きだったり、初期小説に「若葉」「若木」が頻出したり、金沢郊外の金石の「涼しき松林のはづれ」(『抒情小曲集』)にあった僧院で転地療養したり、「草花、林、森」のもたらす「精神的慰安」から『青き魚を釣る人』の序文を起筆したり、「うらわかき樫のこぬれに/わが魚は小鳥のごとくとまり居り。」(「断章　その二」『青き魚を釣る人』)「木の枝のからだに触れるのは恋のように優しいものである。」(『庭を造る人』)若葉の茂りは、「椎の木が永い間生きのび戦ってきた歳月の王宮から、貰いうけた頸飾のように美しくみえ」(「椎の木」『乙女抄』)ると感じたりするのである。もちろん、最もこの木のイメージを生かした作品は、先に分析した「緑色の文字」であろう。

犀星の好きな「木」のイメージには、緑豊かな大樹が多いのは想像できるが、ほかに「麦のみどりをついと出て/ついともどれば雪がふり/冬のながさの草雲雀/あくびをすれば/木の芽吹く」(「木の芽」)や「樹の皮をむしり芽を露き出し/露き出しつつひと日送れり。/たましいを一つにあつめてつくさむ。」(「匿れた芽」)のように木を含む植物の芽と、「濃いむらさきの芽が着いていた/冬のさむい薪のなかに/それを抓んでみると生きていて/すべすべしていた/それゆえ日南へ干しておいた」(「冬木」)や「枯木はなまめかしい肌をして/ゆるくしなしなとくねっている/そこに雪がしらじらとかかり/あかねいろに肌が一そうなめらかに見える」(「枯木」)枯木がある。

前者に関して、「春のいまにも芽吹かんとする植物は、みな純粋に伸びよう、芽吹こうとする。生い立ちや境遇に屈折してきた犀星も、それ故に一層、厳しい冬を越して伸びていこうとする植物の生命感に共感し、リズムを感じ、そのイメージを追い求めたのではなかろうか。[12]」と指摘されているが、後者に関しては、犀星は自ら次のように説明している。

私は枯木が好きだ。ことに冬の始まりかけた頃にすっかり葉をふるい落した、すっきりした姿で立ち上った枯木を見ると、樹木の本当の姿を見たような気がする。枝と枝とが組み合ったり、ちいさな枝から最とちいさな枝が飛び出したりしたのを見ることが好きだ。実にたくみな必然的な調和をもっている。あるものは唯一本きりになった頂で、空に透いて見える。（中略）（冬の日がさしたら）その枯木はいつの季節にも見ることのできない温かさ親密さをもって私に映る。人間的な温かさだ。生活を予期させるような幸福な明るさをもっている。（「私は枯木がすきだ」大8・11）

つまり、芽にしても枯木にしても、犀星が好きだった原因は、この中に含まれている生命力である。

四、同時代の雑誌や文芸作品に頻出した「木」のイメージ

近代化を実現するため、明治政府は、つねに民衆の犠牲の上に権力機構の整備・構築を推進した。その意味で明治時代は、資本主義と官僚主義の両面における日本人が自己疎外をする組織化の歴史だったと言えよう。反体制的な運動と思想においてこの疎外状況を克服してゆこうとする明治・大正時代の文学者・思想家は、各方面において多様な対処法で闘争を展開してきた。中には、キリスト教に深く影響され、意識的か無意識的かに関わらず、「木」のイメージを借りて抗争した作家が多かった。代表的なのは、島崎藤村の「並木」（『文芸倶楽部』明40・6）と「時代の閉塞の現状」への対抗を表そうとして石川啄木が企画した雑誌『樹木と果実』[13]（1911年の企画だったが、発刊できなかった）が挙げられよう。これらの「木」のイメージについては、キリスト教の影響があるかどうかは断定できないが、キリスト教に影響された作家が、社会体制に反する意味で使ったものだという点において一致していることは、何かを示唆しているのではないだろうか。またこのような現象は、犀星にも影響を与えたのではなかろうか。

（一）島崎藤村「並木」における「木」のイメージ

島崎藤村が、「明治世界の思想界に於いて、新領地を開拓したる耶教一派の先輩の事業の跡を尋ぬるに、宗教上の言葉にて、謂う所の生命の木なるものを人間の心の中に植え付けたる外に、彼等は何の事業をか成さんや。」（「内部生命論」明26）と高らかに歌った北村透谷に深く影響されていたことと、代表作である『破戒』（明38）が透谷との思想的交流に終始したものであるということはよく知られている。また、藤村はかつてキリスト教に入信しており、キリスト教における「木」のイメージを知っていたはずである。彼の「並木」は、壮年の二人の文学者（相川と原）の眼を借りて、日露戦

争後の東京に生きる人々は「個人が特色を出したくても、社会が出させない。皆な同じように切られて、風情も何も無い人間に成って了う」という事態を描写している。

この個人のもつ固有性を活かせず、社会に適応していくためには体制に画一化されて生きていかざるをえない、という感覚に関しては、次のように多くの指摘がなされている。

○右の様な一種の悲観を懐て藤村の「並木」を読んだら、何となく胸を抉られる様な感がした。（中略）「社会の為めに尽くそうという熱い激しい希望」を抱いて居たが実行の力が之に添わず、又生活難に圧せられて、煩悶して居る中には時勢は容赦無く移って、自分等はとり残され、（中略）社会の為めに枝葉を切られて「並木」になって仕舞うのではあるまいか、こういう感を抱く者は相川一人ではあるまいか。（「新刊」『帝国文学』明40・7）

○藤村氏の『並木』の勢力は恐ろしいものだ。生活の苦悩を知り、始めた青年の間には、「並木に成る」と云う言葉が流行している、並木と云う言葉が、生活の為めに精力を消耗して新思潮の圏外に掃き出された人々に定名を下したのである。（「緩調急調」『新声』明40・8）

道端にあって、画一化された並木に啓示されてこの小説を書いたという解釈は間違いはないが、キリスト教に深く影響されていた藤村が、構築・完備された社会権力体制のために自分の「特色」を出すことができない、言い換えれば自分の行く道の「支配権」を得られない悲哀から、この「並木」のイメージを形成したと理解しても差し支えはなかろう。しかも、「真偽のほどは不明であるにせよ、どちらの評も、藤村のテクストが、同時代のある種の人々の気分を非常によく代弁していたことを評価していると言えるだろう[14]」という評論から、同感を抱いた同時代人が多かったと思われる。

(二) 石川啄木『樹木と果実』という企画における木のイメージ

一九一〇年五月、日露戦争を契機に活潑に発展し始めた体制変革の社会主義的な運動に対し、その出鼻をくじこうとするため、天皇暗殺を目論んだこと、所謂大逆事件を口実に、明治政府は、幸徳秋水をはじめとする数多くの社会主義者への検挙を始めた。明治国家がこのような閉塞的で暗い論理を新たに展開するに至ったゆえ、石川啄木は天皇制のオーソリティを人間的存在と反体制的な思想の自由を直ちに脅かす圧倒的な他者として意識し、体制的にも思想的にも体験せざるをえなかった危機に対応して、「自身の時代に対する組織的考察に傾注し」、この年「強権、純粋自然主義の最後及び明日の考察」と副題した「時代閉塞の現状」を書くに至った。国家をあからさまに「強権」ととらえたこの文章は、「一九一〇年の思想的文学的状況をもっとも明確につかみ出している記念すべきドキュメントであ」り、「大逆事件に集約的に表された明治国家の論理に対する、啄木の論理的自己対置であることはいうまでもないが、それは同時に反体制的な思想の大逆事件に対する最初のそしてもっとも深刻な論理的自己対置でもあったのである。[15]」それを踏まえて、彼は、『樹木と果実』という雑誌の出版を企画した。

日記によれば、啄木は、一九一一年一月十三日土岐哀果と初対面し、一月十六日「我々の雑誌を文学に於ける社会運動という性質のものにしようという事に二人の意見が合し」た。十八日幸徳秋水らの死刑判決が下ると、啄木は「日本はダメだ」と考え、一日中興奮状態で、十九日の日記には、「朝に枕の上で国民新聞を読んでいたら俄かに涙が出た。『畜生！駄目だ！』そういう言葉も我知らず口に出た。」と書いている。その夜に彼はこの雑誌の広告文を書き、雑誌の性格に触れ、「所謂文壇の事に関わらずして汎く日常社会現象に向い膨湃たる国民生活の内部的活動に注げり。雑誌の立つところ自ら現時の諸文学的流派の外にあらざる可らず。雑誌の将来に主張する所亦自ら然らむ。」と記している。そこで、「名は文学雑誌で従ってその名を冠しうるような事しかのせることはできないでしょうが、然し実は文学雑誌ではないのです。」彼は、「時代進転の思想」を青年の間に養っておくために「雑誌維持のほうほうとして或方面から短歌革新を目的とする雑誌だと見られても可いと思うのです。」（二十二日、平出修宛書簡）と、雑誌の目的を決めた。つまり、これは文学雑誌に名を借りた反体制的＝社会主義的な思想運動の雑誌に外ならない。このように、啄木は雑誌の名を上記のような形において出版しようと決めるに至ったのは事件判決後僅か三日経つか経たぬ間であった。「それは不幸にも彼の病のため出版されなかったにしても一九一〇年代の反体制的な思想の動きのもっとも先駆的なものとしてつかんでおかねばならない。[16]」

上記のように、「文学に於ける社会運動」を展開するため、その性格を「日常社会現象に向い膨湃たる国民生活の内部的活動に注」いで、「反体制的な思想」の育成＝果実を目的にしてこの雑誌＝「樹木」を創刊する、言い換えれば明治国家の暴力的体制という「支配権」に対して、啄木は自分なりの攻撃を図ったのではなかろうか。

（三）岡蘆丘「並木」における「木」のイメージ

最後に、「同じ『並木』の比喩を援用しながら、藤村の行った社会批評を、二十世紀初頭のアメリカ社会で日系移民が直面する困難への怒りとして奪用し[17]」た岡蘆丘の「並木」も参考として取り上げたい。

岡蘆丘の「並木」は、サンフランシスコを中心として刊行されていた日本語紙『新世界』に、一九一〇年二月二十二〜二十六日に全五回にわたって掲載され、移民である主人公岡本を中心に、彼と友人達が下宿や料理屋において議論を繰り広げたり、相互に様々な洞察や批評を行い合ったりする様子を綴ったものである。

移民である岡本が、クリスチャンであったかどうかは知るよしもないが、「テキサスにおける草創期の日本米作者には、キリスト教関係者が多かった。[18]」との指摘通り、ある程度キリスト教に影響されていたのではないかと考えられる。当時のアメリカは、日本人やイタリア人やメキシコ人に対して差別的政策をとっており、サンフランシスコで日本人学童が公立学校から追い出され、アメリカ太平洋岸諸都市での日本人排斥の気運も徐々にエスカレートしていた。「当時のアメリカの日本人移民たちが苦しんでいた人種的偏見とそれに対する怒り、そして差別に反発しつつもその〈偏見のヒエラルキー〉を身につけていってしまっていた日本人移民たちの姿が刻み込まれていた[19]」この小説は、自分の運命を自分でコントロールできない現実への抗議を叫び出す作品でもあると見てよかろう。

おわりに

キリスト教に影響され、時代に反旗を翻した明治・大正期の文化人は、意識的あるいは無意識的に、人間の運命を制御する国家の権力への反抗として作品においていろいろなイメージの「木」を描いた。このような文学的環境に染まり、神道における木のイメージに影響された上、「キリスト教的感覚」を抱いていた犀星は、創作を通じてコンプレックスから脱出したいという強烈な意欲、言い換えれば、自分の進路、自分の人生を自力でコントロールするという意味での「支配権」を獲得するため、「木」に愛着を抱くようになった。並々ならぬ努力の結果、中央詩壇において確固たる地位を確立し、初期三部作の創作を通じて新進作家として小説界へのデビューを果たした彼は、ようやくコンプレックスを一時的に薄めることができたが、まもなく第一の沈滞期に陥ってしまった。このような破滅的な危機に面していた時期に、彼の心を支えていたのは、相変わらず、創作一途の志であった。それこそが「緑色の文字」が生まれた最大の原因だったと考えられる。その向上意欲は、彼の生涯を貫くものであり、「木」のイメージへの愛着も、彼が生涯を通して抱いたものである。

【注】

（1）船登芳雄『評伝　室生犀星』（三弥井書店　平9）132〜133頁
（2）エルドン・バートル「枯木・枯草」項（葉山修平監修『室生犀星事典』　鼎書房　２００８）510頁
（3）田口マミ子「樫・椎・樅」項（注2前掲『室生犀星事典』）507頁
（4）高瀬真理子『室生犀星研究』（翰林書房　２００６）225頁
（5）三浦仁「『抒情小曲集』の主題と方法」（佐久間保明、大橋毅彦編『佐藤春夫と室生犀星』　有精堂　１９９２）133頁
（6）聖書冊子協会『ダニエルの預言に注意を払いなさい』（１９９９）5頁
（7）中島賢介「室生犀星論」（『北陸学院短期大学紀要』第36号　２００４）32頁
（8）前掲注6、102頁
（9）船登芳雄『室生犀星論――出生の悲劇と文学――』（三弥井書店　昭56）242頁
（10）「古典について――室生犀星・折口信夫対談」（『折口信夫全集』別巻3　中央公論社　１９９１）163頁
（11）小室善幸「室生犀星（2）」（『俳句』　１９８５・11）86頁
（12）前掲注4、211頁
（13）島崎藤村におけるキリスト教の影響に関して、枚挙にいとまないほどの論究があるので、ここで列挙しないことにする。石川啄木におけるキリスト教の影響に関しては、河野仁昭「石川啄木とキリスト教」（『キリスト教社会問題研究』30　昭57・2）、馮羽「日中近代文学とキリスト教研究―石川啄木に触れながら―」（『岩手大学教育学部附属教育実践研究指導センター研究紀要』第11号　平13）参照
（14）日比嘉高「絡みあう『並木』―日本近代文学と日系アメリカ移民の日本語文学―」（『京都教育大学紀要』No.109　平21）6頁
（15）草部典一「一九一〇年代の思想と文学の理論」（『文学』Vol27　岩波書店　昭34・8）36頁
（16）前掲注15、40頁
（17）前掲注14、8頁
（18）川端俊英「『破戒』の結末をめぐって（二）」（『同朋国文』　１９９３・3）105頁
（19）前掲注14、9〜10頁

第八章　犀星における「蛇」の象徴的意義とその働き

犀星文学のキーワードの一つとして、「蛇」が挙げられる。[1] 確かに、日記にばかりではなく、文学作品においても、犀星は倦まず厭かずに「蛇」を描いてきた。しかし、意外なことに、従来の分析は、犀星文学には蛇が頻出しているという現象の指摘に留まり、何故こうならしめたかについては、徹底的追究はなされていないようである。

普通怖いものとして嫌われてしまう蛇を、なぜ犀星は、偏愛か愛着と言っても過言でないほど好きで、ずっと描いてきたのか。それは、第二章「犀星における『宗教的感覚』及びその意義」において見てきたように、幼い頃より苛まれてきたコンプレックスから脱出するため、彼は、寺院育ち、少年時代に受けた民間伝説及び聖書、殊に放浪時代に受けたトルストイやドストエフスキイの影響で形成した「宗教的感覚」を頼りに、創作を通じて生活の浄土を見つけたり精神的向上を求めたりしようとしたからだと思える。

本章は、犀星にとっての、自ら負わされたコンプレックスから脱出するための努力の形象としての「蛇」のことを明らかにしようとするものである。

一、宗教的立場から見る蛇の意義と犀星における受容

蛇は水陸両棲の生物であるゆえか、洋の東西を問わず、陽と陰という両面性を持っているものとされている。例えば、西欧では、蛇は両性の面を持ち、時にそれが男性の場合でも女性的な陰性のイメージを帯びていて、その象徴的な意味は、地中で冬眠し地上を這うことから、太母神のイメージと結びつき、大地の豊穣さを表すものである。聖書では、邪悪な毒性を持つ同時に叡智を備えているものとされている。

日本では蛇は洪水などの水難をもたらす畏怖的なものであると同時に、五穀の豊穣をもたらす恵みの神としても敬愛されている。それればかりではなく、宗教の面では、蛇は、支配権・神通力の象徴とも思われている。

このように、人間は蛇に畏敬と愛憎半ばした複雑な感情を持ち合わせている。

（一）神通力と支配権の象徴としての神道の「蛇」

日本では、古来、蛇は畏怖すべきものだとされている反面、それはやさしさの権化とも言われ、古典の伝承では無力で素直な陰神となりおおせたこともある。神婚神話は種々のヴァリエーションがあるが、当時の蛇の役割は、嫌悪や恐怖の対象ではなく、むしろその神性が信じられていた。その神通力に関して、もっとも代表的な伝説は、「三輪山説話」と「道成寺説話」で、その支配権に関して、もっとも代表的な説話は、「草薙剣（くさなぎのつるぎ）」であろう。

記紀の大物主神の神婚説話を基本型にして発展してきた異類婚姻譚は、「三輪山説話」と総称されている。『古事記』には、若くて美しい男性が毎夜通ってきて同衾し、いつの間にか妊娠した活玉依姫（いくたまよりひめ）という絶世の美人は、父母にその男性のことを問い詰められ、その正体を疑うようになり、父母の教え通りに、男性の着物の裾に麻の糸がついた針を刺した。後にその糸を手繰って男の行方を探ったところ、男性は三輪山の神だと分かった、との記述がある。『日本書紀』には、崇神天皇の祖伯母にあたる倭迹迹日百襲姫命（やまとととひももそひめ）は、大物主大神（おおものぬしのおおかみ）の妻となったが、大物主神は夜しか訪れないため、その姿をはっきりと見ることができなかったのを甚だ遺憾に思っていた。朝までいて姿を見せて欲しいという姫の懇願に応じて、神は「明日の朝、櫛箱の中にいる。私の姿を見ても決して驚くな。」という約束で承諾した。が、翌朝、櫛箱の中にいたのは、下紐ほどの小さくて美しい蛇だということに、姫は思わず驚いて声を上げてしまった。恥をかかされた大物主神は、恨み言を残して三輪山へ帰ってしまった。後悔して座り込んだところ、姫は陰部が箸に刺されて死んでしまった、と記されている。若干の違いがあるが、大国主神に協力して出雲の国を作った神、または大国主神の和魂とされた大物主神は、蛇が正体たる出雲系の神で、歴代の大和系皇室の尊崇を受けた神であることに一致している。

「道成寺説話」は、平安時代の『大日本国法華験記』、そして『今昔物語』にも出た逸話で、思いを寄せた僧安珍に裏切られた少女清姫は、激怒のあまり蛇身に変化し、道成寺の鐘に隠れた安珍を鐘ごと焼き殺して、蛇姿のまま入水してしまった。蛇道に転生した二人は、道成寺の住持のもとに現れて供養を頼む。住持の唱える法華経の功徳により二人は成仏し、天人の姿で住持の夢に現れた。実はこの二人はそれぞれ観世音菩薩と熊野権現の化身であったという、法華経の有り難さを讃えたものである。この説話で注意すべきなのは、清姫は、蛇に変身してからこそ、偉い神通力を身につけた、ということである。

また、『古事記』では倭建命（『日本書紀』では日本武尊）が、駿河で野火攻めに遭った時、草薙剣で草を薙ぎ払って難を逃れた。ここで注意すべきなのは、この剣は、建速須佐之男命（『日本書紀』では素戔嗚尊）が、出雲を荒らしていた八俣遠呂智（八岐大蛇）を倒した際に、その体内から出てきたものである。この草薙剣は、三種の神器の一つとして、天皇の持つ武力の象徴とされている。

それだけではなく、

蛇と人間との古くからの関係は、憎悪や恐怖を超えた親和力にもとづくものであった。今日でも、十九歳の厄年の女が鱗の模様の着物を着るのは、蛇にあやかって再生をねがう古代人の心の名残であり、葬列の先頭に蛇のかっこうをした葬具をかかげてすすむのも、死者の世界からのよみがえりを求める心のあらわれである。(2)

とあるように、世界の多くの国々と同じく、日本でも、蛇は脱皮の繰り返しによって新しい生命を受け継ぐと考えられていたから、不死と再生の願望が込められてきたのである。

「幼年時代」に描いた鞍が岳の池に潜った河師堀武三郎の伝説や、第一の創作沈滞期に故郷の城下町金沢縁の人物や事件などの伝承話から素材を得た一連の作品や、晩年に日本伝統美への追求などから、犀星が日本の伝説と伝統文化における蛇のイメージに深く影響されたことが伺える。「蛇の衣まもり袋に封じけり」（明40・8・15）とあるように、「蛇の衣」を護符として入れて自分の縁起物にしたことから、青年時代の犀星は、蛇縁の伝説に詳しかったことが推測できよう。

(二) 上昇イメージの仏教の「蛇」

真言宗は、真言陀羅尼宗、曼荼羅宗、秘密宗とも称され、空海（弘法大師）によって九世紀（平安時代）初頭に開かれた日本の仏教の一派である。この流派の特長の一つとして、非常に重要な明王部の信仰があるということが挙げられる。明王部というのは、不動明王その他の五大明王を代表とする諸尊を指す。教義の上では、明王部の諸尊は、本来の仏達、根本的には大日如来の分身で、心理的に突詰めて言えば、人間の中なる煩悩の象徴である。そこで、明王部の信仰は、瞑想による下位エネルギーの解放とそれを乗り切る過程における人格的象徴とされている。武士社会になって禅の普及に従い、それは、日本人に大きな影響を与え、武士階級の精神主義との結び付きも大きい。

明王部の諸尊は、奇怪な容貌を持ち、燃え盛る火炎を背負ったり、蛇を従えたりして、瞑想者に強い圧迫感を与えるものである。明王は、なぜ蛇という気味の悪い動物を従えたりするのか。ここで、仏教における蛇のイメージの意味を見なければならない。軍荼利明王を例にしてみよう。

真言宗の五大明王には、軍荼利明王という尊像がある。軍荼利とは、梵語のクンダリニー（kundali）で、もともと不可触民起源の女神で、その後密教に取り入れられ、クンダリー女神になった。しかし、その女神が中国で性転換され、更に日本に伝わってから男性姿の仏像が作られるようになった。クンダリニーの語源は、コイル、螺旋、環、巻き毛などを意味するサンスクリット語のクンダラ（kundala）という名詞から派生したクンダリヌ（kundalin）——螺旋を有するものの女性形主格であり、ヨーガでは体内のチャクラを流れるエネルギー（体内で覚醒したプラーナ）と解釈されている。軍荼利明王の成立は明王の中では古いようで、それに該当するのは甘露軍荼利菩薩、サンスクリットでいうアムリタ・クンダリンである。アムリタとは、不死の霊薬のこと、クンダリンとは水瓶、或いはとぐろを巻いた蛇のことである。クンダリニーの覚醒によって、甘い蜜が喉元に下りてくる味覚を体験できることは、アムルタ（甘露）と表現されたゆえ、軍荼利菩薩は甘露軍荼利菩薩と呼ばれている。

では、クンダリニーは、なぜ蛇に関連付けられるようになったのか。

仏教では、クンダリニーは脊椎で休眠していて、ヨーガで覚醒すると脊椎の尾部から頭部に向かって上昇し、これが体内で蛇が頭を持ち上げる感覚を体験することもあると言われている。それゆえに蛇はクンダリニーの象徴として表現され、軍荼利明王の体には蛇が巻き付いている。しかも、クンダリニーの上昇に伴い、眉間辺りに位置するアジナー・チャクラが第三の眼になる体験をすることもあるから、軍荼利明王の顔には第三の眼がある。

湯浅泰雄氏は、イギリスのインド学者ウッドラフ（John Woodroffe）の訳したタントラ・ヨガの経典『サッと・チャクラ・ニルパーナ』（直訳すれば『六つの輪(チャクラ)の考察』）を借りて、ヨガにおける蛇の象徴的意義を次のように説明している。

> 性的エネルギーの変換と昇華によって悟りに至るという考え方がみられる。（中略）クンダリニというのは、「巻かれたもの」という意味で、右の経典では、男根(リンガ)を抱いてとぐろを巻いた蛇で示されている。このクンダリニは女神の眠っている力をあらわし、その力はクンダリニ・シャクティとよばれる。シャクティ Sakti はふつう「性力」と訳され

るが、訳者はこれを「身体の中にある聖なる宇宙的エネルギー」the Divine Cosmic Energy in Bodiesと説明し、象徴的に「蛇の力」Serpent Powerと訳している。深層心理学的に解すれば、蛇は無意識領域を象徴している。ヨガの冥想は、このとぐろを巻いて眠っている蛇の力を目覚ます方法である。経典の題にある「六つの輪（チャクラ）」というのは、人間の身体の中に位置している一種のみえない輪であるが、これはまた、冥想のときに意識を集中する場所である。（中略）この六つの輪は、背柱にそって尾骶骨部から頭頂に至る管（ナディ）の途中の六箇所に存在している。冥想によってクンダリニの力が目覚めると、蛇はナディを通って次第に上昇し、その目覚めが六つの輪を通過して頭頂の「ブラフマンの門」まで至れば完全な解脱に達するという。この六つの輪は、仏教の瞑想法や道教の瞑想法における集中点とかなり一致している。[3]

さらに、犀星の育った雨宝院では、神仏混交を反映して、魚身蛇形の金比羅（こんぴら）を祭っていた。金比羅とは、薬師如来の十二神将の筆頭宮比羅大将（インドではクンピーラ）のことで、般若守護十六善神の一に数えられる守護神であり、釈迦が修行したというヒフラ山の守護神でもある。日本では大物主神の垂迹（すいじゃく）として金毘羅大権現といい、海上の守護神として民間に広く信仰されている。

「蛇は文学的には伝説や歴史の中にいる奴だ。」（昭25・9・16付日記）とあるように、寺の子、しかも高野山真言宗の雨宝院という寺で育った寺の子である犀星は、生活も創作も「文学的には伝説や歴史の中にいる」蛇に影響されたのは当然のことである。先見てきた「三輪山説話」と合わせてみると、犀星にとっての「蛇」は、「支配」・「上昇」・「完全な解脱」というイメージであることが分かる。

（三）主権と忠誠の論争に関わったキリスト教の「蛇」

キリスト教において、蛇は、聖書を一部始終貫いた主権と忠誠の論争に関わったものとして、特別な地位を占めている。

「創世記」には、次のことが書かれている。エホバ神は、先ずアダム、その後またアダムのあばら骨の一つで、アダムの妻としての女性エバを造り、園の中央にある「善悪の知識の木」の実を食べてはいけないという条件付けで、二人にエデンの園に住まわせ、永遠の命を与えた。しかし、「大いなる龍，すなわち，初めからの蛇で，悪魔またサタンと呼ばれ，人の住む全地を惑わしている者」（啓示　12・9）に誘惑され、二人は、その禁じられた実を食べる行為を通して、神に不従順になった。その罰として、エホバは、二人を楽園から追放しただけでなく、蛇に対して「この事を行なったゆえに，（中略）お前は腹ばいになって進み，命の日のかぎり塵がお前の食らうところとなろう。そして，わたしは，お前と女との間，またお前の胤と女の胤との間に敵意を置く。彼はお前の頭を砕き，お前は彼のかかとを砕くであろう。」（創世記3：14、15）と宣告した。

注意すべきなのは、次のことである。ここのところの所謂「蛇」とは、文字通りの動物の蛇ではなく、み使いである悪霊の「父」、即ち悪魔サタンのことであり、「蛇」の「胤」とは、サタンが歴史を通じて作った多くの王国と政府のことで、「女の胤」は、油注がれたイエスのことで、「蛇」の「胤」が「女の胤」に対して敵意・憎しみを表わす行為は、サタンは、「蛇」の地的な「胤」を組織することを通じて、クリスチャンの会衆に影響を与え、エホバへは反逆し、「女の胤」であるイエス・キリストを砕いて死なせたことである。それに対して、イエスは、アダムの子孫の失われた命の権利を買い戻し、つまり人間が永遠の命を得るための贖いの価を提供した。その後、イエスは高く上げられ、「初めからの蛇」はついには永久に滅ぼすため地に投げ落とされ、「定められた時」を待つことになった。こうして、「創世記」にはじめて提出され、ずっと聖書を一部始終貫いた主題は、「啓示」の書の終わりの数章の中で、エホバの王国によって成し遂げられるその崇高な目的が明らかにされると共に、やっと高潮を迎えたのである。「創世記」において、神の主権の正当性に関する論争はどのように象徴的な蛇、即ち悪魔サタンによって提起されたか、さらにサタンの滅びと人類の救出に関する確実な希望は伺えるわけである。

当時の日本の文壇が、キリスト教に深く影響されたのは周知のことである。とりわけ、「外部の趣味にハイカラやモダンが殆どなく、生活の根柢している精神にだけ、キリスト教的な西洋の蛇が食い込んでいるのである。」と自ら述べたように、彼の生涯の親友の萩原朔太郎は、「キリスト教的な西洋の蛇」[4]に深く影響されている。そこで、犀星本人も、キリスト教の蛇のイメージもよく知っていると推測できる。

このように、神道において、天皇の武力（支配権の一つ）の象徴としての草薙剣、天皇系の支配を支えた大物主神と偉い神通力を持った道成寺の蛇に転身した女、仏教において「上昇」・「完全な解脱」の象徴となった軍荼利明と大物主神の垂迹としての金毘羅大権現、それから、キリスト教において、エホバへの忠誠とその至高な支配権に挑戦した蛇（サタン）

は、何れも支配権か上昇を連想させるものである。犀星における蛇文化は、この点において複合されてできたものではないかと思われる。

二、犀星の蛇への愛着

犀星は、生涯にずっと蛇に深い愛着を抱き、蛇に関して数多くの作品を創作している。そのうち、「蛇の衣まもり袋に封じけり」（40・8・15）「蛇の衣眼にすゞしき思い哉」（明41・7・7）のような、「蛇の衣」を描いたものもあるが、直接蛇そのものに関するものが一番多い。例えば、詩においては、『抒情小曲集』所収の「蛇」（大2・8）「樹をのぼる蛇」（大3・1）などがあり、小説においては、蛇のイメージに因んだ女性を描いた小説「性に眼覚める頃」（大8・10）「夏葱」（大9・8）や「走馬燈」（大11・2・21〜5・20）などの一連の「娼婦愛もの」[5]に「末野女」（昭36・9）「十五枚の小説〈さらばへる〉」（昭27・9・18付日記）、エッセイにおいては、蛇に関する感想やその美しさを描写した「くちなはの記」（昭28・11）、特に昭和三十年十月に刊行され、たちまち六万部というベストセラーを果たした『随筆　女ひと』（昭30・1〜7の間、『新潮』に七回に分けた連載を単行本にしたもの）は印象深いものである。この本は、アマゾンの「BOOK」データベースでは、「夏になると女の人の声にひびきがはいり、張りを帯びてうつくしくなる。声、二の腕、あくび、死顔、そして蛇。老作家が抱き続ける『女ひと』への尽きぬ思いを、哀しみとおかしみを交えて軽やかに綴る。晩年の犀星ブームを導いた豊潤なエッセイ集」として推薦されている。

それから、「蛇の好きな人間はちょっと間にも、蛇のはっているのを見て面白がるものである。（中略）どこかに、この面白い奴がいないかと、それをさがしに歩いてい」て、「なるべくたくさんの蛇の生態を見て、蛇日誌とでも名付けられるようなものを、書いて置きたいものである。」（昭28・7・24付日記）とあるように、「蛇日記」も記している。不完全な統計で、新潮社刊『室生犀星全集』（昭39〜43年）別冊所収の犀星の日記には、昭和二十年代にだけでも、詳しく描いたものには次のようなものがある。

○川べりを歩いていて初めて一匹の蛇を見た。三尺くらいある瘠せた蛇だった。三年ぶりで美しい生き物を見た。
　くちなはの尾の消ゆ草も枯れにけり。

くちなはの波しら砂に絶ゆるかな。（昭23・9・14付）
○青大将が乱次ない格好で道路を跨いで匍っていた。（中略）叢に消えてしまうまで見送っていると、何か損をしたような気がした。何だろう、もっと永く見ていたかったのだ。（昭24・5・26付）
○きのう見た蛇が眼に憑いていて放れないで、困った。（昭24・5・27付）
○一昨日蛇を見た八幡神社の道ばたに行ってみたが、草刈りがはいったらしく、業は整えられて乱次のない図太い者の姿はなかった。（昭24・5・28付）
○親指くらいある若い山かがしが、胡麻よごしのような背中を見せて、物柔らかに草の間に姿をけした。（中略）きょうの若い蛇類を見ることは、嬉しいものの数の内である。何か確かりと人間のほかの生活秘密を握りしめた感じであった。（中略）蛇を好むのは静かだからである。物音をさせないし鳴かずにいる。醜いというよりも、美しさを超えたからだの文様は、余りに鮮やかな肉に徹った濃厚さを持ち、その一つびとつが伸縮自在の明りを見せているからである。思い切った気持の悪い厭らしさをあそこまで立派にえがいていることでは、外の如何なる生き物にも優って美しい。（昭24・9・16付）
○蛇のゆめをみる。（中略）蛇は火の中に踊っていた（略）。（昭24・12・30付）
○一人の男が三尺くらいの縞蛇と青大将の首すじからえりまきのようにぶらさげ、しきりに蛇の講釈をしていた。（昭25・4・24付）
○この家を建てたのが昭和六年だったから、もう十九年経っている。その間に庭で蛇を見たのは二度きりだ。（中略）頭も胴とおなじくらいの鈍器のような奴で、絶えず頭をけいれんするように左右にふるわせ、石の間から出て、また石をくぐっては何かをさがしていた。全くのろのろした、時間の観念を忘失したような縺り方であった。この庭で見た三度目の蛇であるが、蛇を見ると殺したくなる性質であるけれど、きょうはただ永い間眺めているだけで、殺すには石の間で位置がわるいし、たとえ遣っても生殺しになるので、止めることにした。（昭25・9・15付）
○すみずみを捜してみたが、何処にもすがたが見られなかった。いやらしい生きものはそのいやらしいために気になるものだ、蛇は文学的には伝説や歴史の中にいる奴だから、いっそう、その正体の醜悪さを見きわめたくなるのだ、長ったらしいために蛇くらい見ていて飽きない動物はない、その動きかたの、動いているのかいないのかわからないあんばいは、どの動物にもない魅力的な静かさだった。彼が草の間に最後の尾を引いて姿を消す時なぞ、余情たっぷりしたもので、ないものを在るような見せる幻さえ見せてくるものである。（昭25・9・16付）
○ひとすじの縄のころげ落としたような粗悪な感じであった。少しも美しくも怖さも見せていなかった。蛇でも縄のような奴はいるものだ。（昭25・9・18付）
○はなれの蛇を見てから蛇のことを寝る前に考えてこまった。（中略）相当長いものであるらしく思った。（昭26・5・27付）
○新潟の興行見世物のニシキヘビの七メートルもある奴が逃げ、（中略）蛇のうつくしさは、蛇が好きなせいか、頭がぐりぐりと彫られてのこっている。（昭26・6・20付）
○蛇を見るとたいてい今まで殺していたが、四五年前から殺すことに気がすすまないで、大てい対手にならなかった。（中略）嘗て殺さずにはいられなかった自分が、態々、道具を持って土を掘り、蛇を埋めるということも妙な丁寧さである。（昭26・9・11付）
○十年くらいこんな大きな奴を見かけたことがなかったので、余程殺そうかと思ったが、気が進まないままに、取り逃してしまい、大変損をしたような気持ちになった。（昭26・10・13付）
○二三日前に見た映画で、横這いをする蛇をみたが、蛇はやはりぬらぬらとのたって這うのが美しいが、横に這う習性のやつは、汚ならしく品が下っていた（略）。（昭27・1・25付）
○ゆうべ蛇のゆめをみた（略）。（昭27・4・26付）
○蛇も大きく偉い奴になると、たやすく出歩くものではない。昼顔もまだつぼみを持つには早いらしい。（昭27・5・11）
○土と同じいろをした蛇は美しくもなく、ただ長たらしくゴムのように無感覚で気味が悪い、ひと際さびしい生き物である。（昭27・7・8付）
○（山かがし）美しいと見ればこいつほど美しい奴はなく、にくにくしく眺めたらこれほど厭らしい奴はいないが、

きょうは憎心なくつくづく見とれることができた。（昭27・7・11付）
○川べりに出ると、三四人の子供が一疋の蛇を手に下げてやって来た。三尺五寸くらいの傷のついてない蛇である。（昭27・8・8）
○蛇を見ることの好きな僕（略）。（昭27・8・18付）
○ゆめの中で猛毒のある五六寸くらいある、とかげに似た蛇がいて、（中略）その色がイヤだった。（昭27・9・16付）
○十五枚の小説「さらばへる」に蛇のことを書いたが、蛇さえ書けばうまく出来るようである。（昭27．9・18付）
○三尺くらいあってみっちりとふとり、頭は実に小さく、曇天のような色をしていた。砂地のうえはよく走れないらしく、ずるずると歩きにくそうで、どこか、めすのような柔らかさがあって、しゃなしゃなとしたしなが見えた。駭くと全体で駭くらしく、首をぴりっとうごかすと、その余波がからだぢゅうを尾に向って、まがりを速めて行った。そのうち、僅かな草むらにはいったが、草むらにはいろうとしたときに、前身をまっすぐに気持ちよさそうに伸ばし、一呼吸にかくれてしまった。ほんの僅かな草むらによくあれだけの円体をかくすことができるともうくらい、うまく、まがりくねって、姿をぽかしてしまったのだ。（昭27・9・21付）
○きょうはおねはんである。
釈迦が死んだかたわらに、犬猫猿へび雉子山どりなぞが集まり、悲しんでそばをはなれなかったということは、美しい物語である。子供の時は何でもないこれらの童話風なものが身にしみて美しく感じられるのも、年を老ったせいであろう。殊にのろのろと蛇がはいずって悲しむのがいかにも悲しみの本体をあらわしている。長ったらしい頭から尾の先まで悲しみを背負っている蛇は、悲しみそれ自身のようである。（昭28・2・15付）
○この夏にはいってから一度も蛇を見たことがない、そのうち、お目にかかるだろうと、そんな、たあいないことを考えて行くと、草の中の乾いたところに、去年の枯れた茨の枝に蛇の脱皮がひとすじひっかかっていた。きゅうにほしくなって、懐中から紙を出して、ていねいに蛇の衣を四つ折りにして、たたみ込んでいる（略）。（昭28・7・15付）
○庭の苔のうえに二年子くらいある、山かがしが、ちょろちょろ柔しく餉っていて、よく見ると頭が確かりと固まっ

て見え、首根に黄色いあざやかな環の斑点があり、くびわのように見えた。（昭28・7・20付）

○此間の蛇の皮を剥製のこほろぎ箱のふたの裏にはりつめて、置いた。美しいもように見える、しず子は気味悪がったが、他の人もみなそう思うだろう。（昭28・7・21付）

○今年の夏は蛇のことを書く機会が多いようだが、なるべくたくさんの蛇の生態を見て、蛇日誌とでも名付けられるようなものを、書いて置きたいものである。蛇の好きな人間はちょっと間にも、蛇のはっているのを見て面白がるものである。コワいものみたさの気持ちはふだんは何処にも見えないが、蛇を眺めるとその気持ちに早変わりしてゆくのである。どこかに、この面白い奴がいないかと、それをさがしに歩いているような毎日の散歩であった。

（昭28・7・24）

とあるように、高い頻度で、蛇のことまたは蛇に関して記していた。しかも、日記において克明に観察された蛇は文芸作品に生かされたのである。

しかし、昭和二十九年より、体が衰えてきた犀星は、闘病と創作生活に追われて、蛇を見ることができなくなり、日記に蛇を記すこともだんだんしなくなったようである。

外の人に嫌悪感しか抱かせない蛇に、犀星は、限りない美を発見して、微細なところまで描写している。例えば、彼は「頭に近いほど濃い横縞がきざまれ、背中は老鼠のように垢光りをもった、山かがし」を観察したり、蛇の「暗緑と灰鼠色の亀甲形の文様を眺め、鮎のようにやわらない口もとをのぞきこんだ」りして、「美しいと見ればこいつほど美しいやつはなく、しかも性質は白痴美人によく似た」（「くちなはの記」）ことに惚れる。日記において、「美しい生き物を見た」（昭23・9・14付日記）、「外の如何なる生き物にも優って美しい」「若い蛇類を見ることは、嬉しいものの数の内である。（中略）蛇を好む」（昭24・9・16付日記）、「どの動物にもない魅力的な静かさ」を持っている「蛇くらい見ていて飽きない動物はない」（昭25・9・18付日記）、「蛇のうつくしさは、蛇が好きなせいか、頭がぐりぐりと彫られてのこっている」（昭26・6・20付日記）、「蛇はやはりぬらぬらとのたって這うのが美しい」（昭27・1・25付日記）、「見ることの好き」（昭27・8・18付日記）で、「こいつほど美しい奴はな」い（昭27・6・11付日記）、と繰り返したり書いている。

蛇に対して、克明な観察を施した上、犀星は、高い賞賛もした。例えば、『随筆　女ひと』において、路上で見世物にしていた青大将を見た使いの「男」の眼を借りて、「温和しい青が、どこかに手をあわせているような美しさを、彼は次第に王冠の飾りのひとこまのように感じ出した」と、その「あはれなる」美しさを王冠に譬えて称えた。さらに「末野女」において、「男」の話を借りて、「あいつには何処かに偉さがある。」「あいつの美しさは無限だ、（中略）やはり王は王の気がしたね。」と褒めている。無理にいえば俗者ばなれした、いつもひとりでいなければ生きていられない、果の果で生きているからだ。また、昭和28年、涅槃の日に、「釈迦が死んだかたわらに、（略）殊にのろのろと蛇がはいずって悲しむのがいかにも悲しみの本体をあらわしている。長ったらしい頭から尾の先まで悲しみを背負っている蛇は、悲しみそれ自身のようである」（昭28・2・15付日記）と、蛇を情け深いものとして描いているのである。こんなに好きであるゆえに、「嘗て殺さずにはいられなかった自分が、態々、道具を持って土を掘り、蛇を埋めるということも妙な丁寧さ」（昭26・9・1付日記）を持つようになった。

三、犀星文芸における「蛇」のイメージ

先ず成長と再生の願いにつながるものである。

これについて、犀星作品における「蛇の衣」を見よう。

蛇の衣まもり袋に封じけり　　（明40・8・15）

蛇の衣眼すゞしき思ひ哉　　（明41・7・7）

木の股にひっかかって、するりと脱け残っている銀色の蛇の脱殻を、犀星は、端的に「眼すゞしき」ものと受け止めて、それを「まもり袋に封じけり」。俳句にばかりではなく、日記においても、犀星は、「去年の枯れた茨の枝に蛇の脱皮がひとすじひっかかっていた。きゅうにほしくなって、懐中から紙を出して、ていねいに蛇の衣を四つ折りにして、たたみ込んでいる」（昭28・7・15付日記）。「此間の蛇の皮を剥製のこほろぎ箱のふたの裏にはりつめて、置いた。美しいもように見える」（昭28・7・21付日記）と、蛇の脱皮に限りない愛着を抱いた。

日本では、六月一日は「キンヌギツイタチ」とも言われている。キンとはキヌ・衣服のことで、その日に蛇などがキヌを脱いで新しいキヌを着て（脱皮）、成長を成し遂げるとされている。それは、蛇が脱皮して成長するように、人間も衣

換えを繰り返すことによって成長するという考えで名付けられた行事を行う日である。蛇の脱皮を眼にした犀星は、人間的成長を成し遂げようとすることを連想したのであろう。

次に、端的な向上イメージとしてのものである。

第七章「犀星における『緑』と『木』の象徴的意義とその働き」において、「われは見たり／木をよじのぼりゆく蛇を見たり／世にさびしき姿を見たり／空にかもいたらんとする蛇なるか／木は微かにうごき／風もなき白昼」という内容の「樹をのぼる蛇」を見た。この詩に関して、

○「世にさびしき姿を見たり」には作者その人の心情の浸透があり、「空にかもいたらんとする蛇なるか」にいたって、一種宗教的と言っていいような、天上憧憬、或いは超越的な感情の焦燥が露出して、蛇は描写からイメージへのすれすれの境界を登っている。さらに、「蛇」では、想像力はもっと解放されていて、蛇は作者の心そのもの、想像力そのものとなり、自在になまなましくイメージはひろがっていく。[6]

○天に昇れば今よりかは幸せに生きられるかもしれない。（中略）蛇は自らの新たな可能性を信じ、生きている。[7]

という指摘のように、この詩から犀星の「天上憧憬、或いは超越的な感情の焦燥」・「自らの新たな可能性」が読みとれる。確かに、犀星にとっては、蛇は「宗教的」なものである。

ほかにもこのようなイメージの蛇がたくさん描かれている。例えば、「くちなはの記」には、少年に追われた蛇が、幾本もの枝を素通りして樹幹だけを上りつめていき、「殆ど、伸びてもちぢまなくなった頸を自分でも、じゅうに扱われなくなって棒のようにつッ立ててばかりいた、長いからだはぐりぐりに捲きついてはいるものの、それはただ、捲いたままほぐすことのできなくなったところの、ちからの出し放しのような硬い捲き方をつづけるばかり」である。この「枝の先へ先へ匍いずってゆく」イメージは殊に印象深い。ここから、創作を通じていかにして社会的地位を高め、コンプレックスから脱出していくかという強烈な向上意欲に貫かれた犀星の姿が伺える。

犀星作品における木によじ登る蛇を見る度、いつも聖書の「民数紀」に出る「銅の蛇」という伝説を思わず思い出す。エホバの命令に従ったモーセに導かれ、エジプトを脱出したイスラエル人は、神が自分達の世話をしてくださったことに感謝するどころか、マナに飽きて、エホバとモーセに不平を言うようになった。彼らへの罰として、エホバは彼らのとこ

ろに毒蛇を送った。結局多くの人は蛇に噛まれて死んでしまった。その後、悔い改めた人を救うため、エホバは、モーセに銅の蛇を作って、それを柱につけて、蛇に噛まれた人にそれを見つめさせるように命令した。結局、蛇に噛まれた人は、柱に付けられた銅の蛇を見つめると、また元気になったという。木の上に上った蛇は、犀星に救いを与えたに違いないと思ってもよかろう。

　それから、犀星の筆になるの「蛇の形態上の特色は、蛇腹幅ということばに集約されるように、棒のように長い胴体とその動きにある。」「質感もまた蛇の大きな魅力となっている。」「蛇の蛇たるゆえんはその長い形状にある。(8)」とまとめられている。犀星本人も、小説・エッセイにおいて、「蛇というものの一等美しく見えるときは、草と草のあいだにからだの一部が空いてみえる間際であった。」（「くちなはの記」）「その文様の麗しさに柔らか長いからだが草むらに消え去ろうとするときに、尽きない怖さの名残りを何時も感じていた」（『随筆　女ひと』）と、それから、前に見てきた日記において、「くちなはの尾の消ゆ草も枯れにけり」、「くちなはの波しら砂に絶ゆるかな」、「叢に消えてしまうまで見送っていると、何か損をしたような気がした」、「物柔らかに草の間姿をけした」、「彼が草の間に最後の尾を引いて姿を消す時なぞ、余情たっぷりしたもの」である、と度重ねて書いている。実は、蛇の長い胴体、樹幹を登りつめたイメージ、それから草むらに消え去ってゆく後姿は、何れも犀星の向上意欲と関わりがある。なぜなら、

> 蛇が長いからだを引き摺って草むらに消え去ってゆくとき、長いがゆえに残像は永遠に網膜に永遠に刻みつけられる。（中略）一方、樹幹を登りつめた蛇の頭上には、もはや空以外には何もない。しかし、蛇の蛇たるゆえんは永遠に上り続けることにあるから、ついに空中を飛翔しはじめる。犀星は空中を無限に飛翔し続ける蛇でありたいと願っている。(9)

との指摘通り、長い胴体とその余韻によって表された無限の行跡によって、蛇は時間的にも空間的にも永遠なる運動を続けるものとして塑像され、犀星のコンプレックスから脱出する弛まぬ意志の強さを表しているからである。

　それにちなんで、蛇、それから蛇の「這いず」ることが大好きな作家には、中国の魯迅もいる。彼は蛇が好きで、度々蛇のことを書いている。

　魯迅は自分のことを蛇に喩え、また蛇を道と喩える。道と蛇とを緊密に結びつけることには、人生の希望、自我の価

値は、道の上にあるという彼なりの独特な生命哲学が含まれている。彼は、終生「腹で這って行き、土を喰う」蛇のように、休まぬ独行者のように生涯「絶望に抗争」している。[10]

と指摘されたように、魯迅においても、土を這う蛇は、努力と抗争のイメージである。

最後に、「女ひと」への連想としてのものである。

「彼は出生のコンプレックスと母への憧憬を文学の源泉としながら、最終的にはそれを独特の女性美学・人間学にまで昇華させた。[11]」「犀星はついに会うことなくして別れたままに終わった生母のイメージを追い求めて、（中略）生母＝まだ見ざる女人＝美的対象物」というパターンの作品が多く書いた。したがって、「犀星一流の女人に対する美意識を解明してはじめて、室生犀星論は出現するとさえ言える。[12]」と指摘されたように、コンプレックスの補償の一つとして、犀星は終生美貌な女性を描き続けてきた。[13]前に見てきたように、蛇は、女性的な陰性のイメージを帯びている。女性美への執着は、彼の蛇への執着的な偏愛の原因の一つであろう。

「蛇をながむるこころ蛇になり／ぎんいろの鋭き蛇にある／どくだみの花あおじろく／くされたる噴井の匂い蛇になる／君をおもえば君がゆび／するするすると蛇になる。」と、『抒情小曲集』所収のこの「蛇」において、「ぎんいろの鋭き蛇」→「あおじろ」い「どくだみの花」→女の「ゆび」、蛇の白色と女の白肌、というふうにイメージが重なり、連想した妖艶な白さによって、詩全体は神秘的・陰鬱な雰囲気が漂っている。それから、「どくだみの花」→「くされたる噴井の匂い」とあるように、普通爽やかな夏の季語としての噴井は、ここでは花の匂い、いや男を抱み込んでくれるようなかすかな女の香りを連想させるのであろう。初期抒情詩から、犀星には、蛇→女という考えが定着したのであろう。

犀星の小説にも、このイメージの蛇や女は数多くある。「性に眼覚める頃」では、「五本の白い蛇のように宙に這っていた指は、その銅貨の上にそっと弱弱しく寧ろだらりと置かれた」と、女の指が蛇に譬えられている。「夏葱」では、ずっと廓の部屋で待っていた「私」は、殺意を持ち、「女」を鞭で張り飛ばし、剥製にして蝶のように壁にピンで留めることを想像しているところ、「女」はふいに目を覚まし、「無邪氣そうで毒のない寝起きの表情」を見せる。すると「私」は止みがたい哀感に襲われ、「女」のもとから去り、夏葱の生えている畑を通るとき、白い葱から女のことを連想して「ふしぎに得体のわからない情欲が、暑ければ暑いなかに蒸し蒸しと起こっていることを感じた。」帰途中動物園から逃げ出し、土管の中に潜り込んだが捕縛された大蛇を見て、「ぬらぬらした女」のことを思い出し、重々しく圧迫を感じる。「鯖か鰤」のような女の肉体に思いのままに切り込んでみたい衝動は、女の肉体への嫌悪感であると同時に、自分の中の情欲をも封殺してしまいたいという感情の表れである。これは、犀星の「娼婦愛もの」に共通している。

人間には、「情欲の圧迫を逆手にとって、それを享楽しようとする気持があることも確かである。（中略）その圧迫感を生涯にわたって享楽した一人である」室生犀星は、蛇＝女に悩まされたと指摘されている。確かに情欲の悩みというのは一つの原因であるが、なかなかコンプレックスから脱出できないゆえ、逆手にそれを向上意欲に転化した犀星の心情の表れというのは、もっと重要である。そこで、「室生犀星にとっての女とは、蛇のごときもので、愛憎半ばするものなのである。[14]」

おわりに

「犀星の蛇たいする偏愛は、秩序からはみ出したもの、日常性を挑発するものに向けられている。[15]」との指摘通り、真言宗の寺の子で、仏教に切っても切れない影響を受けた上、幼い頃より伝説や説話に深い興味を持ち、自分の童話や「史実小説」にも伝説等に取材したものが多いことに示されているように、神道に影響され、更にキリスト教に深く影響された犀星は、「宗教的感覚」の支配で、自分の運命を自分でコントロールし、コンプレックスから脱出し、向上してゆくという強い意欲とその努力ぶりを「蛇」のイメージで表現するようになったのである。

【注】

（1）詳しくは、大森盛和「蛇」（室生犀星学会編『論集　室生犀星の世界〈下〉』龍書房　２０００・９）参照。
（2）谷川健一『蛇　不死と再生の風俗』（冨山房　２０１２）173頁
（3）湯浅泰雄『身体』（創文社　昭52）189頁
（4）萩原朔太郎「詩に告別した室生犀星君へ」（『萩原朔太郎全集』新潮社　昭34）447頁

（5）詳しくは、拙著『「自己実現」・「超越」の室生犀星文学』（龍書房　２０１２　170〜193頁）参照
（6）小室善幸「室生犀星（2）」（『俳句』１９８５・11）86頁
（7）松本秀人「蛇・蛙」項（葉山修平監修『室生犀星事典』鼎書房　２００８）531頁
（8）注1前掲書、464〜465頁
（9）注1前掲書、465〜466頁
（10）那秋生「魯迅的蛇縁」（『羊城晩報』２０１３・３・13）Ｂ５
（11）東郷克美「犀星の小説の方法」（『解釈と鑑賞』昭和53年2月号　昭53・2）102頁
（12）安宅夏夫『愛の狩人　室生犀星』（社会思想社　昭48）4頁
（13）詳しくは、注（5）前掲拙著（39頁）参照
（14）大森盛和「〈夏葱〉について」（『室生犀星研究』第８輯　１９９２・５）55〜56頁
（15）注1前掲書、464頁

第九章　中国大陸における犀星文学の紹介と研究

前の各章で分析してきたように、豊穣で耽美的な生活文化の雰囲気を代々受け継いだ金沢の風土に馴染んだだけではなく、多くの漢籍を読み、漢文学の素養の豊かな名文士との交友を通じて、教養から趣味生活に至るまで中国文化に薫陶された犀星は、多くの作品に中国文化の寓意が託されたものを織り込め、自分の真意と向上意欲を表現している。そこで、中国人にとって、彼の作品は、ある程度読み易いものであろう。

しかも、旅行嫌いな彼の、生涯たった一度の、しかも着慣れた和服から新調の洋服に着替え、その「洋服地獄」に苦しめられた海外旅行は、昭和十二年四月十八日から五月六日までの中国東北地方への旅である。この成果として、小説『大陸の琴』と旅行記『駱駝行』と詩集『哈爾浜詩集』という、所謂「大陸文学」を書き上げている。この意味では、犀星は中国と深い縁があり、彼の中国文化の要素がふんだんにある作品が、中国人に愛好されるはずであろう。

では、国際化が急激に進んでいる今日に至って、犀星の文芸世界は、中国でいかに読み取られ、さらに、中国大陸において、犀星文学はどんなイメージでいかに研究されているのか、というのは興味深い問題である。

一、犀星の生涯と文芸世界についての紹介

民間交流が盛んになりつつあって、とりわけ中国人の日本への観光ブームもあって、訪日外国人数を国籍別で見れば、中国人観光客は、その一位となり、二〇一六年一～八月現在まで、既に延べ四百四十八万四千九百人にも達した[1]気運の中で、中国では、文学の愛好者と研究者だけではなく、普通の観光客まで日本事情や文学に対する理解がだんだん深まってきた。その結果、犀星のことは、日本についての観光案内書などにもブログの個人旅行体験談の中にも出てきたのはもとより、中国の教科書にもより多く取り上げられるようになった。

第一に、中国の雑誌や訳本の中に出た犀星に関する紹介を見よう。

一九八〇年代、もともと実質上鎖国だった中国は、「改革・開放」政策の実施に従い、海外の進んだ科学技術・生産設備を導入すると同時に、外国の文芸作品も多く紹介した。一九七二年の中日国交正常化以来、中日両国の友好関係がハネ・ムーン時期に入った上、中国の近隣国であり、経済発展の模範と目された日本の文芸作品も多く翻訳されてきた。犀星の場合、詩を筆頭に、俳句・小説・随筆もその波に乗って数多く紹介された。

初めて犀星の詩とプロフィールを紹介したものは、遅軍氏「室生犀星詩歌四首」であろう。

室生犀星（1889〜1962）は、日本近代の著名詩人・小説家で、金沢市出身である。父は下級軍官で、母は女中である。私生児である犀星は、生まれてからすぐ寺院に送られ住職の室生真乗夫妻に養子として養われた。貧困生活がせいで、小学校三年で中退し、金沢地方裁判所に給仕として勤めるようになった。少年時代から文学が好きで、当時の著名詩人北原白秋に深く影響された。勤勉な彼は、青年期に地方の新聞記者を勤めたこともあった。文学生涯を始めてから亡くなるまで、数多くの詩歌、散文と小説を創作している。主な作品には、『愛の詩集』『第二の愛の詩集』『抒情小曲集』『あにいもうと』『杏つ子』『室生犀星全詩集』などがある。

室生犀星は人道主義の作家である。（中略）その基本思想は、人道主義の愛である。犀星の詩が、日本近代文学史上において重要な地位を占めている原因は、多分ここにあるであろう。[2]

とあるように、いろいろなことが原因で、足軽頭の生父のことが近代軍隊風を匂わせる「下級軍官」と、「高等小学校」を「小学校」に、中退時の学級を「三年」に、それから、養父の真乗とその内縁の妻赤井ハツの関係を「夫妻」と、犀星を「人道主義の作家」と間違えて紹介をしていた。[3] この間違った紹介は、影響が非常に大きくて、ずっとその後の犀星認識のもとをなしたようである。

総じて言えば、犀星の生涯や文芸世界についての紹介は、犀星の作品を漢訳して紹介する際、ついでに行ったものがほとんどで、まとまったものが少なかった。例えば、陳岩氏「新緑葱蘢罩峰巒――日本詩歌中的夏之情」は、「草木が繁茂する夏という季節に、生命のシンボルたる緑色は、もっとも日本人を感動させる」という角度から、俳句における日本人の夏に対する感覚を紹介する時、犀星の「わらんべの洟もわかばを映しけり」を分析し、「室生犀星（1889〜1962）、詩人」[4]と、注釈の形で触れただけである。

犀星のことが普通の日本文学の愛好者に知られるようになったのは、顧盤明氏に負うところが多い。一九八七年七月号の『当代外国文学』に、氏が訳した「少女情思」（「幼年時代」。中国語の訳名を前にしてから、括弧入れの形で日本語の元の詩題・小説名・書名を表記する。下同）は、「日本当代の著名詩人・小説家室生犀星の中篇佳作である。作者は清新かつ精緻な筆致で、異性に対する青春年少の詩人の微妙な心理を描写している。」という摘要と犀星のプロフィール付けで掲載された。犀星に対する評価は、ほとんど「人道主義の作家」という前人の指摘を踏襲したものである。氏は更に、「情竇初開」（「性に眼覚める頃」）「如水情深」（前出の「少女情思」の再録）「純情少女」（「聖処女」）という三本の小説を収録した訳本『情竇初開』（漓江出版社　１９９１）を出版して、「訳者前言」の形で犀星に対して紹介を施した。両方とも依然として生父のことを「下級軍官」と誤訳したりしていた。が、犀星の生涯と文芸世界に満ちた「真摯な感情と鮮明な愛憎と旺盛な向上精神」のほか、結晶度の高い言語表現というプラス的な評価と「悪文の見本」というマイナス的な評価という毀誉褒貶の両極を紹介し、初めて犀星文芸の全貌を語った。これは、中国における犀星文学の影響を広げるのに大いに役立った。

普通の日本語学習者に犀星のことを宣伝したのは、張蕾氏「逆境中の強者」であろう。文章は、犀星の私生児という生まれ、不幸な育ち、北原白秋への傾倒と萩原朔太郎との親交、『愛の詩集』と『抒情小曲集』の出版などによって日本詩壇に築き上げた不動なる地位、佐藤春夫と芥川龍之介の影響とそれによるライバル意識に燃やされて「幼年時代」「性に眼覚める頃」「ある少女の死まで」という初期三部作の掲載と小説界へのデビュー、第一の濫作期と「あにいもうと」などの佳作による立ち直り、それから晩年に「杏っ子」『かげろうの日記遺文』「蜜のあはれ」などの結晶をはじめとする第三の昂揚期、生涯二十余篇の校歌、百五十冊の本、七百本の小説と一三〇〇篇の詩による膨大な文芸世界、七十三歳で癌にかかって生涯を閉じたことを紹介している。しかも、この創作における業績ばかりではなく、芥川文学賞の選考委員を長年勤めたり、天皇への陪食という名誉を断ったりすることまで詳しく紹介している。とりわけ、犀星が唯一の海外旅行として中国東北地方へ出かけて、「大陸文学」を創作したことを紹介して、中国人の日本語学習者に親しみを持たせた。なかでも、「彼の幼少時の悲惨な経歴は、多分彼の文芸作品に漂った孤独と悲哀の根本原因であろう。」「『犀』は、故郷の金沢付近の『犀川』という川からとったもので、『星』は天上の星のように永遠に輝くという願望を表している。」と追究して、高等「小学校も卒業していないにもかかわらず弛まぬ並々ならぬ努力で名作家になった。」[5]という評価は、自らの努力によって自分の運命を変えるという当時の中国社会思潮にぴったり合っていて、多くの日本語学習者に感動を与えた。

日本文学の愛好者にばかりではなく、日本文化とりわけ庭園の愛好者に犀星のことを伝えたのは、犀星の随筆集『庭を造る人』を元にして『魚眠洞随筆』『随筆　女ひと』及びその他の随筆から、犀星が花、小動物などが示す自然に関心を寄せた部分を、周詳侖氏が編集・翻訳した『造園的人』（花城出版社　２０１３）である。氏は、「田舎生活、都市の暗黒、流浪と失意、結婚育児などを題材に、自分なりの創作風格で大胆な試みを展開して、矢継ぎ早に創作した家庭と純真な愛情を渇望する」初期三部作と、「農村生活を背景にして、父女・兄妹・恋人同士の感情葛藤を描いた」「あにいもうと」及び「都市に取材して市井百姓の不幸な生活を暴露した」中期の「市井鬼もの」と、「生涯の文学成就を反映する自叙伝風小説「杏つ子」、生母を偲ぶ歴史小説「かげろうの日記遺文」及び女性美を謳う『随筆　女ひと』などの傑作からなる第三の昂揚期の作品群を総括的に紹介した上、「国策文学」に抵抗する手段として、戦争中「相変わらず身辺生活・泉石園林などを題材にして、心境小説・歴史小説・散文童話・詩歌俳句などを書き続けていた」ことから、犀星は「心が優しくて、大自然を熱愛し、平和的生活を渇望する作家である。」（「訳者序」）と結論して高く評価した。マルクス主義文学批評理論を基準にしたこの評価には、戦後「公職追放」された一部の日本文人の戦争中の行為を追究し批判した中国の研究界[6]と、犀星を「避戦作家」として讃えた伊藤信吉氏の影響[7]もある。後に詳しく見ていくように、意外なことに、この本の出版は、中国の造園界と中日文化の研究者に犀星を造園の名人としてイメージ付けた。

ほかの作家の作品を紹介する時、ついでに犀星のことを紹介するところも多い。新人に刺激を与えた「室生犀星詩人賞」（中国では「室生犀星奨」「室生犀星詩歌奨」「室生犀星文学奨」[8]などと訳されている）を受賞した名詩人のことについて、例えば、滝口雅子氏のことを紹介した時、「第一回室生犀星奨受賞」と、辻井喬氏のことを紹介した時、「隠喩的手法で青春の挫折と人生の彷徨いを覚えた苦悩を書いた『異邦人』が詩壇を震撼させ、これをもって『第二回室生犀星詩歌奨』受賞[9]」、「著名詩集『異邦人』で第三回室生犀星文学奨（１９６１）受賞[10]」と、河合幸男氏のことを紹介する時、「愛と別れ」で「室生犀星奨受賞」と紹介し、戦争反対の詩人達の旗手として高く評価した。[11]また、堀辰雄死去六十周年にあたる二〇一三年に日本各地で起こった記念ブームについて紹介した時、「堀辰雄、一九〇四年東京に生まれる。高校時代に既に日本の名作家室生犀星、芥川龍之介の知遇を得た[12]」とか、芥川龍之介やほかの名作家の親友であるとか[13]の形で書かれている。

第二に、中国の教科書に出た犀星のことを見よう。

学校教育において、文芸作品にカノンの地位を付けるのは、文学史と教科書である。日本の影響もあり、中国で編集された日本文学史には、犀星のことに関しては、紹介は少なく、過小評価は多い。

謝志宇氏『日本文学史』（浙江大学出版社　２００５）、於栄勝氏『日本文学簡史』（北京大学出版社　２０１１）などのように、犀星に全然言及しなかったもののほかに、以下の四種類がある。

第一類は、その生涯や詩に簡単に触れたものである。

限られた一九四九年前の資料の中では、謝六逸氏『日本文学史』は、日本の文芸団体について紹介する部分にだけ、「詩人協会」の「会計会員」の部分に「室生犀星」[14]の名前が出ている。これは犀星のことをはじめて中国に紹介した記録だと思う。中日国交回復後、影響の大きい王長新氏『日本文学史』は、付録の作家名簿に「室生犀星（１８８９～１９６２）、愛の詩集、あにいもうと、杏つ子[15]」と、曹志明氏『日本戦後文学史』は、「中野重治は、高校時代より文学活動に参加。彼の文学に影響を与えた第一人者は、詩人室生犀星である[16]」と、葉渭渠氏『日本文学思潮史』は、「室生犀星は、新浪漫主義に属している[17]」と、王健宜・呉艶・劉偉氏編著『日本近現代文学史』は、大正時期の各文学流派についての紹介をした後、「ほかに割に有名な作家として、佐藤春夫と室生犀星もいる。」「佐藤春夫と比肩できる作家は室生犀星である[18]」と、譚晶華氏『日本近代文学史』は、「大正詩壇の口語自由詩」項に、「同人雑誌『感情』に拠った室生犀星・萩原朔太郎・山村暮鳥ら感情詩派の詩人たちは、民主詩派の散文的傾向を否定して、詩名のように感情を尊重して、口語の饒舌性を音楽性にまで高め、口語自由詩の成熟に多大の貢献をなした[19]」と、それから、肖霞氏『日本現代文学発展軌跡』は、「文語象徴詩から口語自由詩へ転換しつつあった詩壇において、彼は感情と自然風物とを自分なりに融和させた姿で、簡単明瞭な方法で充実な内容をもって象徴性を失っていない詩的境地を開き」、とりわけ最後の詩集『昨日いらっしって』は、「詩・小説・随筆の区別と境地は本質的なものではないことを示し、言語の運用は既に完熟した。[20]」と一言二言で紹介乃至は評価している。

例外なのは、詩作もしていて、マルクス主義文芸理論に深く影響された呂元明氏『日本文学史』は、犀星のことに愛着を抱き、「室生犀星は、『民衆詩派』詩人と称され、彼の『抒情小曲集』『愛の詩集』（1918）は、人類への愛を表している。」「室生犀星『山吹』は、『今昔物語集』に材を得ている。」「堀辰雄は、在学中芥川龍之介、室生犀星から相当な影響を受けた。」「新日本文学会は反動的な文学と文化に闘争していた。その主張と活動は、志賀直哉、広津和郎、正宗白鳥、室生犀星、宇野浩二ら資産階級民主作家の支持と応援を得て、広範な文芸統一戦線を結成した。[21]」と多くの記述を施している。

第二類は、犀星詩を高く評価したものである。

羅興典氏『日本詩史』は、『白樺』と『感情』の同人を「人道主義詩人群」として、彼らの詩は「感情的には人民大衆に傾いて、形式的にはもっと自由である。（中略）代表者は、千家元麿と室生犀星である。」『抒情小曲集』は、「人生と自然に対する哀嘆及び繊細・柔美な抒情を特徴に、詩史上において抒情詩の高峰をなした[22]」と、葉渭渠氏『日本文学史・近代巻』と葉渭渠・唐月梅氏『20世紀日本文学史』は、「室生犀星は近代詩の再変革に直接参与した。彼の詩は、生に対する意識的虚無と絶望を表す朔太郎のものと違って、人生に対して思弁的・抽象的思索態度をとっている。彼の詩は、人生に対して直感的に肯定的な態度をとり、しかも弛まぬ行動をとり、絶えず前進している。」「犀星の浪漫的抒情詩風、それから口語に近く、ある場合方言俗語も混じった文語体は、象徴派詩人未踏の詩の境地と、日本近代抒情詩の新の一ページを開いた。彼はドストエフスキイの人道主義の影響を受けて、（中略）人道主義的激情に満ちて、貧困者の後姿を詠嘆したり貧困者の苦痛を思索したりしたにはしたが、民主詩のように貧困者の反抗と革命的精神を呼び起こすことができなかった。[23]」と二書において同じ内容を繰り返した上、葉渭渠・唐月梅氏『日本文学簡史』は、さらに「萩原朔太郎、日夏耿之介と室生犀星の出現は、日本近代詩と近代象徴詩の完成を示している。彼らは、近代詩から現代詩への架け橋を果たしている。[24]」と犀星詩を高く評価している。

第三類は、近代詩の確立について語る際、犀星のことに触れない、乃至は過小評価するものである。

前出の羅興典氏『日本詩史』は、「序」において、「萩原朔太郎は、その『月に吠える』『青猫』『氷島』などの詩集をもって、明治以来の日本近代詩の完成者という地位を確立し、それはさらに昭和と現代詩の起点ともなった」と、劉利国・何志勇氏『挿図本　日本文学史』は、「口語自由詩の完成は近代詩確立のシンボルである。長い近代詩歌化の過程中、決定的な作用を果たし、近代詩の『質変』を成し遂げたのは萩原朔太郎である。[25]」としていて、全然犀星に触れなかったことにおいて共通している。肖霞氏『日本文学史』は、「昭和十年代の詩」項において、「萩原朔太郎の流れを汲み、堀辰雄を中心とする〈四季〉（1933〜1944）によって、昭和詩壇の大きな勢力となったのは、三好達治を中心とする抒情派である。室生犀星・堀辰雄・丸山薫（1899〜1974）のほかに、また中原中也（1907〜1937）・立原道造（1914〜1939）・伊藤静雄（1906〜1953）なども加わった[26]」と、李先瑞氏『日本文学簡史』は、犀星の生涯を紹介し、『抒情小曲集』は「近代抒情詩の頂点をなす作品である」と評価しているが、「口語自由詩を完成させたのは萩原朔太郎である[27]」と、劉利国・羅麗傑氏『概説日本文学史』は、「文語自由詩から口語自由詩の確立と完成」は高村光太郎と萩原朔太郎に「よるところが大きい」、さらに「民主詩派（拠点雑誌『感情』）」項で「室生犀星・山村暮鳥・千家元麿・白鳥省吾らの民主詩派の登場は雑誌『感情』により推進された。口語自由詩による詩の大衆化をはかった。[28]」としてある。見てきたように、犀星詩に関してあるところで高く評価したことがあるが、別のところでそうではなくした人もいるということが面白い。原因は、やはり編集者や著者達も犀星には詳しくないことにあろう。

第四類は、ほかの名作家を紹介する際、ついでに犀星のことを紹介するものである。

李光沢氏『日本文学史』は、「堀辰雄」項において、「高校在学中に室生犀星や芥川龍之介の知遇を得る[29]」と、張如意氏『日本文学史』は、「大正各派の文学」項で、「佐藤春夫の友人の室生犀星は、春夫と同様、詩人として出発した[30]」と、肖霞氏『日本文学史』は、佐藤春夫の「友人の室生犀星も芥川龍之介の影響もあり、最初詩人として出て小説を書き始め[31]」たと、劉利国・何志勇氏『挿図本　日本文学史』は、「新現実主義期」項において、「佐藤春夫と室生犀星は最初に詩人として文壇に登場した。（中略）佐藤春夫に影響された室生犀星は、その作品が唯美主義的色彩を有してい[32]」ると、王健宜・呉艶・劉偉氏『日本近現代文学史』は「堀辰雄」項において、「室生犀星に出会い、後に芥川龍之介に師事し、文学の道を歩むようになった。[33]」としてある。

代表的なのは、王志松・島村輝氏『日本近現代文学研究』は、中日両国の学者による日本近代文学についての「研究必携」であるが、「室生犀星」という項はなく、「萩原朔太郎」項にさえ犀星に直接触れたところもない。ただ研究現状において、朔太郎と犀星との関係について、「1990年代には北川透『萩原朔太郎〈言語革命論〉』（東京：筑摩書房　19

95）が、大正初期の朔太郎、山村暮鳥、室生犀星が共有していた前衛的な言語実験を〈言語革命〉というキーワードで捉えかえし、現代詩の隠れた先駆として再評価」と間接に紹介してある。それから「中野重治」項に「学生時代に、室生犀星のもとにあつまった堀辰雄や窪川鶴次郎らと同人雑誌『驢馬』を創刊し、先鋭な評論や抒情的な詩を書く」と、「堀辰雄」項に「1923年、室生犀星と出合い、高級避暑地軽井沢に初めて滞在。同年犀星は、関東大震災で母を失った傷心の辰雄を芥川龍之介に紹介。[34]」としてある。

犀星の作品は、教科書にも採用されている。前に紹介したように、漢訳の『造園的人』は出版されている。冒頭の「日本的な美しさの最も高いものは庭である。庭にはその知恵をうずめ、教養を匿して上に土を置いて誰にもわからぬようにしている。」という言葉で始まった「日本の庭」は、『普通高中課程標準実験教科書　語文必修五』（江蘇教育出版社　2004年審査合格）と『晨読美文　新課程初中語文読本』第一輯（湖北長江出版社　2011）に採用され、多くの学生に日本の庭園の美、それから日本人の美意識を紹介している。この影響もあって、後に紹介するように、犀星は中国で「造園の名人」として知られるようになった。

第三に、インターネット、殊にSNS（ソーシャルネットワーキングサービス）時代の今日にいたって、いろいろな立場から紹介されている犀星のことを見よう。

ウィキペディアほどではないが、中国最大のフリーなオンライン百科事典である「百度百科」にも、「室生犀星」という項が設けられている。が、「父旧藩主、早逝」と、間違ったところもある。「中華詩庫」の「国際詩庫」にも、彼に関する簡単な紹介がある上、「小景異情　その二」「海浜独唱」などが収録され、「『愛の詩集』から詩風が一変して、多くの詩作は人道主義的観点から出発して、自然的な人間の純朴さと純真さを求めるようになった。[35]」としている。

森茉莉のエッセイの訳で「室生犀星之死」というテーマで、犀星が亡くなる前のことを紹介した文学批評家、博士指導教官の梁艶艶氏もいれば[36]、旅行体験記やブログに犀星のことを書いたりするふつうの民間人も多くいるように、犀星のことはいろいろな人により様々な角度から紹介されている。総じて言えば、犀星の向上意欲、奮闘努力に感動されたものが多い。

二、詩に見られる犀星像

全体的に言えば、二十世紀末頃まで、犀星文学に対しては、詩歌の翻訳と紹介が中心で、研究と言えるほどのものはなかったが、今日に至って研究成果が段々と出てくるようになった。

（一）詩人として紹介された犀星

対外開放政策を実施した直後、貪欲的に世界から知識を吸収する中国では、情熱的に世界を謳う詩歌を多く漢訳して、しかも多くは中国の有名な雑誌に載せて、当時の詩人に相当な影響を与えた。犀星文芸の中で、詩が一番多く紹介された一因はここにある。

では、犀星の詩は、どんな基準で選び訳されたのか。

第一に、マルクス主義文学批評理論である。

前掲の遅軍氏「室生犀星詩歌四首」は、犀星の「冬天の精霊」（「冬の霊魂」）「早晨的歌」（「朝の歌」）「我的使命」（「自分の使命」）「在某条大街的背後」（「ある街裏にて」）を訳して、

> 室生犀星は人道主義の作家である。彼の詩には、真摯な感情を抱き、貧困な下層労働大衆への同情を表したり、自分の貧苦生活を映して絶えぬ向上精神を体現したりするものがある。（中略）その基本思想は、人道主義の愛である。犀星の詩は、日本近代文学史上において重要な位置を占めているのは、原因は多分ここにある。[37]

とあるように、犀星は、「人道主義」の詩人で、それが原因で日本近代詩史における地位は高い、と見ている。陳岩氏「従詩歌看日語芸術3」も、島崎藤村の文語体詩「千曲川旅情」と、北原白秋の松尾芭蕉の「寂」精神に影響された「落葉松」に次いで、犀星の「小景異情　その二」を訳して紹介し、「おお、ここにはあらゆる人間の愛がある。寂しい愛、孤独の愛、真実の愛、幸福な安らかな愛、正しい愛、虐たげられ、呵責まれた愛（略）一人の、而して万人の愛、おお、そうして一切の愛、これらが皆この中にある。」という北原白秋の『愛の詩集』に寄せた有名な「序言」を引用して、「室生犀星は人道主義の詩人である。[38]」としている。劉立善氏「人道詩派」は、「彼の詩は社会の弱者に対する同情に満ちて、しかも抒情に富んでいるゆえ、理想主義的詩編に属する。口語自由詩『愛の詩集』（1918）は社会の下層群衆（売春婦を含む）への素朴な同情と、白樺派と民主詩派人道主義の傾向を帯びている。」と「人道詩派[39]」の詩人として高く評価している。

資本主義の国々には、社会主義的人間愛がなく、「人道主義」というものしかなかったとされていた当時の社会状況では、中国の知識人達は、欧米や日本の文芸作品を見る時、まず「人道主義」に着目し、下層階層の生活を描くものを訳すのである。

第二に、その抒情的詩風である。

日本近代詩を紹介する時、先に挙げた陳岩氏「従詩歌看日語芸術3」は「犀星は抒情詩創作の好手で、（中略）写生画のように自然と内心の感情を流れだした[40]」と、劉立善氏「人道詩派」は、「抒情小曲からなる『抒情小曲集』は青春の哀傷を純粋な感情で謳いあげ、日本抒情詩の新しい一ページを開いたものである。代表詩集『愛の詩集』と『抒情小曲集』を世に問ってから、犀星は萩原太郎とともに大正詩壇を先駆けて、一時詩壇の希望と見なされていた。[41]」としてある。孫久富氏「室生犀星詩歌五首」も、「犀星の開いた日本当代文壇における純朴・自然・清新・明快という独特な詩風は、後学に大きな影響を与えた。[42]」という原因で、「四季草」（「時無草」）「晨之歌」（「朝の歌」）「故郷」（「ふるさと」）「露草」（「月草」）「永遠不来的女性」（「永遠にやってこない女」）を訳して紹介している。

ほかに、小章「室生犀星詩五首」（『訳林』 1988年第2号）は、「朝晨之歌」（「朝の歌」）「在故郷過冬」（「故郷にて冬を送る」）「蒼空」（「蒼空」）「小詩一首」（「小詩一つ」）「犀川岸辺」（「犀川の岸辺」）を訳している。どんなことが理由で上記の四篇の詩を選んで訳したかははっきりしていないが、その『愛の詩集』所収の豊かな抒情性・強烈な向上意欲・愛情への渇望に打たれたのが原因ではないかと思われる。

（二）詩人として研究されている犀星

犀星詩に関しては、従来の通訳・紹介からだんだんと研究という段階に深化してきた。

まず、張蕾氏「逆境中の強者――室生犀星」は、林範訳「小景異情　その二」を再録したり、「昨日いらつしつてください」所収の「ひげ」を翻訳しただけではなく、「小景異情」に出た「都」と「みやこ」についての日本文壇における論争を紹介したうえ、「都」は東京を指し、「みやこ」は金沢を指すと強調し、犀星の文学的創造力は、まるでひげのように「生きていて絶えることを知らない」、「ひげにしても、詩にしても、いずれも犀星が人間として詩人として存在している確証である。[43]」と追究している。

ほぼ同じ時期だが、韓暁萍氏は、一連の論文において犀星詩について次の角度から研究を試みた。まず「室生犀星の文学における金沢の風土」においては、「『名も知らぬ小川で見た春の景色』、『残雪で輝いている山々のけわしい姿』、『北国特有の憂鬱気候』、城下町の漢文・俳句的風土、天下の書府としての古い文学伝統は犀星の文学の源泉である。」と分析して、「かつて学術、芸能、工芸、美術から菓子に至る豊かな文化を持ってい」て、「日本のあらゆる都市のなかでやや大規模な旧城下町の面影を保っている」金沢の風土と彼の文学との「かかわりに焦点を絞って、『抒情小曲集』を中心に、文学と文化という表と裏の関係について論を進め、犀星文学の解読を試み[44]」たり、それから「室生犀星文学中的自然風土」においては、犀星の生まれ育ちと彼の文学創作との関係を分析し、詩「青き魚」と「杏」を中国語に訳して、青き魚は犀星の孤独的で抗争的体験の現れで、杏の花は女性美への追求であるとともに、故郷と親友への恋しさの現れでもあるとして、何れも犀川の河畔と金沢という城下町の伝統文化によるものだと探求したり[45]、その後更に「犀星詩歌中的『杏』与『青魚』」においては、「杏は、はじめから喪失してしまった生母のイメージ、決してやってくることのない永遠の理想的女性像であると思われる。生母のイメージは生涯を通じて杏を借りて表現される。」「犀星は杏の中から驚きをもって、無限の文学の栄養を摂取する。やがて杏は描く対象であるだけでなく、作者自身の願望を託するものにもなった。そして、杏が世界そのものになり、作者自身にもなり、また、文学にもなった。」「青き魚のイメージの中に自分の悲しい出生と環境を屈折したコンプレックスを、故知らぬ深層意識を表現しようとする。」「出生と境遇の負い目に打ちひしがれた犀星のみじめさを担うのは魚ではなく、『青』であるともいえるだろう。[46]」と詳しく追究している。最後に、「室生犀星と萩原朔太郎の詩歌芸術」においては、「犀星文学の根柢を流れるのは俳句であるのに対して、朔太郎文学の源となるのは短歌である。」「犀星にとって、芭蕉は彼の成長にとって乗り越えない一部であるのに対して、朔太郎は、若い時から蕪村に夢中になってきた。」が、「二人は「ともに日本近代詩壇の宿将であり、優美な言語と独特な詩風で現代詩歌を成熟と完成へと押し進めた[47]」と、室生犀星と萩原朔太郎の詩歌創作について分析を試みた。

それから、祝然氏「従『哈爾浜詩集』看室生犀星眼中的中国東北都市」は、前に見た伊藤信吉氏の研究成果を踏まえ、犀星「大陸文学」をもとにして現地考察の角度から彼の「避戦」詩を検討している。氏は、「私のこんどの旅行には或る後援から金を貰ったように伝えられていたが、事実は満鉄からの招待でもなければ或る後援にも拠らずに私の金を持っていったに過ぎなかった。」(『駱駝行』)という犀星の話から切口を得て、旅中に「詩のかたちをもって、微熱のほとぼりのようなもの」を「綴るともなく」編んだが、出版まで「二十年間」(「序文並びに解説」『哈爾浜詩集』)もかかったこの『哈爾浜詩集』を、「荒野の王宮」などから戦死者への尊敬と悲しみの気持ちを、「石獣」から立ち遅れた中国や中国人への哀れな気持ちを、とりわけ偽満州国の都として建設された「新京」には寄らなかったことから犀星の政治への無関心を読み取った。政治への無関心の代わりに、犀星は「荒野の都」「はるびんの歌」「春の濁り江」「君子の悲しみ」を書いて帝政時代のロシアへの憧れを表し、「皿もととのえないワシリイ氏が露西亜の寺院に献金していることなどを同僚から聞いて、不思議な信仰ばかりで生きている人の哀しい賑やかさを思わずにいられなかった」(『駱駝行』)などと知人のワシリイについて細かく叙述している。これは二十世紀後半に日本政府の提唱していたいわゆる「国策」に呼応して、日本政府や関係新聞社の援助を利用して中国を訪問し、「国策文学」を創作した日本のほかの作家と明らかに違って、「意識的に国策文学などの主流的イデオロギーの束縛から逃れ、詩人の独特な視覚と精緻な筆致で中国東北のいくつかの大都市に対してオリジナルな闡明と解釈をなした。[48]」と指摘している。

最後に、外国人学者による犀星解読である。

外国人ながら、中国における室生犀星紹介と研究にも役立った次のものを紹介していく。

財部鳥子氏「哈爾浜文化之旅」は、犀星の「石獣」を紹介し、「室生犀星詩の中には、日本伝統詩の影響は明らかに残っている。俳人は、旅行の目的地に着いたら、当地への敬意を表すため、俳句を書く。この瀋陽で書かれた『敬献詩』は、(中略)この土地の祖先である清皇太極太宗文皇帝へ奉げたものである。[49]」と分析し、道端で鼈を売る中国人男性を描く「鼈」で中国の風景を観察したり、カフェーでロシア人ウェートレスを観察した「君子の悲しみ」で自分の創作は日本の国策とは関係ないことを表明している、と分析している。

韓国人学者の金泰昌氏は、「亜洲与日本的共同幸福之路(上・下)」を連載し、犀星の「犀川」「小景異情　その二」と「杏」に着眼して、室生犀星内心の矛盾——強烈な故郷回帰の本能と故郷脱出の意識との間の分裂と対立、及びそれによる苦悩から日本人の旅愁、郷愁と熱烈な向上意欲を分析し、それからヒントを得て、「二十一世紀の日本の安定と繁栄を維持し、世界へ寄与することを通じて真の尊敬と信頼を得るために、目下日本が直面している課題は、日本及び日本人のアイデンティティをもっと明確に確立することである。[50]」と紹介・結論している。

三、小説家として研究されている犀星

中国で出版された日本文学史や発表された文章において、犀星の小説とその作風に触れたものが多い。例えば、前出の張如意氏『日本文学史』は、「大正各派の文学」という項で、「詩人として出発した後、『性に眼覚める頃』など一連の自伝的小説を発表した。その後も詩人らしい叙情的詩的作風で、名作の『あにいもうと』や王朝物・自伝物などの作品を発表し続けた[51]」と、肖霞氏『日本文学史』は、「最初詩人として出て小説を書き始め、〈幼年時代〉や〈性に眼覚める頃〉を書いて、文壇に認められた。後、小説を書くようになってからも詩作は止まず、〈忘春詩集〉などが優れている。小説家としての犀星は創作の四つのピークを迎えた。文壇の時流に左右されることなく、詩人的感覚で抒情的世界を独自の文体で構築した作品から、より現実的な作品へ向かっていた[52]」と、劉利国・何志勇氏『挿図本　日本文学史』は、「その作品が唯美主義的色彩を有していて、代表作『性に眼覚める頃』は抒情風で精緻な言葉遣いで人類の官能美を描写して、唯美かつ理性的なもので、詩人としての室生犀星の数多くない優秀な小説の一つである[53]」と、李先瑞氏『日本文学簡史』は「犀星の作品はヒューマニズムが溢れ、抒情的・感覚的で人々の心をとらえている。小説家としても『幼年時代』『性に眼覚める頃』『あにいもうと』『杏っ子』などの作品を発表した。」と紹介した上、さらにその小説を底流した「詩人的感覚[54]」を見出している。

では、中国で犀星の小説はどんな立場から読まれてきたのか。前に説明したように、顧盤明氏は、『当代外国文学』に、犀星の「性に眼覚める頃」を「少女情思」というテーマに訳して載せ、「清新かつ繊細な筆致で、年少の詩人が異性に抱いた微妙な憧れを描写した」「中篇佳作」としている。一九九一年、氏は更に、「性に眼覚める頃」「幼年時代」「聖処女」を訳して一冊の『情窦初開』にまとめた。注目すべきなのは、「巧妙な構成・精緻な描写・優美な文筆でできたこの三本の小説は、いずれも違った角度から近代日本の社会風貌と日本民族の性格をスケッチしている。」（「訳者前言」）という翻訳・編集の理由である。つまり、対外開放をスタートしたばかりの当時では、世界へ目を向け始めた中国人は、外国への理解を深めることを目指して、マルクス主義文学批評理論というパラダイムのもとで、貪欲的に外国の事情を理解するブ

ームの中で、社会の下層階層の人々の生活を描いた犀星の作品をターゲットにしたわけである。

同じく「性に眼覚める頃」に対してだが、蔣秣氏「対室生犀星的《為性覚醒的時刻》的若干探求」は、この小説は、「生涯において精神的にも肉体的にも最も不安定でもっとも揺らぎやすい青春期を小説の背景にして、生への動揺と文学に対する野心、それからその対立した両者によって分裂された青春を見事に描写した。これは、一時代の青春の歌である。(55)」、と分析している。

四、「造園の人」として紹介されている犀星

その庭園に対する見方に多くの中国人が同感したことで、犀星は中国では「造園の名人」と見なされ、殊に二〇一三年『造園的人』が出版されてから、朱复融氏「造園的室生犀星」(『南方都市報』 2013・10・27)をはじめとする書評などの宣伝があったため、日本の庭園文化について論文を書く時、まず犀星の名を挙げる人が多い。日本のCiniiと同じ類のデータ・ベースである中国のCnkiで検索してみたら、今現在では蒙雪雯氏「従日本庭園芸術看日本人的自然観」(『教師』 2009年第18号)、張勇・範建紅氏「日本古典園林発展演変及其特徴分析」(『科技情報開発与経済』 2010年第20巻第21期)、張瑾・張秀瑩氏「日本的庭園芸術——対自然美的追尋」(『日語知識』 2012年第11号)、张瑾・张秀瑩氏「日本的庭園芸術」(『東瀛文化』 2012年第11号)、楊金紅氏「浅析中、日式庭院設計的特点与要素」(『大衆文芸』 2013年第23号)、尹前進ら「浅析造景元素和手法在杭州昆侖公館様板区中的応用」(『長江大学学報自然版』 2013年第35号)などには、何れも犀星の「日本の庭」冒頭の「純日本的な美しさの最も高いものは庭である。」という言葉を引用して、論述を展開したものである。

五、学位論文に取り上げられた犀星研究

中国で、学位論文に犀星のことを初めて書いたのは、広東外語外貿大学日本語学部の劉金挙である。一九九九年湖南大学で開催された「二十一世紀を迎える日本学国際シンポジウム」において「コンプレックス脱出の犀星文学」を発表したのをきっかけに、心理学理論を用いて犀星の小説を解析し始め、二〇〇〇年「コンプレックス脱出の室生犀星文学」とい

うテーマで卒業論文を完成し修士号を取ってから、器ではないながら、室生犀星学会の海外会員になって、会員の極力サポートのお蔭で、犀星文学を貫く「気魄」を追究し続け、犀星文学の全貌解明に挑み、二〇〇八年に博士論文「『自己実現』・『超越』の室生犀星文学」を完成し、二〇一二年同名の本を出版した。

宋維世「金沢の文学風土における男女像」（四川外国語大学院二〇一四年度修士論文）は、「日本を代表する神秘的なロマン主義と幻想文学の巨匠である泉鏡花、自然主義文学の代表的作家である徳田秋声、詩歌から小説にかけて多彩で巨大な文学的発展・変貌をとげた室生犀星の、いわゆる三文豪」の作品を中心に考察し、「北陸地方の陰鬱で多雪の気候がもたらす受容的、退嬰的、保守的な気風が金沢文化の能動でなく受容の、抵抗でなく韜晦の表現形式となり、金沢の属する加賀藩の前田家が、幕府からの挑発を防ぐための隠忍の政治的生き方が美術工芸や芸道を盛んにし、浄土真宗と禅宗が在地の白山信仰などと結合し、変形して先の『放浪のヒッピー』と『受難の美女』のパターンの内的な中核となり、それを次第に外在化していく。」と究明を試してみた。犀星に至っては、その詩篇はおおむね「『逞しい野蛮人』の牧歌と見なせ」、特に、「ふるさとは遠きにありて思ふもの」に始まる「小景異情」などの絶唱は、「うらぶれて異土の乞食」に近いものとなった作者自身の、「夢の中にのみ存在する」「故郷」を謳うもの、言い換えれば「心情のユートピアへの思慕の歌である」としていて、それから女性像に関して、犀星『告ぐる歌』の灰子に触れている。

おわりに

上記のように、対外開放後、世界に目を向け始めた中国では、世界の情勢に対する理解を促進するため、外国の詩が多く翻訳されるようになった。こんな気運の中で、マルクス主義文芸批評理論のもとで、特に社会の下層階級と見なされた庶民の生活を描く作品が先ず選ばれた。こんな背景のもとで、犀星の詩、それから小説も中国に紹介された。いろいろなことが原因で中国において徐々にある程度知られるようになったのは事実であるにもかかわらず、犀星は、依然として名作家としてではなく傍流の作家、しかも主に詩人として知られていて、彼の作品もそれほど大きな影響はないのである。しかし、彼の中国文化に深く影響された庭園観は、中国人の審美観に合致していて、多くの人に愛されている。もしより多くの犀星作品が中国語に訳されれば、犀星文学の価値は、より深く認識されるようになるであろう。
中国における犀星の紹介と研究は、これからである。

【注】

（1）日本政府観光局「統計データ（訪日外国人・出国日本人）」。http://www.jnto.go.jp/jpn/statistics/visitor_trends/
（2）遅軍「室生犀星詩歌四首」（『日語学習与研究』1987年第2号　1987・4）79頁
（3）中国研究界の状況を如実的に伝えるため、日本と違った理解や間違いなどをそのまま紹介する。
（4）陳岩「新綠葱蘢罩峰巒――日本詩歌中的夏之情」（『日語知識』2004年第7号　2004・7）35～36頁
（5）張蕾「逆境中の強者」（『日語知識』2009年第8号　2009・8）34～35頁
（6）王向遠『〝筆部隊〟和侵華戦争――対日本侵華文学的研究与批判』（北京師範大学出版社　1999）などが代表的なものである。
（7）伊藤信吉「室生犀星（没後40年）満州国の旅」（『すばる』2002・9）、「続室生犀星」（『すばる』2002・10）参照
（8）孫鈿「日本当代詩選」（『滇池』1996年第8号　1996・8）49頁
（9）武継平「日本現代象徵主義詩歌」（『紅岩』2013年第4号　2013・7）179頁
（10）武継平「辻井喬抒情詩二首」（『訳林』1991年第3号　1991・6）177頁
（11）陳岩「噴怒的吶喊與惆悵的傾吐」（『日語知識』2007年第12号　2007・12）参照
（12）戴錚「従山口百恵到宮崎駿：死後六十年、堀達雄魅力猶存」（『中華読書報』2013・6・12）
（13）李瑩編集「既不能隠遁，也不能沈黙，只能選択消亡」（『新快報』2014・7・26）、李長声「芥川不語似無愁」（『東方早報』2012・10・28）などが挙げられる。
（14）謝六逸『日本文学史』下巻（北新書局　1929）123頁
（15）王長新『日本文学史』（外語教学与研究出版社　1982）269頁
（16）曹志明『日本戦後文学史』（人民出版社　2010）32頁
（17）葉渭渠『日本文学思潮史』（経済日報出版社　1997）418頁；（北京大学出版社　2009）284頁
（18）王健宜・呉艶・劉偉『日本近現代文学史』（世界知識出版社　2010）164頁
（19）譚晶華『日本近代文学史』（上海外語教育出版社　2010）98頁
（20）肖霞『日本現代文学発展軌跡』（山东大学出版社　2011）300頁

(21) 呂元明『日本文学史』（吉林人民出版社　１９８７）268頁、79頁、344頁、361頁
(22) 羅興典『日本詩史』（上海外語教育出版社　２００２）118頁、121頁
(23) 葉渭渠『日本文学史』近代巻（経済日報出版社　２００１）507頁・葉渭渠、唐月梅『20世紀日本文学史』（青島出版社　２００４）122頁
(24) 葉渭渠・唐月梅『日本文学簡史』（上海外語教育出版社　２００６）190頁
(25) 劉利国・何志勇『挿図本　日本文学史』（北京大学出版社　２００８）137頁
(26) 肖霞『日本文学史』（山東大学出版社　２００８）315頁
(27) 李先瑞『日本文学簡史』（南開大学出版社　２００８）191～192頁
(28) 劉利国・羅麗傑『概説日本文学史』（大連理工大学出版社　２０１３）149頁
(29) 李光沢『日本文学史』（大連理工大学出版社　２００７）170頁
(30) 張如意『日本文学史』（河北大学出版社　２００６）197頁
(31) 注26前掲書、234頁
(32) 注25前掲書、104頁
(33) 注18前掲書、203頁
(34) 王志松・島村輝『日本近現代文学研究』（外語教学与研究出版社　２０１４）284頁、289頁、334頁
(35) http://www.shigeku.org/shiku/ws/wg/ssxx.htm
(36) http://blog.sina.com.cn/s/blog_485669cd01017vlq.html
(37) 前掲注2、79頁
(38) 陳岩「従詩歌看日語芸術３」（『日語知識』２００４年第12号　２００４・12）38頁
(39) 劉立善「人道詩派」（『日本研究』２００６年第3号　２００６・９）18頁
(40) 前掲注38に同じ
(41) 前掲注39、18頁
(42) 孫久富「室生犀星詩歌五首」（『当代外国文学』１９８６年第3号　１９８６・７）164～165頁
(43) 前掲注5、34～35頁
(44) 韓暁萍「室生犀星の文学における金沢の風土」（『当代小説』２００９年第6号〈下〉　２００９・６）31～33頁
(45) 韓暁萍「室生犀星文学中的自然風土」（『芸術広角』２００９年第4号　２００９・７）参照
(46) 韓暁萍「犀星詩歌中的『杏』与『青魚』」（『当代小説』２００９年第7号〈下〉　２００９・７）35～36頁

(47) 韓暁萍「室生犀星と萩原朔太郎の詩歌芸術」(『芸術広角』2009年第5号 2009・9) 89～90頁
(48) 祝然「従『哈爾浜詩集』看室生犀星眼中的中国東北都市」(『江淮論壇』第五期 2012・10) 21頁
(49) 財部鳥子「哈爾浜文化之旅」(『北方文学』2010年第5号 2010・5) 78～79頁
(50) 金泰昌「亜洲与日本的共同幸福之路(下)」(『国外社会科学』1995年第12号 1995・12) 39頁
(51) 注30前掲書、197頁
(52) 注26前掲書、234頁
(53) 注25前掲書、104頁
(54) 注26前掲書、191～192頁
(55) 蒋秣「対室生犀星的《為性覚醒的時刻》的若干探求」(『湘潮』2012年6月号〈下〉 2012・6) 17頁

テキスト

1. 室生犀星著、室生朝子編『室生犀星句集　魚眠洞全集』（北国出版社　昭52）
2. 室生犀星著、室生朝子編『定本室生犀星詩集』全三巻（冬樹社　昭53）
3. 室生犀星著、奥野健男編『室生犀星未刊行作品集』全六巻（三弥井書店　昭61～平2）
4. 室生犀星著、三好達治、中野重治、窪川鶴次郎ら編『室生犀星全集』全十二巻・別冊二巻（新潮社　昭39～43）

表記について

読み易くするべく、出版にあたって、次の方針に則って表記替えを行ったり表記したりする。

1. 旧仮名づかいを現代仮名づかいに改める。ただし、小説名・文章名の場合は、旧仮名づかいのままとする。
2. 「常用漢字表」に掲げられている漢字は新体字に改める。
3. 原文にある振り仮名や送り仮名をそのままつける。
4. 文章に出た読みにくい語、誤りやすい語には、振り仮名を付す。

初出一覧

○「室生犀星文学における中国文化の影響について」（『日本近代文学会北海道支部会報』第19輯　２０１５・５）
　→第一章　犀星における中国文化の受容

○・「犀星における仏教の影響及びその意義」（『室生犀星研究』第35輯　２０１２・11）
・「室生犀星における『キリスト教的感覚』及びその意義」（『札幌大学総合研究』第4号　２０１３・３）
　→第二章　犀星における「宗教的感覚」及びその意義

○「犀星の世界に果たした『庭』の働きとその意義」（『室生犀星研究』第39輯　２０１６・11）
　→第三章　犀星の世界に果たした「庭」の働きとその意義

○・「犀星文学におけるコンプレックス脱出の形象としての魚」（『室生犀星研究』第32輯　２００９・11）

・「魚に寄託された犀星のコンプレックス脱出意欲」（『室生犀星研究』第34輯　２０１１・10）
この２本の論文は、拙著『「自己実現」・「超越」の室生犀星文学』（龍書房　２０１２）に初収録。
↓第四章　犀星における「魚」の象徴的意義とその働き
○「犀星における蝉のイメージとその働きについて」（『日本近代文学会北海道支部会報』第18輯　２０１５・５）
↓第五章　犀星における「蝉」の象徴的意義とその働き
○「室生犀星における杏の象徴的意義とその働き」（『室生犀星研究』第37輯　２０１４・11）
↓第六章　犀星における「杏」の象徴的意義とその働き
○「『木』から見る犀星の向上意欲」（『室生犀星研究』第36輯　２０１３・11）
↓第七章　犀星における「緑」と「木」の象徴的意義とその働き
○「『蛇』に見る犀星のコンプレックス脱出の努力」（『日本近代文学会北海道支部会報』第16輯　２０１３・５）
↓第八章　犀星における「蛇」の象徴的意義とその働き
○「中国大陸における犀星文学の受容と研究について」（『室生犀星研究』第38輯　２０１５・11）
↓第九章　中国大陸における犀星文学の紹介と研究
なお、いずれの論文も論旨に変更はないが、さらに充実した内容を目指して加筆してある。

あとがき

修士時代（一九九七～二〇〇〇）に、その文芸世界に魅了され、犀星文学の研究を決めてから、いよいよ十八年目になります。この十八年間、二〇〇〇年「コンプレックス脱出の室生犀星文学」というテーマの修士論文で修士号を取ってから、僭越ながら、指導教官のご指導のもと、日本人の友人、そして、室生犀星学会の皆様の強いサポートのお蔭で、犀星文学を貫く「気魄」を切口にして、犀星文学の全貌解明という野心に燃え、二〇〇八年に博士論文「『自己実現』・『超越』の室生犀星文学」を完成し、二〇一二年同名の本を出版しました。

長年気がかりであった仕事に不十分ながら一応の区切りをつけた満足感に、一時はホットしましたが、私自身の文学作品への解読が深くなるにつれて、増々犀星文学の奥深さに驚き、自分の理解はいかに浅薄なものであったかを実感しました。それはさらに自分の学問への琢磨を励ます原動力になってきました。芳ばしくない生い立ちと教育環境に恵まれなかったことにもかかわらず、並大抵でない勤勉さをもって、独学でオリジナルな文芸世界を実らせた犀星は、洋の東西の優れた文芸を貪欲に汲み入れ、それをみごとに自分の文学作品に生かしました。犀星における西洋とロシア文学の受容に関する研究が既に多くあったゆえ、今回は、犀星における中国文化の受容とその「宗教的感覚」について考証を試みました。

ずっと私の成長を見守っていただいた笠森勇先生（前室生犀星記念館館長）と大川徹先生（元神戸女学院大学中高校部教諭）、多くの資料を提供してくださった大橋毅彦先生（関西学院大学教授）、蔵中さかや先生（神戸女学院大学教授）、三木サニア先生（久留米信愛修道院）、藏角利幸先生（金沢学院短期大学名誉教授）と室生犀星学会の方々の強いサポートがなければ、本書の完成は絶対にありえませんでした。

原稿ができてから、広東省旅遊職技術学校の日本人教師・下花徹先生に、訂正をお願いいたしました。文責は私本人が負います。

本書は、中国教育部人文社会科学研究企画基金プロジェクト「思想と社会転換文学嬗変考」（11YJAZH05）の成果の一部で、今回の上梓については、中国広東外語外貿大学の「一帯一路沿線国家語言文化研究」プロジェクトの出版助成を受けています。

　出版に至るまでの実務面では、龍書房の青木邦夫氏にさまざまな面において大変お世話になりました。

　ご助力とお励ましをしていただいた方々に、衷心から感謝の意を表するとともに、この本を世に送ることを喜びとし、次なる研鑽につなげたいと思います。

著者略歴

劉金挙（りゅう・きんきょ）

１９６９年、中国河南省に生まれる。

中国広州外国語学院日本語学部学士・広東外語外貿大学日本語学部修士を経て、東北師範大学外国語学院博士課程卒業、博士号取得。

２００１年４月～２００２年３月、神戸女学院大学客員研究員。

２０１１年３月～２０１３年４月、札幌大学特別研究員・札幌大学孔子学院中国側院長。

現在、広東外語外貿大学日本語学部教授、同大学外国文学文化研究センター兼職研究員。

著書　『「自己実現」・「超越」の室生犀星文学』（龍書房　2012）

室生犀星における中国文化の受容と「宗教的感覚」

二、五〇〇円（本体二、三一五円）

二〇一六年十二月二十日　初版発行

著　者　劉　金　挙
発行者　青　木　邦　夫
発行所　龍　書　房
東京都千代田区飯田橋二―一六―三
（〇三）三二八八―四五七〇

印刷・製本　㈱アドヴァンス